只因多看了你一眼

李耿源 著

路过心上的经典散文
邂逅一生的悦读，愿你翻过每一页

线装书局

图书在版编目（ＣＩＰ）数据

只因多看了你一眼 / 李耿源著. —北京：线装书局, 2019.12（2022.7）

ISBN 978-7-5120-3746-5

Ⅰ. ①只… Ⅱ. ①李… Ⅲ. ①散文集－中国－当代 Ⅳ. ①I267

中国版本图书馆 CIP 数据核字(2019)第 175189 号

只因多看了你一眼

著　者：李耿源
责任编辑：张　倩
装帧设计：宋双成
出版发行：线装書局
　　　　　地　址：北京市丰台区方庄日月天地大厦 B 座 17 层（100078）
　　　　　电　话：010-58077126（发行部）　010-58076938（总编室）
　　　　　网　址：www.zgxzsj.com
经　销：新华书店
印　刷：唐山富达印务有限公司
开　本：640mm×910mm　1/16
印　张：19
字　数：235 千字
版　次：2022 年 7 月第 1 版第 2 次印刷
印　数：10001—20000 册
定　价：49.80 元

线装书局官方微信

在阅读中优雅老去

二十岁时，第一次去凤凰，不为古镇美景，只为能与偶居夺翠楼的黄永玉先生见上一面。

时逢雨季，沱江奔啸，烟波微茫信难求。苦待数日，仍没能等到想见之人。

在清冷的雨丝中独自徘徊，满心失落。无意走进一家书店，里面尽是沈从文先生的文本作品。无处可去，只好在僻幽的角落里翻阅旧籍。而后，一发不可收拾。

回程当日，总觉有重要东西遗落城中，寻思许久，才跑去那条巷子的书店里买了本周身泛黄的《边城》。这本有着深蓝小印戳的《边城》，至今仍安躺于我的书柜里——它不仅使我在未果的行程中找到些许补偿，更让我在之后的时光无比怀念二十岁的自己。

再后来，兴许命里所定，真与书结下了不解之缘。不但自己看书写书，更领着诸多热爱文学的人走上了自己想走的路。

我经常跟学生们说，阅读是写作的命脉，只有不断阅读，才能保持创作角度的新颖和思维的敏捷。然而，阅读所赐予的，又何止是这些？

不管在何时何地，只要手中捧着一本书，心里便会觉得安然。书不但能排遣无聊的寂寞，将岁月的伤痛逐一缝补，还能把心灵淬炼成一块玲珑美玉。

一个爱书之人，必是睿智且沉稳的。遇事不惊，处之泰然。古人所说的"腹有诗书气自华"，便是这意思。

生命本就是一次有限的跋涉。一个经常看书和一个经常沉迷在网游世界的人，心灵绝对是不一样的。前者，往往更能体悟一叶一菩提的真谛。

书本所给予心灵的力量，是不可言喻的。十年寒窗，说的并不是读书人的艰辛，而是意在表述读书人的坚忍和不懈。试问，有多少人可以在寒窗下十年如一日地重复做同一件事情？

正如北大教授曹文轩所说，世间最优雅的姿态，就是阅读。不论静坐还是倾卧，甚至在厕所里，它都是最美的姿态。因为这样的人，通常都会从骨子里散发出一种极具亲和力的书卷气。

阅读人物，通晓历史，可以从他人鉴知自己得失；阅读杂文，百味世事，可在辛言辣语中澡雪精神；阅读情感，温热肺腑，可居书香浓情里滋养心灵；阅读故事，体会人生，可于静谧岁月中倾情流泪……

每一种书，都是风景；每一本书，都是亟待窥破的秘密。

宋朝诗人黄山谷有一句名言："三日不读书，便觉语言无味，面目可憎。"这其中说的，就是每日读书的重要性。

本系列图书，所遵循的就是这个简单的理论。通过遴选当下不同类型的精华文章，给读者送去不同的心灵养分——成长的人生让你懂得如何珍惜青春，成功的智者让你明白如何把握自己的人生，真情的自我让你寻回本真的感动，感悟让你看到世界别样的美好……

为了能找到年度最精华的文章，为了给读者省去寻找的烦琐，我们几乎把本年度的期刊翻了个遍，目的就是为了去其糟粕，取其精华。

我们的宗旨只有一个，就是为这个时代的读者，奉献好书。

但愿我们可以放慢忙乱的步伐，一起在欢愉的阅读中，优雅老去。

一路开花

2018 年 12 月书于云南曲靖

目录

第一辑　猪笼草也有温润的春天

父亲,我要坚强给你看 / 2

最牛沙县小吃店主的英语逆袭 / 5

不要因枯叶而放弃梦想之树 / 8

像跑马拉松一样创业 / 11

上帝忘了给他的世界开声音 / 14

笑容背后的坚强 / 18

猪笼草也有温润的春天 / 22

让所有的梦想都开花 / 25

失败是人生的"投凉" / 29

闭着眼睛罚点球 / 31

第二辑　每个人都有"最强大脑"

带出生证的鸡蛋 / 34

一条有了梦想的台湾鲷 / 37

家具论斤卖 / 40

精美的石头会唱歌 / 42

从冬天开始卖冰棍 / 47

一次失误换来的巨额财富 / 51

老鼠拯救债务危机 / 54

一根毛竹撬起亿万财富 / 57

最大的卖点 / 60

落后半拍 / 62

疏通管道金点子 / 64

损坏免赔 / 66

每个人都有"最强大脑" / 68

破　局 / 71

最高明的"魔法" / 73

秘　方 / 75

第三辑　　只因多看了你一眼

飞来一只爱情鸟 / 78

爱心照亮的每月 15 日 / 81

父爱之墙 / 85

当众叫您一声妈 / 87

公交车上的亲情演绎 / 89

兄弟, 我背你 / 92

大爱无痕 / 95

只为一句承诺 / 97

只因多看了你一眼 / 100

一节诚信的竹筒 / 104

遗落在南极的房卡 / 107

仁爱之师 / 109

最后一根冰棒 / 111

第四辑　乐观是一种能力

一位父亲写给少年儿子的微博 / 114

风吹日晒出种子 / 117

玩具的最佳玩法 / 119

两个男孩的"靠" / 121

发呆中，请勿打扰 / 123

扫地僧 / 125

憨厚的智慧 / 127

抱怨是魔鬼 / 129

把你当朋友 / 131

朋友是一股"恶"势力 / 133

低声下气 / 135

小确幸 / 137

低调的魔鬼辞典 / 139

兄弟，你在哪里？ / 141

带头大哥 / 143

乐观是一种能力 / 146

只选对的 / 148

让人心安的大嗓门 / 150

开锁的秘诀 / 152

第五辑　再吃两口就不苦了

静置的奥秘 / 155

断生即可 / 157

敬畏之心 / 159

人当如姜 / 161

早点慢点 / 163

再吃两口就不苦了 / 165

好苦者植乎茶 / 167

窗台上的紫背天葵 / 169

先吃三口白米饭 / 171

掺一把马齿苋 / 173

面条工程 / 175

吃肉不如吃豆腐 / 177

幸福的刺激 / 179

吃　情 / 181

吃　伤 / 183

唤醒幸福生活 / 185

让你流泪的不是洋葱 / 187

干得好才能嫁得好 / 189

煲了汤等你 / 191

男人就像胡子鲇 / 193

被敲打过的男人 / 195

牛肉把二斤来吃 / 197

凤爪挠心 / 199

复读是道回锅肉 / 201

朴素之术 / 203

最美味的浇头 / 205

游刃有余 / 207

300 年前的鸡 / 209

啃黄瓜是一种生活 / 211

第六辑　牙膏就挤一点点

秒　回 / 214

性感杂说 / 217

白袜子与黑袜子 / 219

有房人终成眷属 / 221

装修在房子里的婚姻 / 223

图点什么 / 226

你是哪支球队的"粉丝"？ / 228

无须选择 / 230

女人的"起步嫁" / 233

"一辈子"的浪漫 / 235

看你，还是看手机？ / 237

最牛的分手攻略 / 239

女人要的是"手感" / 241

旺夫宝典 / 243

牙膏就挤一点点 / 245

降心相从 / 247

给缺点亮灯 / 249

把爱刻在哪儿 / 251

闻香识男人 / 253

谁说男人不在乎 / 255

最让你感动的一句情话 / 257

让人心醉的行酒令 / 259

美人要买房 / 261

破　　壳 / 263

第七辑　青春就是一场场的考试

人生失意如插秧 / 267

我和我的青春赛跑 / 270

"命凶"是人生转机 / 273

真正的勇气 / 275

浮　　躁 / 277

青春的那几个瞬间 / 280

岁月的功劳 / 282

被利用的人生 / 285

只怪你没有抛弃我 / 287

无招胜有招 / 289

青春就是一场场的考试 / 292

猪笼草也有温润的春天

　　热带有一种藤本植物猪笼草,能在极端恶劣的条件下生存,若贫瘠的土壤提供不了它所需的养分时,它的叶片会卷曲起来捕捉昆虫,汲取昆虫的营养物质,从而继续存活下去。

　　人在陷入绝境的时候不该自暴自弃,而应像猪笼草一样换一种活法,这样才能等到他所期盼的温润的春天。

父亲，我要坚强给你看

父亲中年得子。

儿子年幼时，父亲总喜欢用他的大手牵着儿子的小手。那时，父亲在儿子眼里，魁伟而坚强。

儿子5岁那年，父亲下岗了。坚强的父亲远赴沿海城市打工。父亲已40多岁，但什么都做，省吃俭用，寄回来的钱比原来拿的工资还多。

8岁时，厄运降临。对儿子无比疼爱的母亲，因患胃癌去世。生离死别太早让他遇上，他觉得天都塌下来了。

同样是坚强的父亲，给了他力量。父亲做出一个让他的外婆和其他亲戚都反对的决定：带着儿子去打工。

奔波漂泊的路上，父亲挎着沉重的行李，有时还要背上儿子奔跑着去赶车。父亲宽厚的背让他觉得，被母亲带走的那个温暖的世界，正慢慢地重新回到他身边。

打工收入不高，只能住最简陋的出租房。寒冷的冬夜，四面透风又无取暖设备的房间里，父亲会把儿子搂在怀里为他驱寒，让他感受到父爱是如此的温暖。

年岁渐长，小小出租屋里有了儿子做家务的身影，洗衣、煮饭、擦地板……做起来得心应手。每每遇到困难,儿子总能想起父亲对他说过的话:"坚强,再大的困难都能挺过去!"

尽管四处寄读,可从小学到高中,儿子的成绩始终保持优良。2008年9月,他成了一名大学生。年已六旬的父亲,也结束了打工生涯,返回家乡。

这年底,儿子放寒假回家与父亲团聚,可一场灾难却悄然走向父子俩。

大年除夕夜,父亲持续低烧,咳嗽不止,极度虚弱。初一上午天刚亮,儿子忙把父亲送往医院——血行性播散型肺结核及慢性肾功能衰竭。县城医院治不了,忙将父亲辗转到大城市的多家医院救治。

面对巨额医药费,父亲摇着虚弱的头,不吃不喝不睡,不配合治疗。

儿子知道父亲心疼钱呢,父亲多年打工的那点积蓄,是给他上大学用的。儿子对父亲说:"坚强,再大的困难我们都能挺过去。"

儿子突然觉得自己长大了,而父亲则老了。

他觉得,他应该坚强给父亲看。

十多天后,父亲病情稳定,儿子将他背回了老家。父亲得继续接受治疗,可积蓄已花光。

怎么办?儿子作出了一个大胆的决定:把住的房子卖了!

父亲知道自己的病情和家底,回家后一度放弃治疗。儿子却拿出一沓钱来放在父亲面前。得知是卖了房子的钱,父亲老泪纵横:"那我们以后住哪儿?"

"我要带着爸爸一起上大学!"儿子的话铿锵有力。

父亲的后续治疗需要定期做血透,家乡的医院没有这样的设备。儿子多方打听,知道大学所在的城市医院有这样的设备。为了能挽救父亲的生命,儿子不但变卖了老家的房产,还决定背上父亲上大学。

2009年春季一开学，除了在教室里，同学们看到他在校园里一直是在奔跑着。

儿子在学校附近租了间房子。每天早晨，儿子得早早起床做早饭，给父亲喂完饭后，迅速奔向教室。中午，他要跑着到食堂买好午饭，跑着赶到住处，先喂父亲，自己再吃。下午的课结束后，一样跑着到食堂，再跑着回家。"去晚了饭菜就不热了。"他对自己说，"我必须跑着去食堂，只有这样跑下去，才能保住父亲的命。"

晚饭后，给父亲洗脸擦身。等忙过这些，他再跑着到学校去上晚自习，争取十点钟之前回到家。夜里，看着昏迷的父亲，他不敢闭眼入眠。他担心父亲离开自己的视线，就会像母亲一样离自己而去。

每隔一段时间，儿子还要带父亲去医院血透、治疗或复查。

看着躺在病床上的父亲，他一会儿想着父亲身体的安危，一会儿算算剩下的钱能维持多长时间。这样的忧虑，他不能写在脸上，他要让羸弱的父亲看到坚强，他要用自己年轻的生命激励父亲生的希望。就像在年幼时，在困难面前，父亲总带给他坚强与温暖一样。

不久，同学们都知道了，原来他是一边求学，一边照顾病重的父亲。同学们和社会一些爱心人士纷纷向他伸出了援手。

如今，父亲的病情已趋于稳定，生活基本能自理。

这是一个真实的故事。这位在校园里始终奔跑着，在同学们眼里乐观开朗、乐于助人的"80后"阳光男孩，是福建省三明学院外语系2008级学生，名叫曹阳飞宇。

曹阳飞宇大学毕业后，一直把父亲带在身边！

鸦反哺，羊跪乳。这对父子的亲情故事，感动了无数人！那年，曹阳飞宇被评为全国道德模范。

最牛沙县小吃店主的英语逆袭

有人说,有城镇的地方就有沙县小吃。这话虽夸张,但沙县人开的小吃店遍布大江南北倒是事实。

"80后"小伙子李建标,便是福建沙县十万户在外经营小吃的店主之一。

那年,17岁的李建标中专毕业后便外出打工。因生性腼腆,在外面碰了一鼻子灰,便回来继续求学。三年大专毕业后,他又在外折腾了几年,仍然没有找到合适的工作,只好到父母在杭州开的沙县小吃店帮忙。

到杭州不久,李建标发现经常有外国人来店里品尝小吃。他们的小吃店位于杭州学院路,附近有不少高校,街道对面就是杭州 EF 英孚学校。老外到店里来吃饭,因看不懂菜单,每次点菜都指着东西用手比画,而煮出来时又常弄错了。

李建标就想,得让老外看懂菜单。于是他买来《英汉词典》,花了十几个晚上的时间,翻译出一份沙县小吃英文菜单。当他小心翼翼地将英文菜单递到老外手里时,他们眼睛都亮了。

因为有了英文菜单,给李家小吃店增加了不少生意。不少外教、外国友人慕名而来,他们喜欢上了沙县小吃。

一份英文菜单就能带来生意,让李建标触动很大。他下定决心:"我要学好英语!"他把这想法与父母一说,父母当即同意,并一次性给他交了EF英孚一年的学费1.5万元。

EF英孚教育被认为是全球最大的私人英语教育机构,在杭州有4家分校。英孚教育等级分0~16级,李建标入校笔试、口语测试结果为3级,仅相当于普通初中生的英语水平。

差距这么大,怎么学?小吃店早上7点开门,凌晨1点才打烊,能给他学英语的时间并不多。但下了决心的李建标硬是找到了学英语的诀窍:就是厚脸皮一张,不害羞,多听、多说、不怕说错。一走进校园,他就坚持不说中文,无论遇到老师还是同学都用英语交流。

更多的时候就是见缝插针练口语。譬如,利用每天中午到学校送外卖时与外教交流。外教们晚上喜欢到酒吧喝酒聊天,李建标知道后,就经常陪他们一块儿去。虽然很少能说上话,但他仔细听,认真琢磨,先听清几个单词,再回忆句子,猜测意思,不懂再问。在杭州大街小巷常能遇见外国人,李建标就主动用英文跟人打招呼。

半年之后,李建标觉得有把握能考个英孚八九级,就申请考试,可测试结果并不理想,只得6级。

知耻近乎勇,他更加勤奋了。从原先一天学习四五个小时改成一有时间就学,晚上关店后,他就继续上网和外教在线聊天学习。课余,他就邀请外教们到小店聚餐交流。

功夫不负有心人。一年后,他的口语水平连升10级,从原来的3级一举达到13级,相当于雅思口语七八分(满分9分)。现在,他看英语电影无须看字幕就能听懂意思,也能与不懂中文的老外轻松交流了。

一间门面不大的沙县小吃店,经常有老外光顾,店里的"小二"还能用英语和老外侃侃而谈,这让其他客人见了啧啧称奇,也让杭州的媒体闻风而动。杭州《都市快报》,杭州电视台一套、五套,浙江经视等媒体争相报道李建标用流利英语招揽客人的新闻,将他誉为"最牛的沙县小吃店主"。李建标和他的小吃店因而在杭州火了!

从英孚毕业后,李建标不想浪费所学知识,便想进一步打牢英语基础,然后计划回乡创办英语培训机构,教家乡人用英语推介小吃。

沙县地处闽西北山区,在那儿的农村,如果孩子成绩不理想,初中毕业后就会出来经营小吃。现在沙县小吃已开始落户上海、广州、杭州这样的大都市,难免会有老外来品尝,如果懂英语就非常有用了。

只要坚持就能成功,相信这位腼腆的沙县小伙子能在不久的将来成就梦想,实现他的再一次逆袭。

· 不要因枯叶而放弃梦想之树

贺磊读初中时学习成绩并不好,数学最差一次才考9分。中考时,他只被一所电力技工学校录取。

那年,母亲想让贺磊复读一年,争取考上高中将来上大学。但贺磊还是决定去读技校,尽管听说读这所电力技校的学生毕业后大多去爬电线杆。

贺磊去读技校有一个重要原因,那就是有较充裕的时间可以捣腾他的爱好。贺磊从小喜欢音乐。喜欢听,喜欢唱,特别喜欢背歌词,拆歌词。他还痴迷古诗,把古体诗、近体诗、词、曲的格律、平仄、压韵研究得很透。他常把流行歌曲的歌词拿来琢磨,然后试着自己写。古诗词给了他底蕴和文气,音乐则给了他灵动的诗情和想象的翅膀。

16岁那年,贺磊还在读技校。1999年,正逢中华人民共和国成立50周年,他创作出了第一首歌词《都说》献给祖国。歌词得到了词作家吴传义和作曲家王远生的好评,并被谱了曲,由青年歌手郑海滨演唱。

2000年,技校毕业后的贺磊果然应聘到电力公司爬电线杆。但从电线杆下来,他便捧起书本。他先后参加大专和本科的自学考试。有工友笑他，乌鸦还能变凤凰不成？的确，之前也有个别工友参加自考，但都因为课业太难半途而废。

而他坚持了下来，最终获得大专和本科毕业证书。

有一段时间，贺磊主持一个著名歌星网上歌友会论坛。他才知道，原来歌坛并非圣殿，一些歌手为了私利与词曲作者闹得不可开交。这时便有人鄙夷他，作词这条路要成功成名太难了，何况你还只是个爬电线杆的。

坚持，还是放弃？这一度让他迷茫。有一回他在野外作业时，发现一棵树只剩孤零零的几片枯叶，认为这棵树已经枯死。可当他爬上电线杆才发现，这棵树的枝丫上竟然绽出了新芽。他猛然顿悟，怎么能因看到几片枯叶，而放弃一整棵树呢？

从此，他的业余时间都投入到研究歌词上，一心沉下来创作，有时一个晚上就写了好几首。他的作品开始引起一些音乐人的关注。著名歌唱家于文华看了他的词作品后，评价说："词能接地气，贴近生活，饱含深情。"经于文华引荐，他结识了不少国内著名的词曲作家，并且有了一些合作。

《百姓的事比天大》就是贺磊与知名音乐人合作的代表作之一。于文华将该首词的标题作为其最新专辑的名称，并将该作品收入专辑。专辑获得中央人民广播电台民歌榜中榜"最佳民歌专辑奖"。

从生活中提炼，以抒情见长，大多富于人情味，这是贺磊词作品逐渐形成的特色，受到越来越多音乐人和老百姓的喜欢。如今，他创作的几百首歌词被谱成歌曲后，被于文华、赵秀兰、曹芙嘉、小曾等歌手公开演唱，其中7首歌曲被收入于文华演唱的两个专辑。他作词的音乐电视作品《情深似海》已在央视滚动播出30余次。他的作品曾获共青团中央最高文化奖项——第九届精神文明建设"五个一工程"优秀文化作品奖。音像出版社正式推出他的 3 张作品专辑——《我思念的兄弟》《我用歌声祝福你》《美丽中国》。

　　一个爬电线杆的工人也能成为一名词作家,贺磊的成长经历告诉我们——不要因为几片枯叶而放弃梦想之树。不放弃,梦想之树总有一天会枝繁叶茂。

像跑马拉松一样创业

余克彬的老家在福建省三明市三元区荆东村。这个村亦被当地人称为"大学村",因为闽西北唯一的一所大学本科院校——三明学院就建在这个村上。

小时候,余克彬每天在家门口就能见到许多大学生来来往往。那时,他的梦想就是长大了成为他们中的一分子。

可事与愿违。他在小学、中学的学习成绩都不理想,被认为是"输在起跑线上的人"——中考没上正招线,只能就读民办高中;高考时,他也只是考上福建泉州的一所民办职业技术学院,离家乡的"大学村"很远。

正因有这样的经历,让余克彬发现,其实像他这样的"差生"并非少数,他们考分差,多数并非智商问题,而是对文化课"不开窍"。许多"差生"因没考上重点高中或大学,便自暴自弃。想到这里,余克彬萌生了今后要办所培训学校的念头,以专门辅导这些孩子发挥特长,坚持自己的梦想。

从大二起,余克彬就开始为自己的创业做准备。他当起了学校的招生代表,暑假跑了泉州和三明的一百多所中学,与许多和自己当年一样成绩不理想的中学生建立起了联系，为学校招了不少新生。大三暑假，他担任清华大学泉州总裁班的招生代表，认识了许多成功企业家，熟悉了他们的创业经历。

当多数大学生还在依靠父母寄学费和生活费时，余克彬从大二起已不用家里再寄钱。大学毕业时，他已攒下6万多元。

这第一桶金不仅是存款，更是自主创业能力的储备。

2007年7月大学毕业后，大部分同学凭着自己的兴趣爱好或抱着"赚大钱"的梦想，就匆匆投简历盲目地找工作，而余克彬则忙着为自己的创业做准备。他把创业的地点选择在泉州。创业最困难的是启动资金。他立下军令状，按银行贷款一样付利息，从父母那儿"贷"出了十几万元。

尽管对泉州市区已很熟悉，但他还是买了一张市区地图，添置了两双运动鞋，然后他开始"跑"起来。

早在大一的时候，余克彬便创办了泉州高校第一个长跑俱乐部，并连续参加了三届厦门国际马拉松。他不仅跑完全程，还取得不俗成绩。

既然自己会跑，那就跑吧！一来节约大量交通费；二来可任意选择便捷路线，不被塞车耽误，反而节约时间。他知道，口袋里揣的都是父母和自己勤工俭学的血汗钱，每分钱都得用在刀刃上。

余克彬在地图上标出几个方位，然后就盯着目标方位跑。每天就跟跑马拉松一样，有时一天跑下来的路程，甚至接近马拉松全程。饿了渴了，常常是啃馒头喝矿泉水。一天跑下来，回到宿舍，两腿痛得厉害，还得谋划第二天的目标和路线。

睡一觉后，天一亮就继续跑。

这一跑，就是几个月。余克彬便靠两条腿，跑遍了泉州市区的主要街巷。也靠两条腿，跑出了他的创业成果：他找到了市中心适合办学校，租金又较便宜的场所——泉州市文化宫培训中心大楼。他请来了本市三十多位中小学退休教师加盟。这些退休教师都是名师，有些人怀疑这位刚20岁出头的小伙子的能力，一见面便拒绝了他。可他并不气馁，而是三顾茅庐，一次又一次拜访，那些名师终被其诚心打动。他还跑来了创业批准文件——2008年初，他创办的泉州市金海洋文化培训学校由教育主管部门正式批准。

有地点，有师资，有许可文件，他再通过长跑，招来了首批学生。这期间，他在找人办事或上门发传单时，被人拒绝和撵出来的次数，自己也数不清。

如今，他的学校已成为福建省泉州市小有名气的培训机构。那些如他当年学习成绩不理想的中小学生，可以在课余时间到他的学校里接受因材施教的充电，从而激发潜能。学校已培养出了一批又一批特长生，并成功地将数名百艺考生送入全国知名大学。

余克彬说，学业和创业都像跑马拉松一样，输在起跑线上并不可怕，可怕的是不能坚持。起跑时落后的人，只要认准目标，只要坚持和永不放弃，一样能达到成功的终点。

· 上帝忘了给他的世界开声音

周建波小时候很自卑。别的男孩在外面疯玩时，他则一个人躲在家里。

在 20 世纪 60 年代末，女人们还时兴打毛衣、做女红。无聊时，他就跟着母亲打毛线、做衣服。做出来的活儿，竟然比母亲做得还好。

高中毕业时，周建波报考了一所工艺美术学院，他自己创作的美术作品得到考官一致好评，可却没有通过面试。

那年周建波才 18 岁，曾两次自杀，好在都被家人及时发现抢救了过来。见母亲哭得万分悲痛，他猛然醒悟——怎么舍得让母亲如此绝望呢？

痛后是新生。上不了大学，那就自学吧！从此，周建波开始了自己的艺术人生。

无数个日日夜夜，多少载寒来暑往，除了自学，还是自学，他竟然能在绘画、雕刻、泥人、工艺品制作等方面无师自通。他的作品开始受到外界的关注，多次在国内外评比中获奖。他成了不少厂商的设计总监，为他们设计的家具、珠宝和工艺品等，独具匠心。

2009 年初，47 岁的他还成了福州一所工艺美术学院的客座教授，定期给那些学工艺美术的大学生们上实践课。

2001 年底，周建波所在的县城——福建省沙县举办了一个蝴蝶标本展览。看着那些姿态各异的蝴蝶，周建波突然有了用红纸剪蝴蝶的念头。他就把自己关在屋里，手指被剪破了无数次。慢慢地，他的剪纸手艺逐渐提高，能在一分钟内剪出 30 只形态各异的蝴蝶。

最初，他剪了 2000 多只没有雷同的蝴蝶，被中央电视台报道后，有人打电话来将他痛骂了一顿："2000 只有什么了不起的，厉害的话，你剪一万只出来给我看看。"

周建波不服气。凭什么我就不能剪出一万只蝴蝶？一个大胆的构想诞生——剪一万只蝴蝶，首尾相连地粘贴在一幅长卷上。

这注定是个漫长而艰辛的创作历程。他在记忆中搜寻创作灵感，上网或到书店寻找样本，几乎跑遍了大半个中国，北京、上海、广州、天津、兰州……都留下了他临摹蝴蝶的身影。有了蝴蝶样本，剪刀红纸一阵翻飞，一只活灵活现的蝴蝶就神奇般诞生。

整整 5 年，他每天忙到凌晨三四点，每天只睡两三个小时，有时累得连从椅子上站起来的力气都没有。为了这个宏大的创作计划，他花光了积蓄，腰背落下毛病，消瘦 20 斤。

2006 年 10 月，这幅"巨制"横空出世，一万多只蝴蝶粘贴在一卷长 106 米、宽 0.73 米的图画纸上。当上海吉尼斯总部评审专家看到作品后，简直不敢相信自己的眼睛。

怎么才能精确地算出蝴蝶的数量呢？如果直接清点，估计几位专家会数晕过去。还是周建波想出了办法，让大家在每只蝴蝶上放一粒黄豆，待所有蝴蝶上都放了黄豆后，再把黄豆集中起来。数黄豆就容易多了。一粒、两粒、三粒……一万一千九百九十九粒、一万两千粒——12000只手工剪纸蝴蝶，世界之最诞生了！

2007年6月，上海大世界吉尼斯总部给周建波颁发"大世界吉尼斯之最"证书，确认他的剪纸作品《万蝶图》为世界上"数量最多的蝴蝶剪纸作品"。他被誉为"蝴蝶王"。那位曾经骂过他的人，打来电话向他道歉，佩服他的勇气与艺术精神。

2010年年初，周建波得知上海世博会将设立一个"生命阳光馆"，正征集一些个人艺术作品，他坐不住了，觉得自己应该要有作品参展。他选定仍为剪纸蝴蝶。

世博会也是艺术盛会。要入选世博，就不能仅仅如《万蝶图》那样以数量取胜，更要以艺术取胜。因场地所限，他选择只剪99只，但蝶形要比《万蝶图》大而丰富。

这注定又是一段艰辛的创作过程。

一次，周建波见街上一漂亮女孩的裙摆图案可以做蝴蝶样本，便痴痴地跟着女孩，盯着她的裙子看。女孩以为他耍流氓遂报警。周建波被带到派出所，经过一番解释才消除了误会。

三个月后，承载着周建波世博梦想的剪纸作品问世，取名为"蝴蝶梦"。5月，《蝴蝶梦》被世博会组委会列为生命阳光馆展品。

2010年6月28日，在上海世博会生命阳光馆里，一幅长18米的长卷徐徐展开，99只蝴蝶形态各异，栩栩如生，美轮美奂，展翅欲飞。并且，它们没有两只是一样的。

周建波还拿出了《肩膀戏》《母子之情》《农家乐》三幅剪纸作品捐赠给上海世博会生命阳光馆。该馆将把这三幅作品永久收藏，并给周建波颁发荣誉证书。

随后,周建波左手拿着一把普通的剪刀,右手拿红纸,转眼间就为参观者送上一只只蝴蝶。这些蝴蝶一只一种形态,一只一个花样,没有两只是相同的。在三天时间里,他为观众剪了1000多只蝴蝶。

记者前来采访他,但问了几遍他都没有反应,而是微笑地看着记者。工作人员忙告诉记者:"周先生是位失聪的残疾人,如果没有佩戴助听器并大声和他说话,他是听不到的。"

原来,周建波在8岁那年生了一场病,致双耳失聪。母亲鼓励他,让他凭借那些熟悉的声音还在记忆中没有消失时,坚持与人说话,他才因此没有丧失说话的能力。

周建波笑着说:"上帝忘了给我的世界开声音!"

上帝忘了给他的世界开声音,他却用一双灵巧的手创造了一个多彩的世界。

笑容背后的坚强

因从事与文字有关的工作，我有幸认识了这5位朋友。

我到他单位，不知他在哪间办公室，就打手机给他。到了三楼，没找到他，原来他到楼下接我了。见他一瘸一拐上楼来，我很惊讶。我吃惊的不是他因小儿麻痹症而瘸着右腿，而是他看上去还像个孩子，满脸纯真灿烂的笑容。他兴奋地摆出了他在台湾出版的百万字魔幻小说正版本，又拿出不法书商印的盗版本。我问，你的书被盗版，你会不会很气愤？他仍然笑，说气愤也没用，个人的力量根本禁不了。不过，反过来也证明这本书有人看，心里还是乐的！

他的笔名叫纹山，前些年写了大量的诗歌、散文，现业余投入魔幻小说创作，收获颇丰。面对挫折，他的乐观与从容，让人佩服。

和第二位仁兄刚认识时，我给他打电话，但我说的话他大多无法听清。过后我才知道，他在20年前渐渐走入了无声世界。我们改用QQ聊天，他叫我耿老弟，我叫他阿炳兄。每回，他总说，又在某报上发了某某文章，让我分享他收获的喜悦。然后就发一个笑脸给我。他说他买了个店面，女儿上了大学，生活让他无法停下手中的笔。他说到冬天很怕冷，最怕冻脚。我说我也怕冷，也怕冻脚。然后两人就互发笑脸对笑。每回，他总对我说，老弟，要保重身体。

我在读初中的时候，就在当时的市报上看过他写的诗和故事。失聪，没有让他自怨自艾，创作激情却与日俱增，出版了多本诗集，写了大量的生活随笔。他叫宁江炳，文朋诗友都称他为阳光诗人。

还有一位朋友，在他给我的E-mail中，多次邀请我到他家坐坐。几次都因可怜的所谓琐事而不能成行。那天，得了个空来到他家。他的家简陋却干净整洁，床后的那面墙是直至屋顶的书橱，里面都是书。他和爱人的笑容把整个陋室都照亮了，让人觉得温暖。他说，他现在过得很充实，可以用电脑与人交流，认识了许多朋友，还能出去买菜，找人下棋。

他叫西风，因一次意外，终日只能与卧榻和轮椅相伴。但他却能笑对人生。他歉意地说，你来看我，我却无法去看你。其实，他虽行动不便，却是活跃的，是文坛的常青树，十几年来一直是当地文坛最活跃的作家之一。

另一位连轮椅都坐不了，只能长年卧床的青年叫张先震，他16岁时患强直性脊柱炎，一年后丧失行走能力，至今已卧床20年。他写作的时候，躺在床上只能一手托着键盘一手打字，甚至上半身都无法向上仰起一点儿。打一个字要耗费多少心力，作为肢体还算健全的我是无法想象的。而他，就是靠这双手这样写作，迄今已发表一千多篇作品和出版多部儿童文学专著，是孩子们喜爱的儿童文学作家。他说，生命的目的和意义绝不在于感受痛苦，而在于享受生命，享受活着的欢乐与美好。他问自己，如果来生仍瘫倒于床，还愿意出生吗？他毫不犹豫地回答："愿意！"

　　我给他打电话，打了半个多小时。我愚笨的脑袋突然想到，我的电话是不是增加了他身体的不适与痛苦。没想到他竟呵呵呵地笑着说："我打电话比你舒服多了，话机就在床头，把听筒放在枕边就可以了。而你，却要一直举着话筒。"他的笑声感染了我，我不再感觉到举话筒的手已经酸了。

　　最后要说的这位朋友是一位女孩。永安女孩美丽之最属于张静初，而美丽又坚强之最则属于她。我跟她的同学一样叫她"爱"，她则俏皮地叫我"耿 sir"。在她发来的一次 E-mail 中，文字没有标点，我提醒了她。她在回复中说，她打那几个字，是一项大工程。我孤陋寡闻看不懂，便将她名字——"吴桂爱"在网上一搜索，看着电脑屏幕，我惊呆了！她患小脑性共济失调症，已重度残疾。她父母说："我们忙于生计，她都是自己照顾自己。要上厕所，或要拿东西，她就蹲在地上，靠手帮忙着爬行。身体状况差时，就只能坐在地上，一厘米一厘米地挪着。"在从小到大病情渐渐加重的过程中，她的身体倒下过无数次，可她的人生没有倒下，坚持读完了大学；她有时很难控制书写，十几分钟写不了一个字，却完成了 20 多万字的作品。

　　我打电话过去向她道歉，她却发出了一串银铃般的笑声。更让我惊讶的是，前些天一位关心她的朋友对我说，现在桂爱打字速度已能超过她。她在自己的博客"凭窗手记"主页签名说：我啊，生病在家，喜欢笑，喜欢自己，喜欢自己的朋友，喜欢文字，喜欢网络。只论喜欢，不论其他。

　　这是怎样的一种人生宣言啊！是的，上面这 5 位朋友，背后都有一个悲酸的故事。命运给了他们太多的苦难，他们是不幸的，可他们却从未放弃过对生命的追求和人生的梦想，反而比常人显得更加从容与乐观。正如"千手观音"里的聋哑女孩姜馨田微笑着用手语"说"："生命，总是有梦的，哪怕是一棵受伤的树，也要献出一片绿荫，哪怕是一朵残缺的花，也想献出全部芬芳！"

我也会有失意的时候，但大多是庸人自扰，譬如嫌自己没有高大帅气的外表，嫌自己不聪明，嫌家境没有人家的好，更嫌工资不够高、房子不够大、工作条件不理想……不胜枚举，却都浅薄。为此而愁眉苦脸，自然丧失了生命本该追求的东西。

我欣赏这5位朋友从容地笑对人生。

笑对人生，并非面对困难与挫折只是笑笑而已，而是锲而不舍地锁定目标，永不言弃，顽强地活着，并凭借积极乐观的态度去克服和战胜。

笑对人生，这是用微笑来感谢上苍——感谢上苍让我们拥有生命！

笑对人生，让我们透过笑容背后的坚强，看到生命存在的本质意义！

猪笼草也有温润的春天

热带有一种藤本植物叫猪笼草，能在极端恶劣的条件下生存，若贫瘠的土壤提供不了它所需的养分时，它的叶片会卷曲起来捕捉昆虫，汲取昆虫的营养物质，从而继续存活下去。

朱月珍的网名就叫猪笼草。有人问她，是不是要像猪笼草一样顽强地活下去？她笑而不答。

朱月珍出生时，因家境贫寒，父亲曾将她送给别人抚养。哥哥知道后，还是将她抱了回来。不被重视与疼爱，反而造就了朱月珍倔强的性格。上小学时，她报名参加环城赛跑，每天凌晨5点就要起来训练。那时，这个瘦弱的女孩儿双腿能健步如飞。

可上了中学后，灾难却接踵而至。母亲下岗，父亲病逝。后来，朱月珍发现在跑步时右脚会突然拐一下，然后便莫名其妙地摔倒在地。医院诊断为髋关节坏死，为先天性的，应动手术。可因父亲病故家里还欠一大笔债呢，哪有钱来给她治疗？

那时，两个哥哥都在外地工作，姐姐已出嫁，家里只有母亲和她。看着年迈的母亲在医院当护工，起早贪黑做很辛苦的工作，她毅然辍学打工,以贴补家用。

这年冬天,朱月珍靠打工有了一定的积蓄,决定治疗自己的腿。这次检查,除了确诊右髋关节坏死,还查出患有脊椎肌瘤。医生建议先对脊椎进行手术。手术后,腰脊骨安上了两块钢片。在康复治疗的几个月,她睡觉时只能趴在床上,异常痛苦。可不幸的是,康复无效,手术失败了——原本还能和女伴们一起去跳舞的她便再也无法正常行走,出行只能依靠拐杖。

这对于天性活泼好动的朱月珍来说,犹如晴天霹雳。寒夜,她一个人悄悄来到江滨,割了手腕……凌晨,有晨练的老人发现了奄奄一息的她,她才从死神手里被救了回来。

她猛然清醒——死都不怕,还怕什么呢?她如获新生——那就挂拐杖吧,我要挂着拐杖换一种活法。

她去一家音像商场应聘,老板见她挂拐,只同意试用一下。有一天,老板让她找杰克逊的CD,她一转身就找了出来。这让老板吃惊不小,若换别人至少也得几分钟。朱月珍说,已经将所有CD带进行了分类。此后,聪颖的她每月都给老板带来不断增长的销售额。

后来,朱月珍到一家橱柜店做销售员。她挂着拐杖走遍了全市所有新建小区,然后从选点、租房、设计到销售,全由自己打理。她成了当地进小区布展销售整体橱柜的第一人,获得了巨大成功。

接着,她敏锐地看到了房市的兴起,建议老板开设分店,走中高端产品。老板没有采纳。她便决定自己创业。为了不与老板竞争,她选择了卫浴产品,而放弃了最熟悉的橱柜。

要做,就得做最好的。她挂着拐杖只身来到厦门,与多家品牌卫浴厂方代表谈判。对方均为其营销理念叹服,更被她的坚强所打动。就这样，朱月珍在福建省永安市开起了一家国际知名卫浴品牌专卖店，且成为地区唯一代理商。仅三年，她就积累了上百万资金，又在本市最大的装饰材料卖场开了一家卫浴设计生活馆，规模扩大好几倍，卖的都是中高档卫浴产品。

每有顾客上门，她总要到顾客的新居看看。她的拐杖上有精准的刻度可以测量，然后给顾客免费设计，出方案和效果图，帮客户营造一个漂亮的空间。不论买不买她的产品，只要客户同意，她都这样做。结果，她获得了好人缘，其专营的卫浴产品在当地中高端市场占有份额达50%以上，认识她的人都称其为"马桶皇后"。

她说，人在陷入绝境的时候不该自暴自弃，而应像猪笼草一样换一种活法，这样才能等到他所期盼的温润的春天。

这也许就是朱月珍用"猪笼草"作为网名的原因吧！

让所有的梦想都开花

家住福建省三明市岩前镇的肖爱平,因先天脊椎畸形,成年后身高只有 1.1 米。

父母跟她说:"我们虽是农家,但你不用担心,让你一辈子吃饱穿暖没问题。就算以后我们不在了,亲戚们一样会照顾你的。"

她也不止一次听人这样背后议论她:"这小不点儿,一辈子只得窝在家里了,干不了重活,嫁不了男人,生不了孩子……"

可生性活泼开朗的肖爱平却不相信命运就是这样安排的。17 岁那年,她决定出去走走。来到城里,学人家修伞补鞋。可补鞋车架子比她个头高,每天要费很大的劲才能将车子推到街上等候顾客。

这不是她想要的生活!她想,她的工作一定不能有体力活。

后来,她听说省残联免费为残疾人培训电脑,便风风火火地跑到福州参加了培训。后来,她又听说福建漳州师院在招英语专业的学生,便给师院校长郑声涛写了一封信。郑校长也是一位残疾人,很快给她回信,免费接收她来师院做一名校外辅导班的学生。就这样,肖爱平在漳州师院待了三年。她勤奋刻苦,每年报考的自考科目都顺利过关,完成了英语专业大专课程。

2005 年 7 月，28 岁的肖爱平只身来到厦门，应聘到一家外企做文员，圆了不做体力活的梦想。

在厦门期间，她通过 QQ 认识了家住浙江丽水的网友吴新平。吴新平因小儿麻痹症残疾，只能架双拐才能走路。但他通过顽强自学，竟成了电脑高手，靠网游每月都能赚些钱。他听说肖爱平是学英语专业的，便开玩笑地说："我做网游需要一个懂英语的，不如你来给我打工算了？"

就凭这句话，肖爱平至今对当时所做的决定都还觉得不可思议——2005 年 11 月，她放下厦门的工作，来到丽水。

见到肖爱平第一眼，吴新平吃惊不小："你在 QQ 上说你个子小，以为你最多只是矮一点儿，没想到是这么的小！"

肖爱平嗔怪道："我个子小与你有什么关系？我是来给你打工的，又不是来给你做老婆的！"说完，两人都笑了起来。

朝夕相处，两人越来越投缘，暗生情愫。可吴新平还是觉得肖爱平个子太小了，自己是重残人，他担心两人在一起生活，会加重负担。吴新平的一位朋友对他说："这位小女孩真是不错，聪明，开朗，又有文化，如果你没留住她，以后会后悔的。"

旁人的点拨让吴新平醍醐灌顶。三个月后，他们俩喜结连理。

以前，肖爱平怎么也没有想到，自己竟然能圆嫁人的梦想。而现在，她的心大了，她有了生孩子当母亲的梦想。

2006 年初，肖爱平就有了身孕。吴新平却要求把胎儿打掉，想要孩子可以领养一个。因为肖爱平身体的确太弱小了，他担心她的身体。肖爱平态度坚决，铁了心要把孩子生下来。

随着胎儿的生长,肖爱平开始担心起来,她到丽水市妇幼保健院做孕检。医生盯着这位七八岁小姑娘般的孕妇,着实吃惊不小,根本就不敢检查。这事惊动了院长,院长亲自给她检查后,要求她做人流。可肖爱平坚决不答应,说自己和老公都是残疾人,如果流了,可能以后再也没有机会要孩子了。院长被这个小不点感动了,只能千叮万嘱必须定期来检查。

妊娠6个月后,肖爱平感到力不从心。吴新平见她气喘吁吁,像背了一座沉重的大山似的,更是忧心忡忡。他说,孩子可以不要,但我绝不能失去你!肖爱平反而安慰丈夫:"我妈说我命大,没事的,再说咱们不能前功尽弃!"

有一天,肖爱平高烧不退,咳嗽不止,一脸苍白。吴新平不由分说便打车把她送到医院。医生一检查就说,不能再妊娠了,否则就有可能撑破肚子。你重度残疾,怀孕等于把自己推向死亡的边缘,必须终止妊娠,否则母婴都难保。

冒死也要当妈妈。肖爱平态度仍然坚决。医生只好让她住进医院。

2006年7月28日,是肖爱平一生中最难过、最难忘、最惊心动魄的一天。这天,奇迹发生了,医院成功为她进行了剖宫产手术,顺利地产下一个1300克重的女婴。

因剖宫产后虚弱,肖爱平必须住院治疗,而且因婴儿早产且太弱小,心脏没长好,必须放在育婴箱里静养,又要一大笔医疗费。情急之下,肖爱平吃力地趴在床头,硬着头皮写了一封求助信,这封信被送到了当地媒体。当他们的事迹和遭遇经媒体报道后,许多人被感动了,纷纷为这对身残志坚的夫妻捐款,医院的医护人员也在院长的带领下,捐了近万元。

病床上的肖爱平泪花闪烁，她给女儿起名为念念，意思是念念不忘大家的爱心。

2006年11月，肖爱平带着女儿回到了家乡三明，与父母团聚。

亲友都劝肖爱平："你住得那么远，父母想看你一眼都难，你不如回三明吧？"肖爱平也觉得丽水那边因住在远郊，交通不方便，回一趟三明的确不易，也萌生了在三明安家的念头。

这边才刚想到这事，那边的吴新平因太想她们母女俩，再也忍受不了，便背着一台电脑，挂着双拐，乘汽车又坐火车赶到了三明。吴新平看出了肖爱平的心事，他理解她。两人一商量，便在三明租下了房子，添置了几台电脑和生活用具，开始了新生活。

现在，吴新平继续做他的网络生意，而肖爱平在淘宝网开了间名叫"念儿外贸服饰"的网店，现在已有上千件商品，生意做得风生水起。而且，附近所有残疾人制作的手工艺品，都可以挂在她的网店上。肖爱平无偿帮他们宣传和出售。

现在，10岁的女儿念念，个头比肖爱平高很多。当他们手牵手走在街上时，人家都还以为他们是一对小姐妹呢。

不屈服于命运的安排，肖爱平让所有的梦想都开出了幸福的花儿。

失败是人生的"投凉"

前段时间，我采访了一位资产上千万元、在几个城市拥有连锁餐饮业的女企业家，她的创业经历颇具传奇色彩。

十几年前，她还是一位农村姑娘，进城打工在一家酒店当服务员。可她不安于现状，见人家经营小吃店觉得很容易，就辞了工作与新婚丈夫盘下一间小饭店。两人既当老板又当服务员。为了能挣到钱，他们凌晨5点就起来做早点，熬到下半夜仍开着店，盼有客人来吃夜宵。两人只能轮流睡觉，就睡在小吃店逼仄的阁楼上。睡熟时，常有老鼠从身上爬过去。

可是起初生意并不好。她不甘心，便到全城众多生意红火的小吃店去取经。所谓取经，就是花钱吃饭，用心揣摸客人的口味。回来后她决定只做本地的风味小吃，把几道拿手菜做出特色。这样的改变，果然带来了越来越多的回头客。5年后，他们在市区繁华路段已有了一间大店面，在高档住宅小区有了一套复式房。

那时她觉得自己是个能人，得干一番更大的事业，瞒着丈夫用商铺和房子质押贷款投资煤矿。也就是这一下，她的人生出现了转折——

第二年,煤矿出了事故,合伙人卷款逃匿。因连带责任,她的店和房子都没了,还背上巨额债务,丈夫甚至提出要与她离婚。那段日子,她极度绝望,几次想自杀。

这时,有一个开策划公司的朋友找到她,愿意借给她20万元,要她以自己某一道招牌菜为形象注册一个餐饮业商标,规范餐馆经营。朋友对她说:"你死都不怕,还怕重来一次?若是亏了,我的钱就当打水漂!"

经历冰火两重天,她就这样绝处逢生。她比以往更专注于餐馆的经营,于是连锁店开了一间又一间,每间连锁店都用统一的商标。食客只要见到这一商标的餐馆,就知道可以吃到那道招牌菜,那也是一道大家再熟悉不过的菜肴——东坡肉。

她的东坡肉有什么与众不同?她说,他们做的东坡肉坚持比别人多了一道工序——投凉。就是将抹了酱油的五花肉在油锅里跑油后,迅速投入冰水里瞬间冷却,然后才拿去煲。这就保证了这道菜酥烂而形不碎、香糯而不腻口的风味。

投凉我是知道的。许多食材过油或焯水后,都要快速置冰水或冷水里冷却和漂洗,以保持食材原有的形色与鲜美,不因高温降至低温过于缓慢而使食材逐步萎靡衰败。投凉,在烹调中就是将食材逼上绝路,才能创出绝佳美味。

当然,这位女企业家能够成功,是因为她的餐馆对菜肴质量精益求精,更是因她能在失败后给自己一次投凉的机会,从而产生了绝地反击的巨大能量。

挫折是成功的垫脚石。如果你学会把失败当成人生的一次投凉,那么你也能烹调出更加美味的人生。

闭着眼睛罚点球

　　成哥是我以前的同事,后来单位破产了,职工各奔东西。那年成哥刚 30 岁出头,母亲半身瘫痪,女儿两周岁,一家大小正是用钱的时候,单靠妻子在超市当营业员每月几百元的工资,生计难以维持。

　　焦虑万分的成哥,卖过保险,干过保健品直销员,开过小吃店,但都没挣到钱,小吃店因经营不善,还亏了三万多元。困顿与重压下,让他几欲崩溃。如果不是上有老下有小,他会选择自杀。

　　那天,和成哥一起看世界杯,中场休息时,问起他那几年是如何挺过来并闯出一番事业的。现在,成哥已是一家营养快餐配送中心的老板,生意很红火。

　　成哥笑了笑说:"在主罚点球时,与其盯着守门员慌张彷徨,不如直面空门,想象守门员不在,直接踢球入门。"

　　我不解地问:"你看球赛看得太入迷了吧?"

　　他摇了摇头说:"那几年,我负担重,压力大,心里老想着要尽快赚钱把债还清,把家里的生活搞得好一些,做生意很怕亏本,做事情瞻前顾后,就像一只无头苍蝇乱闯乱窜。其实,越是那样,我越做不好,越做不好,压力越大。后来,有一次看球赛,有个主罚点球的球员竟然闭着眼睛就把球罚中,他当守门员不存在。这招太绝了,让我很受启发。其实,人生道路也一样,总是看着眼前的困境,心理背负太多,反而茫然失措。于是,我什么都不想了,把发财梦放在一边,把债务也放在一边,买了辆摩托车当摩的,没生意的时候,我就去送桶装水,送快递,也送外卖。后来,我从送外卖中看到商机,发现快餐店叫我送外卖越来越频繁,而那些在写字楼里上班的白领对快餐的抱怨却越来越多。我有开小吃店的经历,于是就办了这家营养快餐配送中心,当时根本没想要赚多少钱,只是想让那些经常买快餐的人吃的饭菜品种多一些,营养丰富一些,汤的热气多一些。现在,我做的快餐都是团购的,每天都要送出2000份,还有不少写字楼要和我签约,我正着手在城西和城南各开一间分店。"

球员在主罚点球时,研究人员的建议是:想象守门员不存在!因为处于压力下的球员比放松的球员更倾向于注视守门员,如果他的注意力集中在守门员身上,失误就会增加,甚至常会把球踢在守门员身上。对于球员来说,闭着眼睛罚点球,反而提高了命中率。

成哥从罚点球受到启发,放下心理包袱,没让困境成为绊脚石,他获得了成功。

每个人都有"最强大脑"

齐白石成名后,有人问他,如何从一个木匠华丽转身为一位巨匠呢?他答道:作画是守静之道,涵养静气,一心一意,精血诚聚,事业可成。所以有人说,在一个聪明人满街乱窜的年代,稀缺的恰恰不是聪明,而是一心一意、孤注一掷、一条心、一根筋。

看来,我们每个人都有"最强大脑"!我们多数人之所以不能发挥出来,也许缺的就是这样一粒NZT——经受磨难,耐住寂寞,集中精力,孤注一掷往前走。

· 带出生证的鸡蛋

2010年6月初,李学财花6万元从日本引进一台KGK彩色喷码设备,这种设备使用由欧盟食品卫生监督机构认证的专用食品墨,可直接在一些食品上喷打标识。李学财原本用这台机器给他的鸡蛋喷商标。后来,他发现这台机器有个万年历,能喷当天的日期。于是,李学财有了个惊人之举,他不但在鸡蛋壳上喷商标LOGO,还喷上了母鸡下蛋当天的日期。

在常温下,鲜鸡蛋的保质期只有30天左右,如果消费者看到这个蛋是十天半月前"生产"的,他还会买吗?喷上日期,等于给自己戴上了紧箍,经营风险不言而喻。

那么,青年农民李学财为什么要这么做呢?

李学财初中毕业后,在他的家乡福建沙县干了6年的农活,一年忙到头却挣不到钱。

沙县是全国有名的小吃之乡、板鸭之乡,商品鸭需求量大,如果养殖种鸭,一定能赚钱。想到这,李学财办起了种鸭场。到2004年,他养的种鸭存栏2万只,年孵化鸭苗200万只,年收入上百万元。但因后来禽流感暴发,他一下子损失了三四百万元。

多年的积累化为泡影,李学财欲哭无泪!

2007年的一天,央视七套《致富经》栏目报道江苏有人养殖黄粉虫喂鸡,以提高鸡与蛋的品质。李学财看到这一消息后,当即承租了500多亩的山坡地,决定养殖蛋鸡,打造真正的生态土鸡蛋品牌。随即,他让两位村民到江苏学习黄粉虫饲养技术,他提供一切费用。两位村民学成归来后,变成了养虫专业户。李学财与他们签订长期供应黄粉虫的合同,全部包销。

黄粉虫养殖场办起来,每天都有250公斤的黄粉虫运到李学财的养殖场,供6万只在山坡上放养的母鸡吃,每只鸡平均每天吃虫20只以上。

由于李学财的土鸡野外放养,吃的是牧草、杂粮和黄粉虫,不但母鸡免疫力强,不用抗生素防疫,而且使鸡蛋比普通土鸡蛋营养更丰富,蛋黄更大且呈天然橘红,蛋清黏稠,口感更醇正。

然而,这种生态土鸡蛋上市后,如何让消费者辨别成了大难题。禽蛋市场良莠混杂,大家都声称自己的蛋最"土",单单选用外包装,并不能预防掺假。曾就常有经销商用李学财的包装盒装其他品种鸡蛋作假的现象。

所以,李学财决定在每个鸡蛋壳上都喷上他的鸡蛋商标LOGO。当他知道这套日本KGK设备还能同时喷上日期时,干脆一不做二不休,给每个鸡蛋都喷上了"出生日期"。

在鸡蛋的外包装上打生产日期,这很常见。但在每个鸡蛋壳上喷生产日期,不用说在福建省,就是在国内外都是罕见的。

给每个鸡蛋颁发出生证,其实是一把双刃剑!

以往，靠外包装打生产日期，在仓储、搬运、营销等方面容易混淆，现在这样的问题迎刃而解。以往，曾有消费者买了新蛋后，将变质的蛋再装入新包装盒，要求退货。现在，每个蛋都有日期，杜绝了此类问题的发生。

但风险显而易见。鸡蛋在常温下的保质期为一个月左右，多数消费者看到生产日期超过10天的鸡蛋便不再购买。以前，经销商可以把包装盒更换一下，继续销售。现在，每个鸡蛋上都有日期，绝了后路。

可李学财却横下一条心走到底。对于已上各大超市卖场的鸡蛋，凡日期达到10天的，便按6折特价出售，达到20天的，一律下架，送给农户喂猪。其实，这时的鸡蛋还在保质期内，还很新鲜。

对于这样的做法，许多养殖户和经销商都说，李学财疯了！

消费者的检验，是鸡蛋品质的唯一标准。李学财的生态土鸡蛋上市后，销售量直线上升。吃过他的鸡蛋的人都说好吃，比农家自养的鸡蛋还香还好吃。

起初，超市营业员还能抢购到日期超过10天后打折的特价鸡蛋，因为他们清楚各批次鸡蛋的上架时间。李学财上架10天后的打折蛋，甚至比一些刚上架的鸡蛋都新鲜。而现在，李学财每天3万多个鸡蛋一上市，就被抢购一空，尽管他的鸡蛋单价比普通鸡蛋高了两三倍。

给每个鸡蛋颁发出生证，让李学财赢得了"最诚实养殖户"的美誉，他获得了成功！

一条有了梦想的台湾鲷

台湾鲷原产于非洲,20世纪40年代被引进到台湾养殖。这种鱼适应能力强、繁殖快、产量高,至八九十年代,台湾鲷成了台湾产量最高的淡水鱼,台湾也成为全球最大的台湾鲷养殖出口基地,所以大家干脆都叫它"台湾鲷"。也正因为这种鱼太好养了,所以它的价格便宜,是大众眼里最普通的鱼。

以前,台湾人食用台湾鲷可以整条红烧,现在整条红烧已没什么人吃了。人们更多的只是食用从它身上取下的左右两片生鱼片,剩余的鳞、皮、头、尾、骨等"下脚品",或是当垃圾丢弃,或是加工成很便宜的鱼饲料。

有一位叫王益丰的小伙子,看着一堆堆的"下脚品"被抛弃,很是惋惜,他异想天开地要把这些东西回收再利用。他说:"如果我是一条台湾鲷,那我的梦想一定是让自己身上的每一个部位都有价值。"

王益丰太熟悉台湾鲷了。他1981年出生于台中一个台湾鲷养殖世家,祖父是台湾第一代鲷鱼养殖户,父亲从事鲷鱼加工。他从小与台湾鲷为伴,看着台湾鲷、养着台湾鲷、吃着台湾鲷长大。

　　有时,他会觉得自己就像一条台湾鲷,貌不惊人,普普通通,但一样有改变自己命运的梦想!比如,他发现鲷鱼片刺身保存期限太短了,养殖户们都得靠鱼贩子吃饭。哪天鱼贩子不来进货了,连鱼片都得当成饲料。他便有了延长鲷鱼片保鲜期限的梦想。

　　那年,从台湾大叶大学食品科技系毕业后,王益丰回乡接掌家族的台湾鲷事业。他结合自己的专业潜心研究,首先对台湾鲷生食鱼片加工工艺进行改进,开发出了保鲜期限长的冷冻生鲜鱼片,并成功打入美国、日本、韩国、加拿大等市场。

　　冷冻生鲜鱼片撼动了台湾鲷市场格局,祖辈和父辈们没有想到,这位年轻的后生竟然改变了他们长期以来养殖台湾鲷得看鱼贩子吃饭的历史。

　　因为给养殖户带来了稳定的收入,王益丰被众多养殖户称为"台湾鲷王子"。然而,这仅仅是"台湾鲷王子"改变台湾鲷命运的开始。

　　台湾鲷的鱼鳞非常多,加工生鲜鱼片时,先要给鱼去鳞。大量的鱼鳞当垃圾丢弃,给环境造成了污染。把鱼鳞回收利用成了王益丰提升台湾鲷价值的又一个梦想。

　　那么,鱼鳞到底能拿来做什么用呢?王益丰苦思冥想都不得其果。

　　有一回,王益丰在处理鱼鳞时,有一片鱼鳞粘在皮肤上,因没有立即清洗,过了一段时间,鱼鳞竟然无法直接用水冲掉。粘得太牢了,他只好用力一揭,那感觉像揭去一层皮,有点儿疼,皮肤呈现白白的一块,并有点凹下去。

　　这太奇怪了,让王益丰很纳闷。后来他查阅了大量资料,并将鱼鳞进行化验研究,原来鱼鳞中含有丰富的胶原蛋白成分,和皮肤非常容易融合。用力揭下来,自然把皮肤也脱下了一层。而胶原蛋白是一种难得的美容佳品,每公斤胶原蛋白市价高达40万元新台币。

王益丰想,如果能在台湾鲷鳞片中萃取出胶原蛋白,不仅可以废物回收、减少污染,更能创造台湾鲷的高附加值。

粪土能变黄金?祖辈和父辈们都认为他太异想天开了。

可王益丰不相信想到的会做不到。为了寻求技术突破,他历经不断的尝试、失败、研究,终于找到了可以用酵素、微生物方式在鱼鳞中萃取胶原蛋白。

他的项目引起了日本客户的注意。日本人到台湾实地考察后,同意与王益丰合作共同研发,让萃取技术更加成熟稳定。合作的第一年,王益丰从台湾鲷鱼鳞上萃取的胶原蛋白便成功销往日本,成为日本化妆品的重要原料。

鱼鳞项目的成功,让王益丰对台湾鲷的其他"下脚品"开发增添了信心。鱼头、鱼尾、鱼皮、鱼骨等,都先后被他研发成功。目前,一条台湾鲷在王益丰的工厂里已经可以分解成用途不同的十余种产品:鱼头可以提供给餐饮店作为鱼头火锅原料;鱼眼抽取玻尿酸,主要用于医疗和美容两大领域;鱼骨加工成浓缩鱼汤,是女人坐月子的上好佳肴;鱼内腹做成蒲烧鲷,代替价格较高的蒲烧鳗;鱼尾做成鲷鱼翅;鱼皮加工成鱼皮带、鱼皮鞋和鱼皮鞋垫……"台湾鲷王子"通过台湾鲷"下脚品"的开发,每年创造的产值就是2亿元新台币。

当一条台湾鲷有了梦想,它就游在了提升价值的起点上。

家具论斤卖

2007 年底，李机能创办连天红家具公司时，正值国内红木家具市场进入"泡沫"时代：一是红木家具投机交易活跃，市场价格远远脱离了实际价值，一套红木家具动辄几十万元，甚至数百万元，已不是普通家庭所能消费得起。二是市场鱼龙混杂，掺杂使假现象严重，遭遇诚信危机。

可李机能却"偏向虎山行"，在有三千多家家具生产企业的福建省仙游县，一出手就投资几亿元，建起三万多平方米的生产基地。同行都说，李机能这是嫌钱太多了。

一年多后，市场更为严峻，而李机能的生产车间已基本投产。如果还像同行一样，招加盟店，吹捧红木家具的"艺术价值"，最终可能会沦落到像一些厂家一样以次充好、贴牌销售才能生存，市场会更混乱。一旦陷入恶性竞争，对于投资如此巨大的连天红，恐怕生存不了多久就会夭折。

李机能当然不想看到这样的结果。他实行了一个让全国同行们都无比惊讶的举措："红木家具按斤论价！"即家具按不同的材质确定不同单价，称重出售。如那年 8 月，连天红南美小叶檀家具每公斤售价 269 元，缅甸花梨每公斤 379 元，鸡翅木每公斤 369 元……只要是同等木材，就实行一样的单价，而不以工艺和款式定价。并且，只开直销店，不加盟，不贴牌，全部自己生产自己卖。

家具论斤卖？立即被人嘲笑为福建农民卖地瓜。市场上普遍认为，红木家具之所以价格昂贵，不仅因其材质的稀有，更因其手工雕刻的艺术附加值。不同设计和不同雕工手下的艺术附加值肯定有差别，而按重量出售怎么体现艺术的优劣？

面对疑问，李机能却直面消费者，揭开了红木家具的生产"内幕"——不可能百分百手工制作，市场上基本没有纯手工制品。他并不避讳"机器生产"这几个字眼，承认他生产的红木家具是手工加流水线混搭作业，即制作毛坯时采用数控车床生产，精雕细刻则由手工完成。他组建起了上百人的设计团队，让每一件产品都是传统工艺与现代科技的结合体，这使他的家具可以像卖地瓜一样按斤出售。

因按斤论价，李机能挤掉了红木家具市场所谓"艺术无价"的"虚高水分"，虽屡遭行业质疑，却获得了消费者的认可，短短几年时间里，他的家具常在一些地方出现"一木难求"的情况。

后来，李机能已在全国设立两百多间直销店，年销售收入几十亿元。

李机能的成功告诉我们，只要符合市场规律，诚信对待消费者，家具论斤卖又有什么不行？

精美的石头会唱歌

　　许多人玩石头，不过是怡情养性，玩玩而已。而福建三明"清石缘"奇石馆的主人卢笙玩石头，却玩出了生意，玩出了产业。

　　短短3年间，从开瓷砖店代卖石头，到办起奇石馆，再到创办连锁式的奇石交易平台，从被迫买石头，到成为玩石达人，再到石头交易达五六百万元之巨，卢笙和他的妻子黄明珠已实现了玩石赏石、以石养石、点石成金的华丽转身。

　　对于石友来说，收藏的每一块石头背后都有故事。卢笙的故事，却比任何一块石头都来得精彩。

　　卢笙是永安人。他初中未毕业便辍学，骑三轮车上街练摊。后来跟一位莆田木雕师傅学雕刻，虽勤奋好学，但并没得到真传，只好四处漂泊打工。

　　2002年，卢笙应聘到保险公司当营销员。两年的营销个险经历，他光参加公司的培训和自费培训就达五六十次，为了克服内向心理，他咬牙举手发言，"为了突破心理障碍，当时觉得只要有勇气，一切都可以改变。"卢笙说。

果然一切都在悄然改变,卢笙的职业技能不断提升,他办过化肥厂、筹建过电子网络公司,并利用业余时间刻苦读书,完成大学学业。

2009年,他对自己的职业规划已开始清晰起来——那就是自己创业。恰巧这时,他认识了黄明珠。

黄明珠也是永安人,年龄仅比他小两天,曾在永安做过瓷砖生意。两个有共同志向的年轻人一拍即合,决定共同经营事业和人生。

喜结连理后,他们开了间瓷砖店。但因瓷砖店投资较大,创业初期只能边装修边做生意,然而生意一直不咸不淡,仅处于维持状态。

"之前,我努力做事,学习职业技能,但都没有明显成效,我想,那都是在储备能量,我相信机会总会给有准备的人。"卢笙说。

2010年一个偶然机会,卢笙看到三明有人在玩奇石,于是认识了几位石友。后来有石友想将奇石摆一些在他的瓷砖店里寄售。"奇石摆在店里,与瓷砖相得益彰,既供人赏玩,以石会友,还可寄售,谁说不是一个商机呢?"卢笙当即同意。

这年夏天,一位自称懂《易经》的老者建议他在店里摆一块大一点的石头,可以"镇店"。卢笙没在意,妻子黄明珠却记在心上。

不久他们到北海办事,遇到有人要将收藏的五六十块石头卖了,这堆石头里有一张巨大的石茶桌,黄明珠很喜欢。但主人不单卖,一定要把所有石头都买走,开价10万元。

10万元买他五六十块石头?卢笙不干,可妻子要买。

最后,夫妻俩从北海拉回一车石头。

"也许是巧合,也许真是'石'来运转,这批石头拉到店里的当晚,以前晚上基本没生意的瓷砖店竟来了4拨客人,成交近30万元,是此前半年的营业额!"卢笙的妻子黄明珠兴奋地说。

卢笙认为，是奇石提升了瓷砖店的品位，客人进店赏石，很快拉近主客间的距离。人气聚集，瓷砖店的生意越做越好。

2011年初，当地奇石协会搞奇石展，卢笙便将那块石茶桌拿去参展，因石头里有只凤凰，将其取名"有凤来仪"。"真没想到，第一次参展就得了金奖！"卢笙说。

"有凤来仪"搬回店里的当天，当地一位老板就找上门来，用10万元买走了茶桌。一块石头就卖了10万元！这等于把一车石头的本钱赚回来了，夫妻俩又惊又喜。而购得此石的老板生意也风生水起，现已有人出价30万元要买去"转运"，被他回绝。

卢笙在石友圈里声名鹊起，他对奇石更感兴趣了。他寻石淘石，交了许多石友，把许多石友的奇石放在自己的瓷砖店展示和交易。

"这样一来，我的瓷砖店就成了奇石挂货铺。"卢笙说。许多石友通过交换或者交易得到自己想要的奇石，他也从中获益，以石养石。有一回，一位老石友去世，家人找到卢笙，希望他将老人留下的石头都买走。卢笙当时想，老石友的心血扔了可惜，就买下了那批石头。那批石头带来不少收益，其中有一块图纹像浮雕的白鸽，卢笙经过精心配座，给它取名"和平天使"，立马被一位石友看中，非要买走不可。卢笙以8万元忍痛割爱。之后仅半年，就有人出价20万元求购此石，如今又有人出价30万元，但这位石友仍舍不得出让。

点石成金！在卢笙眼里，奇石已是一个潜力巨大的产业，他便投资策划建立起了专业的奇石交易平台，让这一产业呈规模、规范化发展。

卢笙在以石会友、寻石收石中拜师求艺，搜集钻研专业资料，很快提升赏石鉴石水平，并提出了"天然、稀少、形奇、图美、质佳、色亮、皮好、体完、神丰、韵足、出典入故、寓意吉祥"的二十八字诀。

在他的奇石交易中心,展示有黄河石、三峡石、乌江石、闽江石、黄蜡石、九龙壁和本地的沙溪石等众多奇石。卢笙认为,淘到一块神形兼具的奇石,就是淘到一块宝。给每一方"宝石"取名,则考量着石友的文化底蕴,也是玩石的重要环节,有画龙点睛的奇效。

产自沙溪的一方金纹石,隐约可见有个人低着头坐着。卢笙将其取名"慈母",让人联想到孟郊《游子吟》中"慈母手中线,游子身上衣"的诗句,鉴赏品位立即在伟大的母爱中升格。

同样产自沙溪的一方金纹石,可见一人长袖舒展、长裙飘动,如翩翩起舞的仙女。卢笙取名为"婀娜多姿",立即让人感觉舞者呼之欲出,令人叫绝。

一方产自贵州的乌江石,叫"神仙眷侣",感觉真有一对仙眷腾云驾雾于极乐世界,让人叹为观止。

还有"天鹅回眸""八仙之首""旺财添丁""金猪拱财"等,都是卢笙对每一方石头倾注了情感,让它们都有了生命。

值得一提的是,卢笙收藏的一块奇石居然显现着"卢笙"两个字,浑然天成,真是不可思议!"有专家说,从古至今还没听说有人找到天然完整显现自己名字的石头,这概率可是千亿分之一。"卢笙说,也许这就注定自己今生和石头有缘吧!

卢笙以前学过木雕,对底座如何与形态、大小、主题各异的奇石协调搭配也有独到的设计,再请专业工匠来制作,达到好马配好鞍的效果。有些奇石的底座,还是颇具艺术价值的木雕作品。

卢笙还自己办起了奇石网站和微信公众号,奇石展示、交流交易,已没有地域限制。通过网上进行奇石收藏文化的传播初见成效,有东南亚、中东、欧美的客人通过网络联系,前来参观交流。并且,卢笙还选择了由中国观赏石协会主办、具有国际刊号的《宝藏》杂志作为合作媒体,并任三明通联站站长。

"精美的石头会唱歌,它能给勇敢者以智慧,也能给勤奋者以收获,只要你懂得它的珍贵呀啊,山高那个路远也能获得!"这首电视剧《木鱼石的传说》的主题歌,似乎就是卢笙与石结缘传奇人生的写照。

从冬天开始卖冰棍

2010 年,全国家装建材行业进入"寒冬"。在林强身边,就有个别建材经销商因难以为继而吃了订金卷款逃匿,也有不少经销商转行经营其他行业,更多的经销商为了安全"过冬"则全面收缩战线。

可就在这一年,林强却逆势而上,不但扩张了战线,投资 400 多万元扩大家装建材营业面积 3000 多平方米,而且新增了多个经营品牌。

他告诉合作伙伴和公司员工们:"在这个行业,就是'剩'者为王!"

创业前,林强是福建三明一名国企职工,做着一份轻松而简单的工作,每月工资 1000 多元。这在 20 世纪 90 年代中期,算是高薪。

然而生性喜欢挑战的林强并不看好这份高薪。他说,这份工作一眼就能把职业生涯看到底,你现在是这个样子,可以预见二三十年后还是这个样子。

不想安于现状的他,开始寻机做点小生意磨炼一下自己。

有一回,林强捣腾电子宠物。当时电子宠物刚兴起,当地玩的人很少,商店只愿意代销,不愿经销。为了能让手中的货都卖了,脑筋灵活的林强想出了个歪点子,让朋友去一间开在学校边上的文具店,将他在那儿代销的 5 只电子宠物全部按销售价买回来。果不出所料,文具店的店主认为有利可图,便主动打来电话,要经销他的电子宠物,且一下子要进货 20 只。

在与店主的交谈中,林强知道对方是下岗工人。他心里不安了起来,只卖给他 3 只。后来,那 3 只电子宠物在那店里一直都没卖出去。

这事给林强的触动很大。如果靠歪点子,纵使赚到了钱,显然自己并不开心。赚钱的最终目的是精神享受,如果赚钱是建立在别人的痛苦之上,这钱绝对赚得不安心,那如何享受到财富的快乐?

从此,"经商要讲诚信,做人要讲良心"的理念扎根林强心中。

2001 年初,为了全身心创业,他毅然从单位辞职。起初,他想开西餐厅,到福州一家知名酒店当学徒工。每天,他来得比师傅早,走得比师傅迟,勤学苦练,仅两个月,就熟稔了西餐各菜点的制作方法,是学徒工里学得最快的。

后来,因开西餐厅投资较大,他又辗转来到广州,在一家印刷厂跑业务。2002 年初,因父亲生病,林强回到三明,照顾父亲之余,给某品牌酒做业务代表,每天骑着自行车,走街串巷搞推销。

2002 年 8 月,他无意中走进一间家装店,里面展示的是整体橱柜。当时市面上销售橱柜的比较少,市场认同度并不高,但平时喜欢看《商界》《销售与市场》等财经杂志的林强从中看到了商机,认为整体橱柜一定会成为未来家装市场的主流。

他查阅了大量资料,知道欧派整体橱柜在当时已是全国的知名品牌。既然要做,就要做最好的品牌。随即他前往广州到欧派总部参观,并在那儿学习了一个月。回来后,他与另一位合作伙伴一起筹措资金,租了店面,在三明开办了第一家欧派整体橱柜专营店。

创业之初，并没有想象中的那样一帆风顺，开业整整半个月，他们竟然没接到一个单子。可开弓没有回头箭。林强认为，没有生意一定是自己的问题，而不是牌子的问题。他想到了做酒销售代表时的营销方式，走出店门，到每个新建小区推广……终于，他有了第一个客户。

白手起家，注定有别人想象不到的艰难。前期的营销，签单后的设计、送货、安装，售后的服务……还来不及培训工人，就自己干，常常是起早贪黑，满身尘土。

有一回，有一位是邻县的客户，晚上装车，半夜到邻县。为了省钱，林强就到桑拿浴室去睡10元一晚的休息房，第二天早上6点就干活。一天下来，那是蓬头垢面，全身酸痛得站不起来。与他一同前往的工人说，没见过这样当老板的。

林强说，无论做什么，既然做了，就要做得最好。这不但体现在选择品牌上，还在于设计、安装和服务上。有一次，有一用户因使用不当，灶台面板出现了变形，且已过了保修期，但林强还是决定免费为用户更换了面板。

正是他选择了好的品牌，提供了优质的服务，为欧派在当地赢得了客户、赢得了市场。后来，他逐步增加了欧派衣柜、欧派电器的专营。同时，他又向家装相关产品延伸，先后增开了安华卫浴、友邦集成吊顶等品牌专营店。

2010年，因前些年家装建材行业盲目扩张，及当年房市交房量的下降，造成该行业竞争更趋激烈，行情进入低谷，许多建材商都难以为继。

然而，林强却连续施展了几个大动作，经营面积扩大到近5000平方米，并成立了符合现代企业制度的有限责任公司，打造起他的家装建材航母。

　　勇于挑战源于他的自信。果然,"寒冬"一过,林强打造的家装建材航母立即成了当地的行业龙头。

　　"越是在寒冬时,越能蓄积力量。我们就是要在冬天开始卖冰棍,做品牌,做服务,待到了'夏天'时,就一定能实现我们的发展目标。"林强说,在这个市场,有力量"剩"下来的,就是胜者。

一次失误换来的巨额财富

陈瑞跃是福建三明一位小有名气的猪倌。15岁那年,他怀揣300块钱独自从闽南老家来到三明,收购农家猪贩卖到城里赚取差价,几年间便赚了二三十万元。

1996年,生猪出栏价每公斤从3.5元跌至1.5元,许多养猪场倒闭。陈瑞跃却逆市而动,大量收购各养猪场贱卖的种猪,自己建起养猪场。第二年年底,猪价回升,他赚回近百万元。几年后,他建起了年出栏3万头商品猪的大型养猪场,成为当地生猪行业举足轻重的人物。

2007年春节期间,当众多猪场老板正忙于大打营销战时,陈瑞跃却独自一人到广州、深圳、上海、北京等城市,专找五星级酒店住,而且每个酒店只住一晚。那十几天,他光花在酒店住宿费上就达5万多元。可他既不是去旅游度假,也不是去洽谈生意,而只是看别人吃早餐。

住过星级酒店的人都知道,酒店都要为旅客免费提供早餐,且一般都是自助式的。陈瑞跃每天换一家酒店,早晨都要早早来到餐厅,盯着旅客吃早餐——他在看人们自助挑选肉制品的情况。结果,他从中发现了一个巨大商机——客人几乎都挑选食用了一种叫培根的猪肉制品。

原来，陈瑞跃自从投资创办养猪场后，一样也陷入了生猪价格暴跌—猪场倒闭—出栏锐减—货紧价扬—大建猪场—过度养殖—价格暴跌的周期性怪圈里。价格暴跌时，小型猪场倒闭，大型猪场往往几个月就亏损几百万元。陈瑞跃不甘心被怪圈所左右，他认为突破怪圈最有效的办法就是搞肉制品加工，在生猪市场低迷时，把猪赶进加工厂。

陈瑞跃问酒店的大厨，大厨告诉他，培根用量很大，而且吃法很多，价格也贵。他又到冷冻批发市场调查，培根单价是鲜猪肉的4倍，市场交易异常火爆。他决定上培根加工项目。

"这东西我们是外行，怎么生产？生产出来了卖给谁？弄不好，投入的钱都要打水漂。"他的决定遭到了亲友们的反对。

陈瑞跃却铁心要做。建厂房、买设备，就花了600多万元。万事俱备，缺的是技术。为了能掌握培根的加工技术，他几次登门拜访培根加工企业，均遭拒绝。无奈之下，他只能根据一位曾经到过培根加工企业参观过的朋友的描述来加工培根。

亲友们担心的事情发生了。试产时，做出来的肉片一边是红的一边是黑的，肉与肉之间无法黏合，一抽出来就断掉。陈瑞跃这才意识到问题严重，如果就此收手，十几年的积蓄都成泡影，还要欠下巨额债务。他只能破釜沉舟，好在猪是自己养的，一头头宰杀，一次次试验。但是，几个月过去了，上万斤猪肉都成了废品。

绝处逢生！机遇总是青睐那些敢于冒险的人。就在陈瑞跃最绝望的时候，一个戏剧性的差错竟然让他意外成功：这年9月，他的一次失误，无意中将烘焙设备的温度调到60多摄氏度，结果烘焙出的产品竟然和星级宾馆里吃的培根一模一样。

陈瑞跃喜极而泣！

因生猪自产自销,陈瑞跃出产的培根价格自然比别人低,不久就有广州、深圳、厦门的经销商前来订购。后来,陈瑞跃又开发出咸猪手、腌制松板肉、海山骨等猪肉加工制品,并成为麦德龙等国际零售企业西式肉制品的供应商。

目前,陈瑞跃的企业已形成一条饲料加工、种猪繁育、生猪养殖、肉制品加工产业链,年产值上亿元。

失败是成功之母!有独特的眼光和超人的胆略,屡败屡战的猪倌也能成为业界强人。

老鼠拯救债务危机

　　身为副乡长的陈宣年怎么也不会想到，自己辛辛苦苦招商引进的一个项目，不但令他副乡长当不下去，还让他背上了 100 多万元的债务。

　　陈宣年所在的闽西龙岩市蛟洋乡毛竹资源丰富，作为主管农林业的副乡长，他为帮助竹农解决竹笋销路，引进一个罐头笋项目，并担保了 132 万元的贷款作为流动资金。可因保鲜技术上的问题，第一批产品全部腐烂，才办两个月的厂就倒闭了，百万债务只能由陈宣年来背。

　　为了还债，陈宣年辞了副乡长职务，推销毛竹、鲜笋。可几年下来赚的钱还不够还银行贷款的利息。有人说，陈宣年这辈子得栽在这件事上。

　　一年秋季，一条雷人的新闻从蛟洋乡传出——有人收购活老鼠！开始许多人不信，老鼠是"四害"之首，会有人花钱收购？而且还要活的？可村头乡尾的确都贴着这样的告示：活老鼠，每斤 10 元。收购者正是陈宣年。

　　就有田埂沟渠被老鼠毁坏了的村民，用烟熏的方法活捉了七八只老鼠，抱着试一试的心理拿到陈宣年那儿。陈宣年一称，足足 3 斤，当即付给30元钱。

大家信了。可认识陈宣年的人都认为他这样折腾钱，只会让他的债务越背越重。

可三四年后，谁都不敢相信的是，陈宣年靠捉老鼠，竟把当年132万元的贷款还清了。

那么，陈宣年靠老鼠解决债务危机的秘诀在哪里呢？

有一回，陈宣年在一家超市买东西时，听到一批来自厦门的游客抱怨说："闽西八大干那么出名，为什么就买不到呢？"

只是听到这句话，深陷于债务危机的陈宣年灵光一闪：闽西八大干的确很有名，我怎么没想到要做这个生意呢？

原来，闽西是客家人的主要聚居地。客家人用风干的方式保存食品，经过几百年流传，最终形成了独具特色的闽西八大干：地瓜干、萝卜干、梅菜干、豆腐干、笋干、肉脯干、猪胆干和老鼠干。这八大干在闽、粤、港、台，甚至东南亚一带知名度都很高。但之前都是各干各卖，没有人想过要整合起来一起卖。

陈宣年是第一个把八大干打包起来卖的人，并打上了商标。果然，他的八大干一推出，市场火了。许多来闽西旅游的人，首选的特产就是陈宣年的八大干。第一年，他就卖出了2万盒。

仅仅是把八大干打包在一个盒子里，价值就翻了几倍，当地土特产商眼红了，纷纷步陈宣年的后尘。这样不但利润薄了，更严重的问题是有一种原料开始紧缺——闽西八大干里，只有这种干的原料是非人工生产的，那就是老鼠干。

客家人吃的老鼠干，是活捉的田鼠或山鼠，去毛和内脏，蒸熟，再用谷壳或米糠烤成酱黄色。家家户户都会做，是当地人难得的美味。

　　生产经营老鼠干的人一多，就出现了人多鼠少的局面。陈宣年办的食品厂每年需要 2 万只老鼠，为了保证货源，他便四处贴告示收购。捕捉老鼠是件技术活，人工和工具投下去了，如果没捉到，就赚不到钱，慢慢地当地人也就没人干了，也就收购不到老鼠。

　　没人干了，为什么不能自己干？

　　这位从小就怕老鼠的汉子，为了突破心理障碍，决定先抓几只家鼠给自己试试胆量。他对抓老鼠的土办法进行了改进，然后找一家碾米厂，连夜蹲守。当晚，他就抓到老鼠 146 只，那种恐怖的场景让他连做了三四天的噩梦。

　　越是怕鼠，越是激起了陈宣年的挑战心理。那段时间，他每天都在琢磨怎么上山下地抓老鼠。到野外去看鼠路，捣鼠洞，研究田鼠的习性，研制捕鼠工具。

　　功夫不负有心人。陈宣年竟然练成了火眼金睛，他可以一眼看出哪条鼠路、哪个鼠洞会有田鼠，看到毛色就懂得是家鼠还是田鼠，他研制的竹筒、铁笼、鼠夹等捕鼠工具，几乎没有空手而归的。他成了当地顶尖的捕鼠专家。

　　后来，陈宣年组成了三个专业捕鼠队，从而保证了老鼠自给。许多土特产商因没有货源则纷纷败下阵来，而他却做得风生水起。

　　一只老鼠烤成干，才能凑足一盒八大干。生产八大干，救活了食品厂，还清了银行贷款。谁也没想到，精明的陈宣年在短短几年就用老鼠解决了债务危机。

　　为了扩大生产，陈宣年前两年又从笋干里发现了商机，研制出了小包装即食笋，让食品厂工人常年都有活干、都有收入。现在，陈宣年的产品已打开了全国十几个省的市场，年收益上亿元。

一根毛竹撬起亿万财富

毛竹是徐先豪最熟悉的"朋友"。

一根毛竹,它的年龄和直径,能破多少篾,能编多大的席,能打几个筐……无须任何测量工具,徐先豪看一眼就知道。

徐先豪是福建莆田人。19岁那年,高中未毕业的他来到闽中竹乡永安,跟篾匠师傅学手艺。

三年后,他是师傅手下技艺最好的篾匠。师兄弟几个,有的继续留在师傅身边,有的去别的乡村揽活,只有徐先豪选择了北京作为他人生奋斗的第一站。

师兄弟们笑他,京城哪有农民,有谁要用箩筐?

师兄弟们说得没错。当徐先豪来到北京时,连续6天都没揽到活,而身上只剩20多块钱,回福建的路费都不够。

北京到底什么地方需要竹编制品呢? 想了一个晚上,得到的结果是笼屉。北京吃馒头的人多,笼屉用量一定很大。他破釜沉舟,用仅剩的钱买了5根毛竹,做了一套四屉一盖的笼屉,走进一家石油公司食堂。

可北方人都用惯了木制笼屉,食堂的师傅们对他的产品不感兴趣。

徐先豪说："我这笼屉比木制的密封，热气不容易跑掉，用它蒸馒头肯定熟得快。而且非常牢固耐用，你们两三个人站上去都不会塌，不信试试，踩坏了不用赔。"

两个大胖子师傅见他说得认真，果真站了上去。奇迹发生了，竟安然无恙！

师傅们被他精湛的手艺惊呆了，当即请示领导，向他定做 40 套竹笼屉，每套 260 元。

简直不敢相信自己的耳朵。徐先豪的第一桶金，就赚到了师兄弟们不敢想象的天文数字。

第一笔生意，也让徐先豪撬开了"以竹代木"的财富之门。他想，只要用我的手艺把竹子做得跟木材一样，那么速生的竹材比木材便宜，原料又充足，一定大有市场。

按照这一思路，他发现砖瓦厂制作砖瓦时须用的一种托板，得用上好木材才能达到耐磨要求。那么，竹纤维比木纤维硬得多，能不能用毛竹来代替？从三维图纸的设计到设备的定做，从原材料的选用到竹片打眼加栓，每一道工序他都认真研究，反复试验。他还特制了一把刀，可以方便地把竹节削平。

几天后，竹托板研制成功。由于竹托板比木托板便宜三分之一，很快在天津、北京找到了市场。仅这一项目，就给徐先豪带来了 600 多万元的收益。

使用板材最多的是建筑水泥模板，木模板反复使用四五趟就无法再使用了，如果也用毛竹代替，一定更耐用，且成本更低。

徐先豪的想法竟然与国家林业部、建设部和中国模板协会的政策不谋而合，他们已经委托高校研制出了这种称为竹胶板的产品，并由湖南一家人造板厂率先生产。徐先豪看好竹胶板的市场前景，立即奔赴湖南，以其经营谋略和广阔的市场营销渠道，拿到了竹胶板的销售代理。

因抢占了先机，短短几年，他销售的竹胶板一度占到全国市场份额的 20%。

卖别人的产品，不如自己生产。

20 世纪 90 年代中后期，他在湖南、江西、福建等地投资办起十余家竹胶板生产企业，生产线达二十余条。由于对毛竹特性了如指掌，他改进多项工艺并申请了专利，上海世博园、深圳中银大厦、兰州世纪大厦、新疆国贸大厦……全国众多地标建筑工地都用上了他的产品。

竹胶板还是一项利及千家万户的惠民项目，它的半成品为手工编制的竹席。徐先豪改进了一种破篾机，然后免费配送给农户，教他们直接在竹林里破篾编席，这样不但降低了毛竹先进加工厂的转运成本，还带动竹乡千家万户农民足不出户便实现增收。

就这样，徐先豪搭起的竹胶板、竹托板、竹箱板等毛竹开发运用产业链，现在每年创造的价值达数亿元，他也成了包括福建兴国人造板公司在内的 4 家总资产近亿元的企业老板。

一位乡村篾匠成长为企业家的成功案例告诉我们：只要开动脑筋，从自己最熟悉的手艺入手，一根毛竹也能撬起亿万财富。

· 最大的卖点

朋友在一家汽车贸易公司干了多年销售代表,对汽车销售这行轻车熟路,只是公司主营的品牌都是高档进口车,而我们这座城市能购买高档车的用户已趋于饱和,他已经三个月没签出一台车了,只拿底薪还不够生活费。

我堂哥也在一家汽车销售公司,他在那任人事部经理。他们公司代理的是几款轻便低档车。根据我对市场的了解,这种只要四五万元的低档车,轻便环保,低耗省油,很适合家庭使用,符合当前汽车进入普通家庭的潮流,是当前车市最大的卖点。所以,当堂哥来电话,说他们公司要招聘一位营销经理时,我毫不犹豫地推荐朋友去报名。

朋友做了充分的准备,对这次应聘志在必得。果然,他的笔试、面试成绩在所有应聘者中均名列前茅。最后,仅剩他和一位名叫王军的年轻人入围。两人谁通过公司最后一关考核,谁就是最后的胜利者。我从堂哥那了解到,王军之前只从事过汽车维修和养护工作,他肯定没有朋友对汽车市场熟悉和营销方面的经验。我觉得朋友胜券在握。

最后一关是个实战题:有两个家庭客户,均为一家三口,他们在近郊一新开发的小区购房,都有意向买一台公司代理的轻便型小车。朋友和王军一人面对一户,谁先把车卖了,营销经理的职位就是他的了。

朋友自诩口才好,凭三寸不烂之舌,不仅介绍这台车轻便、舒适、省油、维护方便等优点,还指出它男女都适合开,甚至它的外形较为"卡通",连孩子都会喜欢它。果然一家三口都很满意,不到半小时就签单。而王军好像是带那一家三口出去试驾了一圈,折腾了一个下午,也没把单签下来。

第二天,让我想不到的是,公司录用的是王军而不是朋友。堂哥打电话来说,王军没把车卖出去,他带那家人试驾时,本想去他们的新居,但到半路就回来了,因为通往小区的路面坑坑洼洼,正在维修。他就建议他们等路修好后再买,否则这款车底盘太低,现在就走这条路,车子易损坏。那户人家对他的建议很感激,答应路修好后,一定找他买车。

堂哥在电话里说:"老总录用王军,是因为他考虑到了客户的利益。他说,一位优秀的营销经理,除了要把产品的优点当卖点外,更要把为客户着想当成最大的卖点!"

·落后半拍

　　有一家软件公司研制出了一款名叫超越 1.0 的功能独特的新软件。这种软件一上市，尽管做了许多颇具轰动效应的广告，但销售却不尽如人意，甚至在一些地方根本无人问津。

　　公司忙派出调查组深入市场明察暗访，才发现超越 1.0 滞销的原因就是它太"先进"了——安装了它的用户只需简单地点几下鼠标，就能检测出电脑的故障，且能自动修复操作系统方面的问题，而不需要再请电脑公司的技术员来维护。那些电脑公司的技术员，为了不砸自己的饭碗，他们当然不会向用户介绍这款软件，也不会推荐用户安装这款软件，更不会在他们公司出售的电脑里预装这款软件。而一般的电脑用户自己又不会去购买和安装软件。

　　无人购买，这种软件一面世自然便夭折。

　　后来，这家软件公司"吃一堑，长一智"，推出了这款软件的"第二代"，即超越 2.0 版，这款新软件并不是对超越 1.0 版的改进更新，反而是在原有的先进技术上"后退"了一步，有意搞得复杂些，屏蔽了一些新技术，以便让那些电脑技术人员有用武之地。

　　果然,2.0版软件一推出,订货商便络绎不绝,软件公司与电脑销售公司双方皆大欢喜。

· 疏通管道金点子

　　马桶下水道堵塞，得请管道疏通工来疏通。拿起电话却无从下手，以前常从门缝塞进一些疏通管道之类的广告单，都被老婆当垃圾扔了。正要责怪老婆时，她打开房门，指着楼道墙壁说，那上面贴的不都是吗？

　　可不是，平常还怪这些不良小工，制造这么多"牛皮癣"，楼道墙上不是贴的就是刷上去的广告，这回派上用场了。可我找到几个疏通管道的广告时，上面的电话号码尾数都被人涂掉了一两个数字，没一个能打得通。

　　只好给查号台打电话。本以为这种管道疏通的电话不会被登记，没想到话务员立即给我们转接至附近一家家政公司的电话。对方一接电话，说20分钟内就到。

　　还不到20分钟，一小伙子背着工具包到了，用管道疏通机，插上电，不到5分钟马桶就畅通无阻。我问："你们公司有在楼道上贴广告吗？为什么上面的电话没一个是完整的？而一问查号台，竟能转接到你们的电话。还以为你们这样的服务没有登记号码呢！"

　　小伙子笑着说："这就是竞争呀，后面来贴广告的人，自然要把前面别人已贴的电话号码中的一两个数字涂了或删了。这种互删号码的事,我们以前也干过,可结果是大家都接不到生意。往门缝塞广告我们也做过,但经我们调查,很少人家会将广告单、广告名片留着。后来我们想,谁要找号码都会拨114查号台,于是我们就和查号台合作,让这一片区的家政服务可以直接转到我们的电话上来。"

真是绝妙的点子啊!看来,纵使疏通管道这样的小生意,也是需要经营头脑的。

损坏免赔

因金融危机，表妹所在的玩具厂出口受阻，几个月前她被裁员了。表妹决定自己开间玩具店。她对玩具产业有些了解，一些玩具供货商也帮了她忙，店很快在闹市区开张。因玩具新奇、品种丰富，表妹的玩具店一开张，生意火爆。

一个周末，我去看表妹，却见店里冷清。表妹在一边唉声叹气："开业时好了一阵，过后就一天不如一天了，也不知道怎么回事。为了能吸引顾客，我隔几天就让供货商发来新货，而且我们服务上也没问题啊？"

我在店里转了一圈，玩具品种很多，价格也不贵，是什么原因影响生意呢？这时，一位少妇牵着一个三四岁的男孩进店。孩子抢过一个玩具就想放在地上玩，却被少妇制止："别动，弄坏了得赔！"孩子一副不情愿的样子，只好把玩具放下。我这才瞥见几个柜台和货架上都贴有告示，醒目地写着"损坏照价赔偿"几个字。

问题一定出在这儿！表妹说："刚开业时没贴告示，有的孩子把玩具弄坏了，一些家长不肯照价赔偿，说我们店没有提示他们。所以……"我说："每个家长可能都有这样的心理，担心孩子玩了玩具容易摔坏了，坏了就要赔，所以就不让孩子玩。但如果没先让孩子试着玩一下，他们怎么会缠着家长买呢？这可能就是生意冷清的原因吧！不如把这些告示撕了，不要让顾客一进店就感觉有种要赔钱的压力。"

表妹是个聪明人，觉得有些道理，便把那些告示撕了。

昨天，表妹打来电话兴奋地说："我的生意又慢慢好起来了，这个双休日的营业额比开业时还要好。表哥，你提示得对，我干脆一不做二不休，在原来贴告示的地方写上'损坏免赔'字样，并把这4个字写在门口的广告牌上。生意就这样起了变化，家长放心地让孩子尽情地在店里玩玩具。很多孩子挑选到喜欢的玩具时，家长都愿意掏钱买。而真正损坏的玩具并不多，有些家长因孩子损坏了玩具，有歉意，反而买了更多的玩具。而那些坏了的玩具，我自己能修一些，不能修的，我就和供货商协商退一些，这样我就没有什么损失了……"

损坏免赔?！我越想越觉得这一招太妙了。看来，表妹是做生意的高手啊！

每个人都有"最强大脑"

看科学真人秀电视节目《最强大脑》，我不仅仅是佩服，甚至是羡慕嫉妒恨。想想我如果也有像参赛选手那样的"最强大脑"，现在纵然不是世界首富，也应该是我们这个小城里妇孺皆知的大人物了。

其实，我在很小的时候，就梦想着哪天突然就有绝世神功或超凡能力。

在我老家后山陡峭的山巅上，有一座很破旧的山神庙。我没事的时候就老想往那儿跑。一个人，也不怕虫蛇野兽之类的，就盼着能有一个拿着拂尘的白胡子老爷爷突然出现在那残檐破垣下，他神情严肃地对着我的头敲三下，然后我就可以半夜三更去找他拜师学艺。像孙悟空向菩提老祖学七十二般变化和翻筋斗云一样，从此天下无敌。

我在山神庙里从没遇见过上了年纪的老人，倒是遇见过几次三叔，他挑着松香翻山越岭，看见我就用扁担敲我三下头，呵斥我回去。三叔天生神力，挑的松香总比别人多。但我却在背地里嗤笑他：哼，待我学会了变法，让你一块松香都挑不到。

初中的时候，废寝忘食地读金庸的"飞雪连天射白鹿"。那时不再相信神灵,但却幻想着有像郭靖、石破天、张无忌、狄云那样的好运气,会碰到某位高人指点或在某个神秘的地方捡到武功秘籍,便可"自出洞来无敌手"。当时特别喜欢石破天,觉得他又傻又笨的很像我,坚信我也一定有奇遇,像他因不识字反而能参透《侠客行》诗句中隐藏的绝世武学一样,获得某种特异功能,或者在某个旧书摊里淘到一本成功秘籍,就如张无忌从苍猿的腹中得到《九阳真经》一样,自此一步步迈向成功。

直到学业无成而外出打工时,知道自己虽然还是笨,但已不会再傻到仍认为会有天降神星戳中我脑袋的事发生。《功夫》里的阿星能练就如来神掌,那也是因他被火云邪神打得支离破碎后,才能脱胎换骨、浴火重生。这样的苦难,我可承受不了。

前段时间认识了一位年轻的魔术师,他在台上的牌技表演出神入化。他告诉我,这是"台下十年功"的结果。他曾买了一千多副扑克牌,然后每天对着镜子练牌技,足足练了三年。一千多个日夜,他心无旁骛,最终练到他的手能快到骗过自己的眼睛。这已不是魔术,而是练就了"最强大脑"。

齐白石年轻的时候是一位木匠。做木工之余,他就以残本《芥子园画谱》为师,用习字本、账簿纸作画。这一画就是十余年,终于为后来成就中国绘画大师奠定了基础。"扫除凡格总难能,十载关门始变更",老先生成名后,有人问他,如何从一个木匠华丽转身为一位巨匠呢?他答道:作画是守静之道,涵养静气,一心一意,精血诚聚,事业可成。

所以有人说,在一个聪明人满街乱窜的年代,稀缺的恰恰不是聪明,而是一心一意、孤注一掷、一条心、一根筋。

好莱坞电影《永无止境》说了这样一个故事,穷困潦倒的作家艾迪意外吃了一种叫 NZT 的药，结果变成了一个头脑超人，一洗之前的颓废和低迷，变得炯炯有神且充满自信，于是成功频频向他招手，很快就成了畅销书作家和商界巨人。其实，NZT 并不是太上老君的仙丹，也不是《九阳真经》，而是能使人精神高度集中的一种小药丸。这种形似冰晶的小药丸不过是把艾迪固有的才能发挥出来而已。

看来，我们每个人都有"最强大脑"！我们多数人之所以不能发挥出来，也许缺的就是这样一粒 NZT——经受磨难，耐住寂寞，集中精力，孤注一掷往前走。

· 破　局

有一位年轻的魔术师,为了能使自己的表演更加稔熟,经常到闹市区表演,不收费,只要能听到观众的掌声,他就心满意足了。

有一回,他又去街上表演。他的小桌子一摆出来,附近的人都纷纷围了过来,一些路人也驻足观看。

这次他表演的是牌技魔术,他拿出一副扑克牌,摊开牌叠后,让一位观看的中年男子抽一张牌。

没想到中年男子不配合,对他说:"不,我不想看这个魔术,我知道你是怎么做的,这样的魔术一点意思也没有!"说着,中年男子突然就把魔术师手中的牌抢了过去,"我自己选张牌,你再把它找出来。如果你找不出来,你以后就别表演了!"

中年男子把牌背对着魔术师,在手上撮开,随意地指了一张牌,大家都看到了,是黑桃6。他迅速地把牌叠收起,洗了又洗,才交给魔术师。

这张牌,魔术师怎么可能找得到?现场气氛顿时紧张起来,大家都在静待魔术师下一步该怎么办。

这时,魔术师笑了一下,拿过中年男子洗后的牌叠,只切了一下,然后就对着中年男子说："现在牌叠最上面的这张就是你选的牌，你信不信？"

中年男子伸过手去准备打开牌来看，魔术师却把牌按住，拿出200元的钞票放在桌上，说："我们打个赌，如果这张顶牌真是你所选的，你马上给我200元；如果不是，这200元就是你的！行不行？"

中年男子慌了，忙说："不，我不跟你赌，我只是想看你怎样找牌！"

魔术师说："但我是很认真的！"说着，他把顶牌翻过来，是一张红桃4，他问中年男子："这张牌是不是你选的牌？"

"不是，我选的是黑桃6，大家都看到了。"

大家也纷纷说，是，他刚才选的是黑桃6。

这时，魔术师话锋一转，笑着说："那么，你就失去了赢我200元的机会！"

而就在这时，魔术师手里的牌叠，弹射出了一张牌，落到了桌子上，是黑桃6。

大伙儿恍然大悟，现场响起了热烈的掌声，中年男子也佩服得五体投地。大家都这样认为，魔术师起初是找不到中年男子选的牌的，待中年男子说出是黑桃6后，牌再射了出来，对于一个魔术师来说，已不足为奇。

但大家佩服的，是魔术师面对观众不配合时如何破局的应变智慧。

最高明的"魔法"

有一位年轻的魔术师，以前只在当地一些娱乐场所表演。有一回，在亲友的鼓动下，报名参加了电视台的魔术师选秀活动。

初赛顺利过关，复赛在电视台的演播室进行，并且有国内知名魔术师担任评委。

比赛开始前，有一位评委应主持人之邀，当着参赛选手和观众的面，即兴表演了一个牌技魔术。他拿出一副背面蓝色的扑克牌，将其中的一张变成红色，然后用这张牌轻轻碰了一下那沓蓝牌，蓝牌全都变成了红牌。

这位评委表演完毕，年轻魔术师的亲友团几乎叫出声来。

原来，这位魔术师准备参赛的节目竟然与评委即兴表演的节目"撞车"了，道具和手法都一样。他是第二个上场的选手，又是电视直播，想要再准备一个新节目，道具及熟练程度上都不允许。

亲友团几个人急得直跺脚，魔术师却默默地从侧台走向了后台。他登台后，亲友团意料之中的节目开始表演了。

他从一盒完整的扑克牌里取出牌叠，摊开给大家看，背面清一色是蓝色,然后他抽了一张,晃了一下,变成了红色,再与牌叠轻轻碰一下,所有牌都变成了红色。

台下的观众有人发出了嘘声,主持人直摇头,几个评委更是觉得遗憾,小声评论他的节目与刚才评委的节目"撞车"了。亲友团手里拿着的"必胜"牌子,也没举起来。

大家都以为表演结束了,这位魔术师肯定无法晋级。可接下来,意想不到的事情发生了——

年轻的魔术师将红色牌装进牌盒后,开口说话了:"刚才在比赛前,评委老师也表演了这个节目,大家都觉得很神奇。我之所以再次表演这个魔术,是想解开大家的疑问。刚才,评委老师把蓝色牌变成红色牌,但魔术师不是神仙,不可能真的会变颜色,那么,他一定有一副红色牌和一副蓝色牌,对不对?他变出了红色牌后,那一副蓝色牌跑哪去了呢,现在,就由我来告诉大家,蓝色的扑克牌跑到这里来了,注意看,注意看,仔细看,深呼吸……"

他从牌盒里取出整副原本全是红色的扑克牌,摊在桌上,大家都惊呆了,竟然全是蓝色的!

全场掌声雷动!

连评委在点评他的表演时,也赞不绝口,没有理由不让他过关。他们认为年轻魔术师的"魔法"并不高明,高明的是他的机智和临场应变能力。

· 秘　方

　　三叔在美食街开了家叫"三叔饭庄"的餐馆。十几年来,美食街的餐馆开开倒倒,没有一家能如三叔饭庄火爆经营到现在。

　　三叔饭庄生意火爆的原因大家都知道,他有一道招牌菜——红烧猪脚。这道猪脚来客必点,味道特别,吃过的人都说吃了还想吃。所谓"一招鲜吃遍天",三叔就靠这道菜成了美食街的不倒翁。

　　三叔烹调这道红烧猪脚有秘方,这秘方只有三叔知道。有人听三叔饭庄里的店员说,早上来上班时,猪脚已在大铁锅里煮着,一起煮的还有一袋用纱布包着的调料,估计是桂皮、八角、当归之类的。据说这些调料从云南某地购买,卖家每月给三叔寄一次包裹,每次三叔都要自己去邮局领。至于三叔如何配制这些调料,店员一概不知。因为三叔每回都要亲自从锅里捞起纱布包,然后处理掉。

　　说到秘方的神秘,还有一个未经三叔证实的传说。说有其他餐馆的老板让一位远房亲戚受雇到三叔饭庄当洗碗工,但潜伏了三个月,也没获取到三叔往猪脚里下调料的秘方。

　　有一天,三叔的小儿子,也就是我的最小的堂弟打电话给我,问我认不认识工商局或技术监督局的人，说是有人举报三叔在红烧猪脚里放了罂粟壳，让吃的人中毒上瘾，越吃越爱吃。我说就算有认识的人，如果店里真涉毒，说啥也没用。后来小堂弟说，是工商局去查的，将三叔的红烧猪脚拿去化验，结果未发现任何违禁的东西。

消息传开，三叔饭庄的生意更火了。

前段时间，三叔因中风腿脚不灵便，让小堂弟打理三叔饭庄。自然，三叔将秘方也传给了堂弟。我到饭庄吃饭，猪脚还是那么香。我缠着堂弟，非得要他告诉我秘方不可。

"没有秘方！"堂弟说。

"不可能！如果没秘方，那所有餐馆都可以做这道菜了。"

"真的没有秘方，我爸一直是挑选本地养的土猪前腿，毛剃净，剁块，炒至焦黄，然后下上好的酱油焖煮到熟烂，其他什么调料也没放！"

堂弟还说，至于纱布包里的东西，不过是些碎骨头碎肉，三叔煮来自己下酒用的。

"那为什么三叔要故弄玄虚？还从云南买香料？"我仍将信将疑。

"那是因为大家宁愿相信有秘方，也不相信我们的菜品是真材实料的。如果硬要说有秘方，那就是我爸一直选用好原料，诚信经营，这也是饭庄一直生意好的原因。"

我恍然大悟，原来真正的秘方，是没有秘方！

只因多看了你一眼

那年,他多了一个母亲——他"捡"了一个老人做义母,叫她妈妈。从此,流浪的他把"妈妈"带在身边。那年,他又动了恻隐之心,将一名弃婴抱回家,将这名女婴当作自己的女儿来养。就这样,三个没有血缘关系的人组成了一个特殊家庭。

只因多看了你一眼,三个没有血缘的亲人,演绎出了一段感天动地的挚爱亲情!

飞来一只爱情鸟

　　在福建东南沿海一带,栖息着一种鹦鹉,雄鸟与雌鸟成双成对,为爱情厮守终身。特别是雌鸟,一旦与一只雄鸟结伴后,就承担起了筑巢繁育的任务,直至终老,不离不弃。当地居民称这种鹦鹉为爱情鸟。

　　叶东星就是这样一只爱情鸟。

　　叶东星是一位福州女孩。1999年底的一天清晨,20岁的叶东星在《福州晚报》上看到一篇报道,说闽西北偏远山区有一位叫张先震的男孩,17岁那年突然患上了强直性脊柱炎,全身除了双手和头能勉强活动外,其他部位几乎不能动弹。但他并没有向命运屈服,而是坚持卧床写作,成为童话作家。

　　那天,叶东星把这篇报道看了一遍又一遍,这个自强不息的男孩深深地震撼了她的心灵。当天夜里,她抑制不住狂跳的心,提笔给张先震写了一封信。然后就是忐忑不安,担心他收不到信,或者担心他收到信了不会回。当她接到张先震的来信时,心怦怦地跳,忙躲在一个无人处,小心翼翼地拆开……然后,她立即给他回了信。一来二往,两个年轻人逐渐成了无话不谈的挚友。

　　在半年后的一次通信中,叶东星大胆地说出了自己的情感,提出要同张先震共同生活。张先震回复得很坚决:"这绝对不行!"张先震的心思,谁都能想得到——自己是个残疾人,哪能连累了人家?纵然结合了,又能坚持多久?因而在后来的回信和电话中,张先震仍然多次拒绝了这位痴情的省城姑娘。

　　2000年"五一"长假,叶东星瞒着家人,坐火车、乘汽车,来到了闽西北山区的将乐县,然后又辗转60多公里山路找到偏僻的张先震的家。当叶东星风尘仆仆地出现在张先震的病榻前时,张先震简直不敢相信自己的眼睛,半天都说不出话来。

　　这是两人第一次见面,叶东星紧紧地握住了张先震的手。张先震住的地方,远比她想的偏僻;张先震的家庭,远比她想的贫困;张先震的病情,远比她想的严重得多。但这些反而更加坚定了叶东星的决心。

　　面对善解人意、重情重义的叶东星,张先震依然没有动摇。经过张先震和家人苦口婆心的劝导,又打电话叫叶东星的家人来接她回家,叶东星才勉强回了福州。

　　但是,几天过后,叶东星很快又从福州来到张先震身边。这回,她一进门就对张先震说:"来时,我已经把工作辞了!"

　　张先震被深深打动了,这位从没因病痛掉过泪的坚强男孩热泪盈眶。

　　2001年元旦,这对有情人终成眷属。

　　叶东星从小没做过什么家务,到了张先震身边,一切的辛劳才刚刚开始,且强度超乎想象。但爱情的力量使她很快完成了角色转换,很快学会了照顾张先震,学会了做饭、喂猪、饲养家禽和一些农活。

　　一年后,儿子出生了,这对于叶东星来说,惊喜之后是更加的忙碌。每天,她5点多就得起床,生火做一家人的早饭。然后服侍张先震洗漱和儿子起床。早餐后要帮助公公婆婆干农活。晚上，细心地给张先震擦洗、换衣，整理张先震的作品。

为了让张先震更便捷地写作，叶东星买了电脑，装上宽带，在床头设置了架子放电脑屏幕，将键盘放在他的枕边，然后教他一手托着键盘一手打字。通过坚持练习，几个月后，张先震的打字速度已不输常人，他可以在床上用电脑写作和上网。

爱妻和儿子给了张先震无限的创作激情。几年来，张先震已在全国200多家报刊发表作品上千篇，出版了《大笨猫》《给月亮找伴》等童话专著，有100多篇作品被收入各种文集，多篇长篇童话在报刊上连载，获各类奖项20个，是远近闻名的童话作家。

然而，正当一家人沉浸在家庭的幸福中时，灾难再次降临，张先震双眼视力开始模糊，并一度发展到失明状态。焦急万分的叶东星忙带他到县医院检查，他的眼睛患上了虹膜睫状体炎，这种病会复发，不治就会一天比一天严重。长期住院治疗费用高，可住在乡下又得不到治疗。为了保住张先震的眼睛，叶东星决定带着他和儿子在县城租房子住。离开公公婆婆，她肩上的担子更重了。由于用眼过度会导致视力模糊，叶东星便让张先震少用电脑，而用纸笔。稿子写好后，她再拿来输入电脑，用电子邮件投给报纸和杂志。她每天更辛劳与忙碌了。

与张先震结婚十几年，叶东星一步也没离开过他。她就像一只爱情鸟，爱得无怨无悔，经历再大的苦难也从不离弃，演绎了绵绵不绝的人间真爱。

爱心照亮的每月 15 日

她是一位纯朴的乡下女孩。初中毕业后,她和许多打工妹一样,怀揣着梦想进城务工,希望能凭自己勤劳的双手挣到很多钱,让自己和父母过得宽裕一些。

那几年,她当过理发店学徒工、服装店导购员,还开过小吃店,都没赚到钱,尝尽人情冷暖。

后来,她与一位工人建立家庭。那年,她失业了,丈夫又身体不好,她便想在小区附近找份事做,能赚点钱,又能照顾到丈夫。社区有一位姓顾的左腿高位截肢的老人,是位热心人,他用单腿走遍了社区里几千户家庭。谁家有困难,他都会伸出援手。老顾知道她的情况后,便去找居委会,将一间废弃的传达室腾出来让她开理发店。

这间废弃的传达室位置偏僻,阴暗狭小。丈夫担心开理发店会没有顾客。她却信心十足:"只要手艺好,不怕没人光顾。"

在附近居民的帮助下,小小理发店开张了。还真被她言中,因手艺好,价格又合理,开张不出半个月已每日门庭若市。这时,她毅然把理发价格降低了一半。她说:"理发店是社区居民帮我开起来的,来理的都是这儿的居民,我应该学会感恩。"

理发手艺好,价格只是市场价的一半。这消息一传十,十传百,居民们纷至沓来。她的收入少了,工作量却大大增加,常常连饭都吃不上。可她却感到从未有过的快乐。

1999年5月的一天,小区居民姜老伯的侄女到店里来烫发。姜老伯是一位退休工人,之前每月都要来找她理发。细心的她突然想到姜老伯已经有好几个月没来理发了。姜老伯的侄女说,他患中风不能下楼了。

姜老伯的侄女走后,她的心里想:姜老伯不能下楼,要理发怎么办?

想到这,她带上剪刀、推子等理发工具,关上店门,来到姜老伯的家里。见姜老伯花白的头发又长又邋遢,她便半蹲半跪地帮躺在床上的姜老伯理发。清洗、推剪、刮脸,理完发后的姜老伯容光焕发,露出了多日不见的笑容。姜老伯的老伴要给她理发费,她说什么也不收。

看到老人躺在床上,不能外出活动,还要忍受病痛的折磨,她心里很难受。她觉得自己会理发,不过是上门做了件自己力所能及的事,怎么能收费呢?

这事让她想到了社区里更多的老人,他们如果行动不便怎么理发?她没有细想,便打定主意要为社区所有行动不便的老人免费上门理发,而且还把每月的15日定为上门服务日。她把这一承诺张贴在理发店的墙上。

从那时起,不管生意多忙,每个月的15日,她的理发店定会关门谢客。这天,她要穿梭于社区里七个居民小区,为二十多位行动不便的老人理发。这些老人有的因年老无法行走,有的长期瘫痪在床,她不嫌脏,不怕累,进门就为他们洗头擦脸、换衣服。有些躺在床上的老人无法起身,她就跪着帮他理。理完这家,就得匆匆赶往下一家。一天下来,常直不起腰,迈不动腿,光爬楼就相当于一百多层。

城东的老毛是位七十多岁的老人,他不是这个社区的居民。听儿子说起她的理发店理得又好又便宜,他便来找她理发。因路途较远,当走到理发店时,有心脏病的他累得差点站不住。她见了后,忙搬椅子让他坐下。待为老人理完发后,她说:"老人家,您行动不便,以后不要来了,我每月15日到您家里去理。"就这样,她每月15日理完社区里老人的头发,都会再到城东给老毛理发。老毛的儿子很感动,见她每次从城西到城东来回奔波很辛苦,便看着她给父亲理发时学了两手,然后自己备了理发工具。后来,儿子便自己给父亲理发了。

每月15日上门给老人免费理发,至今她已坚持了近二十个年头,而且从不失约。

2009年8月14日,她接到乡下老家的电话,父亲突然去世,她得赶回老家吊丧。可明天就是15日啊!当天晚上,她忙挨家挨户给每位老人打电话,承诺迟几日一定再上门理发。

二十多位老人,最后只有黄老伯的电话无法接通。她想:"明天没去给他理发,他肯定会等我一天的,这样岂不让老人家心急?"她带上理发工具,冒着大雨冲出家门。

黄老伯的老伴说:"那天晚上我一开门,见她淋了一身湿湿的。没想到她是赶来给老头理头发的,我和老头都忍不住流下热泪。"

她叫庄彩男,家住福建省三明市梅列区青山社区。1998年,她在社区居民的帮助下,开了一间"青山社区理发室"。

央视《身边的感动》栏目记者采访她,当问她为何生意那么好,还要降低收费且上门为行动不便的老人免费理发时,她回答了一句纯朴的话:"我开店的时候比较困难,街坊邻居都来帮助我,做人应该感恩。这样做,虽然累点,但我很充实、很快乐。"

　　每月15日,再偏僻的角落也能被爱心照亮。

父爱之墙

老家的堂三叔前些时候把儿子阿辉告了。老家人议论纷纷，说三叔再狠心也不该让阿辉去吃官司。

阿辉是三叔的独子，小时极溺爱。阿辉年少时不爱读书，调皮捣蛋，后来还染上了赌博恶习。三叔百般劝告无果。前些时候，阿辉坐庄聚众豪赌，地点都选在深山密林隐蔽处。三叔剃光头戴墨镜，跟着老赌棍混进现场，偷偷报警把阿辉及一帮赌徒给抓了。

去安徽宿州旅游，听到当地流传着一个关于父爱的传说。远古的南龙王老来得子，宠爱有加。但小龙王淘气任性，有一回竟烧了天庭神龛，闯出大祸。南龙王冒充小龙王，趴在盘龙山下接受雷电击打。看着父亲被烧得遍体鳞伤，奄奄一息，小龙王悔恨愧疚，便想冲上前去受罚。南龙王为了救子，一头撞向身旁的金刚壁当场死去，尸体便化作龙背山。经过这场灾难后，小龙王幡然醒悟，一心向善。龙背山便位于宿州，后来当地人也将该山称为龙背墙，是因为这面墙挡住了小龙王的罪行，树起了一份沉甸甸的父爱！

最近，由孙红雷主演的电影《全民目击》备受好评。该片成功演绎了一个现实版龙背墙的故事。孙红雷扮演的富商为了掩盖女儿过失杀人的罪行，伪造证据，让自己出现在犯罪现场，以此来为女儿顶罪。在法庭上，当女儿情绪失控时，他担心女儿坦白而大声叫道："我会死在龙背墙后的。"让知道龙背墙故事的女儿明白一个父亲的爱与决心。

看过不少关于父爱的影视剧，让我最为感动的还是《海洋天堂》。李连杰和文章分别饰演一对身患绝症和自闭症又相依为命的父子。父亲知道自己来日无多，为了让喜欢游泳的儿子今后能在海洋馆上班，从而能独立生存下去，他下了狠心，让儿子自己乘公交车，并不惜拖着病重的身体，背着自制的龟壳扮成海龟陪儿子游泳。他告诉儿子自己将会变成海龟，以后会一直在海洋馆里陪着他。

当电影临近尾声，演到父亲去世后，儿子能自己做饭、自己乘车上班，想父亲的时候便抱着海龟畅游时，我禁不住落泪。

是的，"父母之爱子，则为之计深远"。舍身替子赎罪，并非一定就能让孩子反省与成长。真正的爱子，应该像老鹰狠心地将雏鹰推出悬崖学飞翔一样，才能让孩子起飞。从这点上看，堂三叔和李连杰的角色才是真正的龙背墙，而南龙王和孙红雷的角色，只能算是狭隘的父爱，顶多是以龙背墙的名义竖起了一座牌坊罢了。

当众叫您一声妈

母亲节前夕，社区居委会举办了一场主题为"感恩母亲"的演讲比赛，邀我和几位老师去当评委。报名参加演讲的人都是本社区的，有十五六人，为八九岁到十八九岁的孩子。

演讲比赛在社区的小广场举行。搭了一个小演讲台，台下围了众多居民。几个演讲者的母亲，自然挤在了最前面。

每个孩子的演讲都声情并茂，很是精彩，不过内容却趋于雷同。我们几个评委心里都担心第一名很难脱颖而出，直到最后一名演讲者上台。

这是一位18岁的男孩，当他演讲完毕后，台下一位中年女子冲上台来，把男孩紧紧抱在怀里。几位评委一致认定，一等奖非这位男孩莫属。

男孩的口才并非最好，语言也不那么顺畅。感动大家的，是他的故事。与其说把一等奖评给他，不如说是评给他的母亲，就是那位冲上台来的中年女子。

这位女子，社区的居民都认识，大家都叫她陈嫂。陈嫂有两个儿子，一个就是上台演讲的男孩，另一个小一岁。

孩子的父亲是安装公司的技术员，常年都在外地的项目工地。陈嫂原来在服装厂上班，要倒班。家里常常只有兄弟俩。

那几年,哥哥不爱读书,旷课,偷家里的钱,上网吧,抽烟喝酒,打架斗殴,几乎无恶不作。弟弟则很优秀,学习成绩都是班上前几名,放学回来会煮饭做家务。兄弟俩合不来,经常吵架。有一回哥哥彻夜未归,弟弟告诉了下夜班的陈嫂,哥哥竟把弟弟门牙都打掉了一颗。

苦口婆心劝说无果,陈嫂毅然从工厂辞职,在小区门口摆了个水果摊。每天,大儿子去上学,她就在后面偷偷跟着,看他进了校门才放心回来。临近中午,她提前到校门外躲着,见大儿子出了校门,她又偷偷跟着,如果他要去其他地方,她就匆忙现身,给他买好吃好喝的哄他回来。

有一次下暴雨,她急匆匆地去给大儿子送伞。而小儿子却遮着一张破纸皮冒雨跑着回来。

哥哥成绩不好,初三复读了一年,和弟弟一起再参加中考。弟弟的成绩上了重点高中,哥哥连普通高中正招线都没达到。陈嫂却让弟弟上五年专,因为读五年专便宜,省点钱供哥哥读高价高中。

邻居说,这个陈嫂,太偏心了。小儿子那么乖巧懂事,怎么没见她疼过?

好在这两年,大儿子懂事多了,周末会帮母亲照看水果摊,学习成绩也上来了。今年参加高考,成绩上了一本线。

"爸爸从来不管我,生母抛弃了我。我一直以为,我是个没人疼的孩子。直到您的出现。您给了我无私的母爱,我却从未叫过您一声妈。今天,我要大声地叫您一声——妈妈!"在演讲的结尾,男孩目光转向台下的陈嫂,生涩却无比深情地呼唤着。我们的眼睛潮湿了,台上台下响起了掌声。

原来,陈嫂是这位男孩的后妈。男孩的生母在他5岁时出国了。陈嫂的前夫早年因遭遇车祸离世,她是带着儿子嫁过来的。

那位在外地读书的男孩,才是陈嫂的亲生儿子。

公交车上的亲情演绎

2002年5月24日上午10时左右，福建省三明市公交公司女司机吴明虹驾驶着环城公交车在路上行驶着。那天，驾驶座旁的后门视频监控器坏了，看不到乘客下车情况，中途有一个站，吴明虹向后看了一眼，以为到站的乘客都下车了，就关上车门启动车子。就在这时，传来了一个老人的叫声。

有一位老人因手慢了一些，被关上的车门夹了一下。吴明虹赶紧停车，忙不迭地向老人说对不起。见老人安全地走到站台后，她才启动车子走了。

手被夹了，虽然没受伤，但老人气还是没有消，就打电话到公交公司投诉了吴明虹。

翌日，吴明虹在公司领导的陪同下提着水果，一起来到老人家里。

老人名叫颜福厚，退休工人，时年78岁。见到公交公司领导和吴明虹，老人大感意外。他手没伤到，也不疼了，只因生气而血压高了。吴明虹低着头，一个劲儿地道歉，并拿出钱来让老人去医院做检查。

看到一个大姑娘一脸诚恳又着急的样子，老颜笑了起来，心里释然了。他对吴明虹说："钱我不要，但你明天能不能再来看我？"

吴明虹看着老人期盼的眼神，不忍心拒绝。

第二天吴明虹刚好休息，便自己来到了老颜家。老颜没有想到，吴明虹能再次来看他。老颜早年老伴就去世了，几个子女又都忙于工作，自己独居，深感孤单寂寞。看到真诚直率的吴明虹，老人的话多了起来。吴明虹耐心地倾听，每当老人说到以往的艰苦，便温言柔语地给予安慰。

过了两天，吴明虹开车在老颜住处的那个站点停靠时，看见老颜在站台朝她笑着挥手。老颜上了车后就对吴明虹说："没想到，你态度这么好。我在这儿等你很久了。"原来，老颜心里一直挂念着这位热情的姑娘，为了能坐上吴明虹的车，他已在站台上等了一个多小时。

就这样一来二往，两人成了忘年交。吴明虹有时间便来探望老颜，陪他说说话，帮他整理清洁居室。在一次交谈中，老颜得知吴明虹的父母均已过世，便提出要认她为干女儿。吴明虹认为老人只是说说而已，没当真。

不久，老颜的大女儿突然打来电话："父亲以前遭受了太多的苦难，现在年纪大了，又体弱多病，他想认你做干女儿，你能不能遂了他的心愿？"吴明虹一颗心被触动了，想到老人的确是把自己当闺女一样看待，便默认了。

后来，老颜经常在站台上等吴明虹，有时要等上一两个小时才等到，利用停车的间隙，和她挥挥手打个招呼，有时还买了包子或饮料送来，给她当点心。或是上车环城绕上一圈，笑眯眯地看着吴明虹开车。车上的乘客见了，以为他就是司机的父亲呢。

有一回，老颜萌生了要把所有财产赠予吴明虹的想法。吴明虹急了,说道:"您把我当女儿看待,我已经很感激了,如果您再提这事,我以后就不敢来看您了!"她还通过老颜的大女儿来做他的工作,老颜才打消了这一念头。不过,他们的"父女"关系更亲近了。

这样,一晃十几年过去了。如今吴明虹成了家有了孩子,但仍经常来看望老颜,老公和孩子也把老颜当亲人看待。老颜年已九旬,老弱多病,生病住院或每到逢年过节、过生日时,吴明虹再忙都会抽空前往探望,像女儿一样服侍这位没有血缘关系的父亲。

吴明虹曾是福建省体工队的赛艇手,夺得过全国前三名的好成绩。转业后当了一名公交司机。身强力壮的她,曾在车上赤手空拳制服三个歹徒,有一副天不怕地不怕的侠女风范。

颜福厚生于1924年2月,19岁那年被国民党抓了壮丁,中华人民共和国成立前返乡,干过打铁、烧砖等苦力活,后来进厂当工人。一个人撑起一个家,一辈子艰辛。

一个是身材高大,却善解人意的女司机;一个是年老体弱,依然心怀慈爱的老年乘客,他们在城市的一辆再普通不过的公交车上,演绎了一段温暖的人间真情。

· 兄弟,我背你

王高波在技校读书时,就知道本市有位残疾人作家叫西风。

1991 年,30 岁的青年作家西风意外摔伤,造成下半身瘫痪。但重残后他仍然坚持写作,发表了大量文学作品,被人称为"三明的史铁生"。

那年,技校请西风来上一堂文学讲座。是王高波去接的西风。

西风的残疾比他想象的严重,但坐在轮椅上的西风始终面带微笑。他被西风的坚强所感染。就这样,这位面孔黝黑、身体健壮的小伙子,与西风建立起了二十几年的深厚友谊。

王高波技校毕业后,成为福建三钢集团的一名青工。只要有空,他就会到西风的家里去坐坐,请教文学问题,并帮忙做些力气活。

1997 年夏天,西风收到广东家庭杂志社在杭州举办笔会的邀请函,这可让他犯难了。正在他唉声叹气准备放弃的时候,恰巧王高波来到家里,细心的他听出了西风难言的苦衷后,毫不犹豫地说:"大哥,放心去吧,我陪你去,我背你!"

王高波和班组长及同事说了情况,班组支持他的想法,同事亦同意跟他换班,这样他就有连续多日的时间。于是,他便自费陪西风到杭州参加笔会。

上车下车，上楼下楼，每一个台阶、每一道沟坎，王高波都是背着或抱着西风，先到车上或楼上，然后再返回来扛轮椅。一次杭州之行，还真无法计算这样背起放下有多少次。

西风说："杭州青山绿水，风景如画，都是我看的，我饱了眼福，而王高波则是一路的艰辛，一路的奔波。"

最辛苦的要数在杭州火车站。那时杭州火车站还没有地下无障碍通道，出站必须经过高达十几米的天桥。如果先把人背过去再回来扛轮椅，那西风岂不要坐在炙热的地板上？

王高波想了个办法，买了一把塑料椅，让西风先坐在塑料椅上，然后他先将轮椅扛过天桥，再回来背西风。

夏日骄阳似火，空手走天桥都会热得让人难以忍受，更别说还要背一个百来斤重的人了。王高波使尽了浑身力气，坚持把西风稳稳当当地背了过去。当他把西风安稳地放到轮椅上时，便一屁股跌坐在地上，满身是汗，累得说不出一句话来。

1998年秋天，西风到山西参加笔会。王高波二话没说，再次自费陪同。往黄河壶口瀑布的那条公路异常颠簸，在大巴车上，王高波用两手紧紧地护住西风，他才没有从座位上掉下来。这一守护就是几个小时，王高波的双臂又酸又疼，像是被卸下了一般。

有一次，王高波陪西风到城郊的一处森林公园采风。来到山脚下，西风望着山顶的眼神充满向往。王高波说："大哥，我背你！"

没待西风拒绝，他背起西风就往山顶走。那可是一条绵延向上3000多米的台阶。当到达山顶时，王高波一放下西风，便瘫软在地，全身衣服皆被汗水浸透。

有一段时间,西风在一家报社做兼职编辑,有时候需要外出采访。王高波就让西风尽量把采访安排在他调休的时间,这样他就能陪同前往。

有一次西风到县城采访,晚上下榻的宾馆没有电梯,王高波将西风抱到5楼。因楼道太窄,他的手被粗糙的墙壁磨得血肉模糊。西风忙叫他去包扎一下,他却没当一回事,而是憨厚地笑着说:"年轻人肉长得快,过几天就好了。"

西风出门不便,许多朋友见了也会伸出援手,帮忙推一下轮椅。但因一些朋友对起落轮椅缺乏经验,难免使西风遭受皮肉之痛。而王高波长期充当了西风身体的"搬运工",从中摸索出了经验。只要有王高波在,西风便感到既安全又放松。

西风只能靠写作赚取稿费收入,妻子也残疾,家庭清贫,居室简陋,家里免不了有大事小情。只要招呼一声,王高波都会过来帮忙。

王高波不但是一名高级电工,还业余学会了水电安装与维修。西风家里水电更换与维修,一个电话,王高波就会立即赶过来修好。以前家里用的是白炽灯,比较阴暗,王高波重新布线,装上了节能灯,顿时房间便亮堂堂的。西风重残易生病,有个头疼脑热的,挂一个电话,王高波就会请来医生。

王高波说,只要西风大哥需要,他今后还会一路地将西风背下去,充当他的代步工具,让他晒到温暖的阳光,让他看到更远、更广阔的世界,因为他是我的大哥,我的兄弟!

友情就是二十年来背在身上的坚持,更是照亮阴暗角落的那一缕阳光。

大爱无痕

央视一套播出的《我们》节目，其中有一期的内容是，央视编导王阳走到演播现场的红话筒前，深情地讲述了一段让现场的观众泪洒荧屏的亲情故事。

王阳的母亲得了脑癌，躺在病床上无法动弹，而且大便板结无法自己排泄。有一回，王阳用手帮母亲一点一点地、小心翼翼地抠出来，做了很久后回过身，才发现父亲早就站在他身后老泪纵横。王阳说，这是他第一次看见父亲掉泪。父亲落泪是因为不忍心让孩子跟着一起遭受病痛的折磨。

母亲去世，王阳把从小到大与母亲或一家人在一起的照片放在灵堂上展览，让所有来吊唁的人知道："这个世界上最好的妈妈，离我而去了！"

后来，从来不爱锻炼身体的王阳父亲，每天坚持健身锻炼。王阳知道，父亲加强锻炼，爱惜身体，是担心自己如果生病了，会给王阳带来巨大的负担与痛苦。父亲曾对邻居说："我要把身体练得好好的，如果有可能，到了那一天，我宁愿自己走着去火葬场，而不要让孩子知道，不要让孩子痛苦！"

这是怎样的一种爱啊？

王阳还细腻地描述了一件"神奇"的故事，他小时候和多数中国孩子一样，都听过关于田螺姑娘的故事：一位渔夫捡回一个田螺，养在家里。后来每回渔夫出去打鱼，回到家时，饭菜都已经煮好了。原来是那个田螺变成一位美丽姑娘给他烧火做饭。

王阳说，原来一直以为"田螺姑娘"只是个传说，可长大后，才知道"田螺姑娘"的的确确出现了。每当他下班回宿舍，才到楼梯口，他就知道"田螺姑娘"来过，因为楼道是干干净净的，而家里更是被打扫得一尘不染，衣服和被单洗好了晾在阳台上，还飘着清香，就是不见"田螺姑娘"的身影。

王阳热泪盈眶地说："我家的'田螺姑娘'就是我的爸爸和妈妈，他们要走时，一人拿着一块抹布，从里屋到客厅再到大门，是跪着倒退着擦地的，绝对不会让自己的脚印和痕迹留在房间里。这就是'大爱无痕'吧！"

大爱无痕——这是人世间最伟大的亲情！听王阳的讲述，我也掉泪了。原以为"大爱无痕"只是抽象的，没想到竟能有如此真实、真切、具体而形象的表达。

其实，王阳的故事并不特别，他引发我们内心共鸣的原因，是这样的故事我们太熟悉了——你、我、他，我们所有做子女的都应该感受到，"田螺姑娘"从小到大一直都在我们身边，她常常在我们毫不知晓的情况下，悄悄地为我们奉献出了天底下最无私的爱！

大爱无痕。我们千万不要因为"无痕"而忽略了"大爱"，也千万不要等到无法报答这份爱时，才想起未报答而懊悔。

只为一句承诺

男人娶女人时，女人已有一个两岁儿子，还怀着5个月身孕。

有人劝男人，这女人得了绝症，治不好的。你等于娶了个活死人，还要养人家的孩子……

男人没听劝，还是毅然走进了这个孤儿寡母破碎的家。

小儿子出生后，男人视两个孩子如己出。

女人说，趁我还能动，给你生一个吧？

男人摇了摇头说，多一个，岂不要让两个孩子受苦？

女人就躲在一边落泪。

男人傍晚下班回来，饭盒里常有一块煎得金黄的荷包蛋，或是几块排骨，或是几块鸡肉，让晚餐在贫寒的屋檐下变得丰盛。女人知道，这是男人在单位用午餐舍不得吃留下的。

听说女人的病会遗传，待两个孩子长大一点儿，男人便带他们到医院检查。医生说，两个孩子都患上和母亲一样的病。这病无法治，十来岁后会慢慢丧失自理能力，如果能活过40岁，那是奇迹。男人就带着女人和孩子四处求医，但结果都一样。

女人说，放手吧，你照顾我们母子这么久，我们已无法报答。我们本就不该来到这世上，更不该连累你。

男人笑着说，放心，没事，这家是我的。女人在男人的笑容里，仿佛看到虽然微弱却很温暖的烛光。

为给女人孩子治病和进补，男人节衣缩食，在门口搭窝棚养鸡鸭，到河边垦滩种菜……寒来暑往，他执着地把灾难重重的家扛在自己肩上。

如医生诊断，两个孩子十几岁后都开始发病，和女人一样，他们逐渐丧失自理能力，全身瘫痪。男人照顾他们像照顾婴儿一样。

然而，厄运远没有停止对这个男人的包围。50岁那年，一辆卡车从他左腿轧了过去。

一条腿不能站了，男人就用另一条腿站立。一条腿废了，男人就用另一条腿撑起这个家。

伤口常常是钻心地疼。他悄悄吃止痛片，一粒不行，就两粒、三粒……

每天，男人很早起床，伤口换药，做饭，洗衣，拖地；帮母子三人穿衣，端水，让他们在床边洗漱；将他们逐一抱到他自制的轮椅上，喂他们早餐，帮他们大小便……然后，他才拄拐上街买菜。午餐和晚餐，是早餐的重复。晚上，男人逐一给他们洗澡，逐一为他们脱衣上床。为避免一种睡姿造成身体的麻木与疼痛，夜间要频繁给他们翻身。

一条腿的男人做这些，常常摔倒在地。女人和孩子看在眼里，也只能眼睁睁地看着他自己慢慢地爬起来。

男人在门口种了些花。他常把母子三人推到门外，让他们晒到阳光，闻到花香。有时，花在夜里开，男人就捧着花盆，一拐一拐地拿到屋里给女人看。更多的时候，女人透过窗户看那花开花落，她感受到了生命的美好。

男人已年过七旬,女人也已花甲,两个儿子分别42岁、44岁,小儿子还靠唯一能动的左手中指敲击键盘,成了网络作家。能活过40岁是个奇迹。

因为这个男人,这个家创造了奇迹!

记者采访男人:"什么原因让你把这个家支撑了四十多年?"

男人淡淡地说:"为了一个承诺!"

"什么承诺?"

"我答应他,要照顾好他们母子的!"

四十几年前,女人的前夫突发心脏病,弥留之际,将患有绝症的女人和孩子托付给了他的朋友——就是这个男人。

这是一个真实的故事。男人叫朱邦月,是福建省邵武市一家煤矿的退休工人。

一句简单的承诺,背后是四十多年的坚守,这是对爱最无私的践行!

只因多看了你一眼

1960年5月,他出生于浙江省江山市保安乡的一个贫困家庭。

他是一位贫苦的汉子,从没过过一天富足而安逸的生活。早年丧父,家庭贫困,9岁就外出谋生,给人放过鸭子,做过基建,捡过垃圾,当过货郎,摆过地摊……居无定所,在闽、浙、赣边界一带的山区里过着流浪汉的生活。

他更是一位善良的男人,在漂泊的路上,遇人有难,都会伸出援手。甚至倾尽所有,也要帮人一把。

有一回,他路遇一位脚受伤的女孩,忙将她背回她的家。女孩昏迷,她的家人以为他欺侮了她,将他扭送派出所。女孩醒来才指认他是救命恩人。家人正要酬谢他时,他已挑起担子匆匆离去。

那年初秋,他挑货担途经江西瑞金,在河边洗脸时,感觉不远处的河里响了一声。他看了一眼,以为是谁投了块石头。走了几步路,他忍不住又往那看了一眼。就因这多看了一眼,他大叫一声:不好! 有人投河自尽!

衣裤也来不及脱,他就下河救人。是一位老妇人。他把她拖上岸后,还带她到附近诊所检查。见老人无大碍,正准备转身离开,老人却一把抓住他,哭道:"你何苦救我这个要死的人,如今我死不了,你救我就救到底吧!"

老妇人时年60岁,丈夫儿子相继病逝,孤苦无依。听完老人的哭诉,他心软了,便收留了老人。

就这样,他多了一个母亲——他认老人做义母,叫她妈妈。

可是,带着义母四处漂泊不方便。为了能让老人安顿下来,这年年底,他辗转来到福建省明溪县,租了间简陋的民房住下,结束了长达20年的流浪生活。

定居后,因一时找不到事做,他便收破烂。有了一点儿微薄的收入,他自己舍不得吃舍不得穿,却不让义母挨饿受冻。

这年冬天的一个早晨,他外出收废品。天气寒冷,路边的柴草上都结着一层霜。他听到从柴草堆里传来一阵嘤嘤啼声。开始他以为是小猫之类的动物发出的声音。可听了几声后,又觉得不像,便循声走过去,看到了一个包袱。就因为多看了这一眼,他看到了包袱里的婴儿,脸蛋冻得发紫。

心善的男人动了恻隐之心。他将婴儿抱回家,这是一个刚出生就被抛弃的女婴。

女婴一进家门,义母将她抱在怀里欢喜得不得了,说什么也不让他再往外抱。

于是,他决定将女婴当作自己的女儿来养。

就这样,三个没有血缘关系的人组成了一个特殊家庭。

义母体弱多病,他从未嫌弃,竭力赡养。后来,老人双目失明,紧接着又因摔倒造成腿部骨折,无法正常行走,他皆尽心照顾。

有一回,老人连发高烧,为了给老人治病,他二话不说卖掉了借钱买来载客的摩托车。

女儿在他的抚养下健康成长。女孩小的时候,他忙碌一天后还要照顾女孩;孩子饿了,起来喂米糊;孩子尿了,立即换尿布;孩子病了,整夜地守护。

女孩8岁那年,看到同龄人背着书包上学,已知自己身世的她默默哭泣:"我好可怜,父母不要我,现在连书都不能念……"

他听后如万箭穿心。他决定无论多苦,也要让女儿上学。

母亲多病,女儿读书,他肩上的担子更重了。他拼命地干活,摆地摊,卖馒头,送液化气,修自行车……最辛苦的是挑松油,三伏天,要从山上把松油挑到山下,晚上回到家,衣服粘在肩膀上,揭下来全是血。母亲和女儿看到了,眼里全是泪。

穷人的孩子早当家。女孩聪颖、勤奋、懂事,她不再在意自己的身世,更没有自暴自弃,而是庆幸有慈祥的奶奶和疼爱自己的父亲。

奶奶双目失明行动不便,12岁的女孩就会煮饭、洗衣、侍奉奶奶,将一个家安排得井井有条。一年到头,一家人几乎没吃过肉,女孩对此从未抱怨过。有几次,他让女孩去买块肉来改善伙食,她买回来的依然是腌咸菜。因为女孩知道,手里的一分一厘都是父亲的血汗钱。

读初一那年,尽管每天还要照顾奶奶,但女孩还是利用周末时间,兼了一份家教。这位品学兼优的"阳光少年",看到谁都是纯真的笑,许多家长都愿意让孩子跟她在一起。

这家是贫困的,也是幸福的。

邻居们说,这祖孙仨可亲热了,父女俩做晚饭时,会各炒一个菜,然后抢着让奶奶尝,"还是我炒得好吃吧?""别听我爸的,他那菜都煳了。"逗得老人咯咯地笑。其实哪有什么好菜，无非是白菜、豆腐。

后来，老人下身瘫痪不能动弹，每隔一段时间就会疼痛难忍。加上患有脑血管硬化、脑萎缩等疾病，烦躁哭闹，大小便失禁，昼夜需人服侍，父女俩就轮流陪护。晚上要做功课，女儿就下半夜来陪护。他担心女儿睡眠不足影响学习，就让她下半夜好好休息。可女儿也担心父亲劳累了一天，更应该休息，说什么也要在夜里轮流给老人按摩，端屎端尿，擦身换药。

那几年的清明节，在浙江老家70多岁的亲生母亲给他打来电话，问他能不能回家给父亲扫墓。

他含着泪对母亲说："对不起，我这里的妈妈需要照顾。"

2010年5月，父女俩失去了他们"最亲爱的人"——这位"捡来的母亲"因病去世，享年81岁。因为他和这个家，这位老人多活了21年。她的晚年，感受到的是人间的亲情与家庭的温暖。

后来，他们搬进了政府安置的廉租房，房子虽小却干净整洁。

51岁的他潸然泪下："可怜我的老妈，无福享受到这么好的房子。"

17岁的女儿则轻声地说："他为了奶奶和我，至今未娶。我真希望有个善良的阿姨能嫁给他。这样，将来我去外地上大学，他好有个伴。"

他叫柴裕财，因义母叫范玉英，他们又在福建生活，他便将女儿取名柴建英。

只因多看了你一眼，三个没有血缘的亲人，演绎出了一段感天动地的挚爱亲情！

一节诚信的竹筒

春节过后，家住福建省将乐县古镛镇的农妇张水英决定外出打工。这一年，张水英已38岁。这么大的年纪还外出打工，邻居们都过来劝。

"人家都是小年轻去打工，你这么大年纪了还出去，哪找得到事做？"

"上有老下有小，都要你照顾，出去了他们怎么办？"

但张水英一根筋。她把婆婆托付给叔叔，让读小学五年级的儿子寄住妹妹家，毅然远赴他乡。

邻居说得没错，张水英没有文凭、没有技术，以前在家里只是干些农活，要找份事情做的确不容易。

辗转到厦门、泉州、福州等地，在饭店洗碗，到建筑工地上挑沙子，一时找不到事做的时候，她就捡破烂。每天只吃两餐，馒头配凉水，常在车站过夜或露宿公园、桥洞。

奔波的途中，除了简单的生活用品外，张水英还有一件东西是寸步不离的——一节长三十多厘米、直径约十厘米的竹筒，上端锯有一个扁扁的小口。

这节竹筒是张水英从家里带来的。张水英的家乡将乐县是福建著名的竹乡。以前，农民外出或下地干活，常背着类似的这样一节竹筒，里面装的是开水。一竹筒的凉白开，足够一天的饮水。

张水英将这一节竹筒背在身边，并非用来装水，而是用来装钱。

她把日常挣的钱、节约下来的钱，全部投了进去，不管是十块八块，还是一元两角的。竹筒是她的储蓄罐，而且只进不出。在打工期间，她中过暑，生过病，但从没想过要把它破开过——竹筒是她的命根子。

有一段时间，张水英在一家娱乐中心当炊事员。那些年轻的姑娘们了解到她的遭遇后深受感动，每每上街购物回来，有硬币都往张水英的竹筒里投。

当整节竹筒满了，也基本上到了年底。如果还有钱，张水英就往听装的可乐罐里装。回家过完年后，她就又背着一节竹筒出发。

如此在外打工了整整4年。到了年关，张水英背回家的是满满当当一竹筒钱，还有13个可乐罐的硬币。加上之前挣的钱，总共5万元，她终于把债还清了。

什么债？丈夫生前欠下的债！

7年前，张水英的丈夫曾火根向一些村民借了5万元，加上自己的积蓄买了一辆货车跑运输。当年9月，曾火根送货去深圳，在广东东莞地段路边换轮胎时，一辆大卡车撞了上来……车毁人亡。肇事车主是一家濒临破产的私企，最终赔偿的钱仅够丧葬费用。

办好丧事后，张水英立即挨家挨户登门，把丈夫曾经借的钱一笔笔记下来，让他们放心，这些债她是一定要还的。

有些债权人见她家遭此灾难，年迈的婆婆体弱多病，孩子还在读书，便打消了清债的念头，让她不用还了。张水英却坚定地说："不行，老公死了，债不能死！"

前些年，张水英节衣缩食，起早摸黑，种粮种菜，但挣的一点钱除去给婆婆抓药,供孩子读书,剩余不多。为了早日把债务还清,张水英便背着一节竹筒去打工。

那些债权人怎么也没有想到,这位弱女子,竟然把债一分不少地还清了!

一节诚信的竹筒,感动了十里八乡。

返乡后,张水英开了间小杂货店。小杂货店里,还挂着一节竹筒。也许是习惯,每有硬币,她就往那里投。她坚信聚沙成塔的真理,她要把钱积起来,将来儿子考上大学了,给他当学费。

2008年5月19日,将乐县民政局来了一位衣着简朴、身材瘦弱的中年妇女,当着工作人员的面打开了她背来的一个蛇皮袋,里面是一节竹筒和十几听可乐罐。民政局工作人员忙领着她来到银行,经银行工作人员清点,这一节竹筒和可乐罐里的钱,共计2775元。

"没有什么困难比地震灾区乡亲遇到的困难更大,没有什么事情比救急更需要。"连自己病倒都舍不得拿出来用的这些积蓄,张水英将它们全部捐给了汶川地震灾区。

这年8月,张水英的儿子考上大学。可钱都捐出去了,哪有钱交学费?张水英给猪贩子打电话,决定将她饲养的几头猪出售。猪贩子来到她的猪栏前看了后,拒绝了——几头猪正是长膘旺季,不是宰杀的时候。

张水英为孩子筹集学费的事,很快在十里八寨传开。这时,让这位瘦弱却坚强的女人热泪涟涟的事情发生了,那一段时间,总有一些熟识或是陌生的人默默地来到张水英店里,他们往张水英的竹筒里塞钱,而不留下姓名。几元,几十元,甚至数百元。

儿子上大学前,张水英收到乡亲们的自发捐款7000多元。儿子的学费有着落了!

一节诚信的竹筒,盛满了人间的温暖,闪耀着人性的光辉!

遗落在南极的房卡

　　曾先生是我们这儿的一位知名侨商,前段时间报名参加一家国际旅游机构组织的南极探险活动。活动历时 22 天,回到家乡后,我采访了他。

　　曾先生介绍,这次赴南极探险,整个团队共有来自 12 个国家的 120 名队员,从阿根廷最南端的火地岛登上邮轮赴南极,先后登陆福克兰群岛、南乔治亚岛、海象岛、南设得兰群岛和南极半岛。每次登岛,他们得分组并在工作人员的带领下乘冲锋舟靠岸,登上极地的冰雪世界。

　　有一回,他们登上南极一座火山岛探险。返回邮轮时,一位中国队员被工作人员扣留,不准他回船舱。曾先生是中国队的秘书长,忙前去交涉,得知这位姓张的中国队员在岛上捡了两粒小石子私藏身上,想带回来做个纪念,登船时被仪器探测到。张先生受到警告,并要求把两粒小石子送回岛上。

　　于是曾先生便陪着张先生,并在两位工作人员的护送下,乘冲锋舟再次登岛,花了近一个小时到达岛上那个火山口附近,将两粒小石子郑重地放回原处。

　　曾先生说，在那个火山岛上，像张先生捡的那种小石子到处都有，可以说是堆积如山，但工作人员却要求张先生一定要将石子放回原处，他们对保护生态环境的意识和执着，让曾先生的内心受到了不小震动。张先生也因自己的行为深表惭愧。

　　让曾先生更为震撼的是另一次，在邮轮驶离南极半岛半小时后，一位叫安娜的俄罗斯女队员发现自己进不了房间，因为房卡不见了。

　　如果只是进不了房间，倒没什么大问题，因为可以让服务人员打开她的房门，但如果房卡丢在南极大陆上，问题就大了！大家分头行动为安娜找房卡，船舱、甲板、餐厅、酒吧、过道……都没有发现。

　　当工作人员决定回南极大陆寻找房卡时，全船人都惊呆了！因为邮轮已经驶离南极大陆很远，就算回去找，在那白雪皑皑的陆地上能找得到吗？

　　但一张房卡，对于南极来说，就是一块垃圾。难道要将人类的"垃圾"丢在纯净而美丽的南极大陆上吗？大家几乎异口同声："NO！"

　　邮轮落锚。12名工作人员陪着安娜乘上冲锋舟返回南极半岛。

　　在100多名队员和船员两个多小时的翘首等待中，冲锋舟终于回到邮轮边。见安娜挥动着房卡，甲板上响起了雷鸣般的掌声。

　　"'只留下探寻的脚印，只带走美好的记忆。'这是每个南极探险者都要铭记的誓言。"曾先生说，南极之旅既是一次生命极限的考验，更是一次生态保护的洗礼。

　　想到一些景区垃圾成堆和到处写着"某某到此一游"的涂鸦，我们的确应该接受这样的洗礼。

仁爱之师

平常上网喜欢看微博，郑渊洁是我较早关注的一位名人。有一天清晨，他发的一条微博让我很感动，更令人深思。

郑渊洁说的是 2011 年 9 月去日本灾区访问时遇到的一件事。

那天，他去日本大地震重灾区仙台的一所小学，学校里有一名叫樱花的女学生，她的妈妈是中国人。这位中国妈妈得知童话大王要去学校参访，便让女儿樱花带了一些自制的小食品送给他。

来到教室，与孩子们互动。郑渊洁收到樱花的礼物后，决定将自己带去的一本刚出版的童话书回赠给樱花。这时，陪同郑渊洁的校长制止了他，并对他耳语道："不可当着全班学生的面送礼物给一位学生。"

郑渊洁当时很惊诧。校长随即又对他悄声说："可否将您这本书，改为送全班学生？"

郑渊洁欣然同意。于是，他当着全班学生的面，声明将书送给全班同学，班上随即响起了热烈的掌声。

只是一本书，但也有可能会伤害到那些没得到书的同学的幼小心灵。这位校长是真正的"仁爱之师"。

这位日本仙台的小学校长名叫川村孝男。后来知道,孝男校长的名字还因大地震时学校学生无一死亡而闻名全日本。

早在之前的地震逃生演练时,孝男校长不像其他学校那样带学生下楼到空地避震,反而是带学生到教学楼6楼顶层。校长考虑到,学校离海边近,发生地震往往会引发海啸。

2011年"3·11"大地震发生时,他便指挥学生迅速疏散到楼顶。果然,地震引发的海啸瞬间吞没了一层的教学楼,而他的学生全部安然无恙。

这是一位伟大的校长,不仅仅是因他保护了学生的生命,还在于他尊重每一颗幼小的心灵。

最后一根冰棒

那年，我刚到小镇上中学，每周都有半天的劳动课。第一次劳动课，班主任陈老师带领我们到新校舍去平整操场。好在都是山里人，大家拿锄挖土还是干得有板有眼的。9月初仍骄阳似火，工地上流金铄石，无遮阴之处，烈日把我们烤得抬不起头来。没干多久，个个挥汗如雨。

就在同学们连喉咙都在冒烟时，与大家一起劳动的陈老师喊了一声，提议用班费去买冰棒。这句话恰似久旱逢甘霖，淋在大家心头上，工地一阵欢呼声。陈老师就派我和另一位同学去冰棒厂买。

冰棒零售每根5分钱，如果直接到厂里批发，只要4分钱。我们当然得到厂去批发。领了这项光荣任务，我们一路小跑来到厂里。厂里为了省电，下午3点后就把冰柜电源关了，拿出的冰棒都软绵绵的，我们只好撑开衣服将40多根冰棒捧在胸前。

胸前和肚皮立即冷丝丝的。这种冰冷，凝固了汗水，但融化的冰水却不断滴到脚上。我们只好忍着身上的冰凉，向工地急奔。

我俩一到，工地沸腾了。但是，冰棒几乎都在包装纸里化成泥状，陈老师用双手小心翼翼地拿着，一根一根地分给同学们。拿到的同学捧着冰棒慢慢地打开包装纸,咻咻地吸食起来。不一会儿,整个工地都是冰凉的。

怀里最后的两根冰棒,是融化得最厉害的两根,是我和陈老师的。陈老师小心地挪了一根在手掌上。我看着最后一根冰棒,咽了一下口水。但是,已僵硬麻木的双手却不听使唤,我想先腾出右手,却见冰棒径直滑落了下去。它离开了我的衣衫,掉在地上一点声音也没有,但在我的心里却如霹雳,它的包装纸破了,稀化炸开,冰水渗入灼热的泥土里。

这可是我第一次吃冰棒,我觉得天都塌下来了。

这时,我听到了世界上最有磁力的声音,陈老师把躺在他手心里的冰棒移到我面前,轻声地说:"这根才是你的,但你愿意分老师一点吗?"

我想也没想就连连点头。老师打开了包装纸,如果不是他的大手掌掬着,正在加紧融化的冰水将流走。我伸手拿起了冰棒的竹签,这是一根由绿豆加白糖、色素和水冰冻而成的冰棒,虽然它的大部分已脱离了竹签,但一端还粘有几粒绿豆和一小块冰晶。我对老师说,我就吃这个。

我背过身,举起冰棒,就在那块冰晶也要掉下来时,我把它含在了嘴里。

我吃到了绿豆,尝到了白糖的甜,而那一小块冰晶,真的很冰凉,从嘴里一直清凉到心里,一直清凉到几十年后这个燥热的下午。

乐观是一种能力

其实不只是在职场，世间的任何事情，都如一枚硬币，有其正反两面。乐观的人，看到的是事情的正面；悲观的人，总是看到事情的负面。你，可以是烦恼本身，也可以是解决问题的钥匙。如果能正面地、乐观地看待问题，积极地去处理问题，于人于己皆有利，人际关系便能得以改善，你在职场定能得到更好的发展。

所以，乐观是一种能力。多一份能力，自然离成功更近一步。

·一位父亲写给少年儿子的微博

除了你感兴趣的话题并由你主动提出交流外,现在能与你轻松地说上三句话已很困难。知道你那天开了微博,且关注了名人堂里的许多明星。我很幸运,也成了你关注的人之一。想用这种方式和你交流几句,希望你在线时能看到这些。

你穿Kappa的确很帅气。我和你妈妈觉得你穿什么衣服都是帅的。但我觉得你不必从头到脚都是Kappa,这很像专卖店里的石膏模特。衣服是这个牌子,帽子和鞋袜就不一定非得这个牌子吧?而且,不必穿的都是名牌吧?你也知道,包装华丽的东西,并非就是好东西。

你成天叫嚷要吃汉堡喝可乐。洋快餐除了那几片菜叶外,其余的很不幸地都出现在世界卫生组织公布的十大垃圾食品名单中。孩子,别为了一时的口感而导致终身遗憾。那天,你说外国研究人员发现,喝可乐能防止老年痴呆,认为可乐是可以常喝的。孩子,如果你坚信可乐有这种功能,那就将它孝敬你的爷爷吧!

你并不羡慕邻居孩子的家长可以每天开车接送他上学放学,你不怕挤公交车,不畏风吹日晒,下雨了也不像其他同学打电话让父母送伞，并且还能在上放学途中增长见识，收获快乐，这让我们深感欣慰。不过，你一进家门，常冲我们乱发脾气，这让原本大方的你，显得小气了些。

"你给孩子一个快乐的童年，他将会失去一个快乐的成年！"看到这句话，我和你妈妈很茫然。从幼儿到现在，你没有参加过任何兴趣班、辅导班。曾多次试着像其他家长一样，想送你去学琴棋书画，可你一概拒绝。没有逼你学这学那，你的童年多数时间在玩中度过。如果成年后你会因此不快乐，请别怪我们。

凭你的智商，再努力一些，学习成绩就上去了。你却说"啤酒盖子"（比尔·盖茨）大学辍学，韩寒高中退学，不读书一样能成功。可你知道吗？如你这般年纪，"啤酒盖子"已开始编程，韩寒的作品获得了首届新概念作文大赛一等奖。他们离校，是因学校给不了他们想要的知识，并不代表他们停止了学习。

"啤酒盖子"和韩寒是你的偶像，也是我的偶像。放弃在校攻读，是他们已精通了至少一项在社会立足的本领。你说你精通电脑，这可能有误区。玩电脑游戏与创造游戏让人玩的区别就是，后者才叫精通。你会用火星文、破解密码等小伎俩，远不是这种的精通。其实，纵使有这种精通，读书就更加不可或缺了。

你讨厌我们把你和同龄人比较。其实，我们都是把你的聪明、爱钻研、会做家务、心地善良和比许多孩子更独立等优点拿来与人比较，从来没有把你的懒散、成绩不好、字写得难看、不爱运动、不会琴棋书画等拿来与人比。你不也常拿同学的父母与我们比吗？让我们一起从比较中认识自己，取长补短吧！

我只是个普通的父亲，这你比任何人都清楚。所以，你未来的生活只能靠你自己。你爷爷说有劳作才有收成,你说幸福就是猫吃鱼。是的,幸福其实很简单,一切取决于你的行动。你想吃到鱼,就得安心学做钓鱼的猫。

我们是不同时代的人,肯定有代沟。但沟通只要有人愿意倾听,就好办。我愿意成为倾听者。你在熟悉的朋友面前会说个不停,生人面前一言不发。请把我当成你熟悉的朋友之一,而别把我当生人。不要以为没人会理解你,除非你一直沉默不语。我在这儿等着你的评论或跟帖!

风吹日晒出种子

　　放暑假后，儿子要去参加少年军校野外训练夏令营。儿子9岁，虽然广告上说年满9岁可报名，可夏令营去的是几百公里外一个偏远山区，且长达一个星期，这怎么让人放心得下？

　　见我们不大同意，儿子就提出回来后要以主动做家务"赚钱"来还那五百多元报名费。没有充分的理由反对，只好给他报名。出发那天，我和妻子千叮咛万嘱咐，让他野营时注意安全。可他穿上校方发的迷彩服，背上登山包，光顾兴奋，根本就没听我们的话，一溜烟就不见了。

　　家里一下子变得冷清起来。才第一天，我们竟茶不思饭不想的。这是儿子第一次单独离家，这几天得在烈日下跋山涉水，受得了吗？跌倒了怎么办？中暑了怎么办？有个头疼脑热的，又怎么办？一想到这，我和妻子都后悔了，真不该让他去。

　　第二天是周六，我和妻回乡下探望父母。父亲没看到他的孙子回来，很是失望。但一听说是去少年军校野营了，欣慰地说，我当过兵，如果孙子长大了也能参军，那该多好呀。

　　我帮父亲晒新打的稻谷。一站到太阳底下，就像要被烤焦一样。

这么热，我都受不了，何况他？我又想到了儿子。妻说，不如我明天去接他回来？我没有反对。

下午，我帮着收晒干的谷子。父亲把收起来的谷子分成一大一小两麻袋。翌日清晨，父亲只把小袋的谷子背出来，用风机猛风再次吹去秕谷，然后铺在坪上晒。我问，为什么只晒小袋的？父亲说，这袋是要放着来年做种子的，做种子不能有一粒秕谷，要用猛风多吹一次，也要晒得更干些。而要碾成米的谷子，一般九成干就可以了，否则碾时米粒容易碎。

父亲还说，风吹日晒出种子，这是我们农家人的一句谚语！

我心头不由一颤。看着在阳光下泛着金黄、颗粒饱满的谷粒，想着它们因被选为种子，注定要经受更多的筛选和考验。而在培养和教育孩子方面，不也应该如此吗？要让孩子茁壮成长，不也一样要"风吹日晒"？想到这，我突然不再为儿子远行而忧心忡忡了，也说服妻子打消了提前去接他回来的念头。

一个星期到了，儿子穿着迷彩装雄赳赳气昂昂地回来。他除了皮肤晒黑外，毫发未损，且有不少让人惊喜的变化：早上不赖床，自己叠被子，毛巾晾得很平整，会煮饭，吃饭快了，吃完饭主动收碗筷，自己洗袜子……

"父母之爱子，则为之计深远。"反思以前的做法，好像计眼前的多，计深远的少。对于孩子的成长，蜜罐式的庇护是无益的，给他一些挫折与磨难的考验，才是真正的爱子吧！这是我从"风吹日晒出种子"这句民谚得来的启示。

· 玩具的最佳玩法

去学校接 10 岁的儿子，儿子把我往学校附近的文具店带。文具店里挂满了玩具赛车和配件，儿子想买一部。我一看价钱，吓了一跳，一部像普通茄子一样大小的赛车，便宜的要 20 多元，贵的要 150 多元，我不肯买。

儿子不急也不闹，让我和他一起看赛车。店门口，店主摆了一个"8"字形三层立交跑道，一些学生争先恐后地在跑道上进行竞速赛：赛车一放在跑道里，便飞速行驶，引来阵阵尖叫。我被现场的气氛感染了，而且儿子目不转睛地盯着跑道的神色，让我无法拒绝他。

儿子倒知道节俭，挑了一辆便宜的赛车，25 元。我以为他会立即将车子放到跑道上，可他没有。我有点生气，认为他缺乏胆量。

回来的路上，我说，既然买了就该玩几把，如果不玩，那还不如别买，浪费钱。儿子却说，你没看到他们的赛车都比我的好吗？他们的车子坚固，我的车子一放下去，立即就会被他们的车子撞坏，我舍不得。

原来如此，是我错怪了他。

夜里，儿子做完作业后，迟迟没有出来洗漱，我和妻子急了，进他的房间,发现他正在玩那部赛车,而且已经拆得七零八落了。我说,快安装起来,然后去睡觉。儿子却说,好几个地方拆坏了,再也装不回去。说着,手拿着马达,然后接上电池,让它飞快地空转,很是开心。

我一看,气急败坏地说:"花这么多钱,却让你给拆坏了,你也太不珍惜了!"一急,扬手就想打过去。儿子忙躲着大叫道:"赛车为什么不能拆呢?如果只让它跑有什么意思?我只想看看它为什么能跑那么快!"

赛车为什么不能拆?一句话把我给噎着了。是啊,不过是件玩具,既然孩子一样能从中得到乐趣,甚至还锻炼了动手能力,有探求精神,为什么要制止呢?

看来,我又错了。我们常站在成年人的立场去看待孩子的举动,以固化的思维去评判他们的对错。其实,更应该换一种思维,如果从孩子成长的角度去看问题,我们会发现,我们的想法往往不是最优的,甚至会扼杀孩子的想象力。

赛车是拿来拆的,对于儿童玩具,谁说不是最佳的玩法呢?

· 两个男孩的"靠"

四年前,我老家的两个男孩小军和小鸣考上了市里的重点高中。两个男孩都是农民的孩子,家庭困难,学费是向亲友筹借的。

那时我刚好采访了黄总,一位从农村进城打拼多年、白手起家的成功企业家。黄总想资助几名家庭困难的优秀学子。我便想到了小军和小鸣。一提起这两个男孩,他立即表示愿意资助,每人每学期 2000 元,直至高中毕业。如考上大学,每学期将资助 5000 元,直至大学毕业。

当我联系上小军和小鸣时,小军却沉默不语。小军的中考成绩比小鸣还好,而且在村里是以"懂事"出了名的,很能吃苦,放假时能把农活干得头头是道。他私下告诉我:"我不想受人恩惠。我不靠天不靠地,只想靠自己。"

小军的自立与坚强让我吃惊。

小鸣接受了资助。他是个聪明的男孩,每周都会主动给黄总打电话汇报学习情况,双休日常到他的单位或家里,见到活儿就抢着干。黄总一家人都很喜欢他。黄总的女儿刚考上名牌大学,把所有学习资料都送给他。黄总听说他因在乡下读初中英语师资相对较差,成绩一直赶不上来，便给他买了学习机，还让他跟单位里的英语翻译学习英语。小鸣主动接受新知识新思想，很快脱去乡下孩子的稚气与自卑心理，与城里的同学融到一块儿，学习也更加得心应手。

而小军，的确很自强，可也因对"不想受人恩惠"的信条过于执着而少有朋友，少了一起学习的伙伴，每到周末都要赶到乡下帮父母种菜，成绩一直追不上城里的同学。

去年高考，小鸣考上了名牌大学。黄总果不食言，继续资助他上大学。不过，到了大一下学期，小鸣已可以利用英语家教赚到学费和生活费。他让黄总把资助他的钱转给其他贫困生。

小军的高考成绩勉强上了本二线，但因学费太贵，家里承担不起，只好上本地的一所职业技术学院。

回老家时，遇到了放假返乡的小军。小军成熟了好多，也开朗了好多，他对当时没接受资助挺后悔的。他说，当时的确需要别人帮助，太拘泥于自救，其实是让机会在自己手里流失。

小军说得没错。作家史铁生也说过："顽强绝不要变成孤傲。人人都需要他人的帮助，承认这一点并不是懦弱。愿意接受他人帮助的人，也才可能给他人以帮助。"

人生天地间，不可能所有的事都能自己解决，懂得依靠别人，学会接受别人的帮助，不仅是一种交流沟通的能力，更是一种积极处世的方法。既靠天靠地，也靠自己，才能赢得更多的机会。小军现在明白这一道理，不算迟。

发呆中，请勿打扰

　　我这人天生一副劳碌命，周末闲下来，反倒觉得不习惯。老婆说，你就不能好好休息一下？我懒得去游玩，唱歌跳舞不会，看电视又伤神，就连睡觉也梦魇连连，很是辛苦。于我都算不上是休息。

　　我对着玻璃橱里的那只小猪佩奇公仔发呆，想它任何时候都是无忧无虑的，真是幸福。老婆叫我时，我才从入定的状态中醒来。她揪住我的耳朵说，老实坦白，愣了这么久，是不是在背着我想什么人？我忙叫道，打死我也不敢，我正想着那只佩奇呢。老婆属猪，佩奇是我送她的礼物。我这样说她一定没意见。

　　其实，刚才我的脑袋一片空白，什么也没想，就是发呆。突然发觉刚才的那种感觉真好，仿佛时空停止，万物俱静，自我超然物外。老婆思想单纯，心无城府，她一定没有过这种发呆的经历，也一定体会不了这种美妙的感觉。

　　发呆，让思想和身体都停止运动与操劳，这才是真正的休息吧？

　　认为发呆是件美妙的事，不止我一人。那天，偶然翻看报纸娱乐版，那位古灵精怪的歌坛天后王菲，在回答娱记关于什么事情最美妙的问题时，竟语出惊人："无事发呆是最美妙的。"

另一位持类似观点的，是当红影星周迅。这位被人称为"落入凡间的精灵"，肯定是个聪慧的女子吧，可她曾说过："我想象中的幸福生活，可能是天天坐着发呆！"

乍一听，有些不可思议。发呆应该只属于像我这样不大聪明的人呀——你看，那些神经短路、思维停滞的智障者，最爱经常发呆。而像王菲、周迅这样秀外慧中、聪颖精灵的女子，何以也想往自己的脸上贴上发呆的标签？

不过，仔细想想，也不无道理。发呆时，神经不再敏感，思想也已停顿，完全失去了对痛苦和愁怨的感觉。或者说，发呆时根本就不再有痛苦和忧愁了。聪明自古多劳神。发呆能让劳神者暂时停止思想，除却痛苦，当然是件美妙的事。

这样的时刻，远离尘世的喧嚣，没有尔虞我诈，也没有所谓人情的牵挂，摆脱了烦恼。你所能想象的幸福之最，难道不是这样的宁静致远？

真是不错。爱是幸福的载体，同样也带来离愁别恨和琐碎枯燥。当你不知道他愿不愿意与你共享幸福时，可以问他——你愿意和我一起发呆吗？

当你为世事忙碌，身心疲惫时，建议你躲在一个没人的角落发呆。如果一时找不到这样的地方，那就在自己的后脑勺上挂个牌子写着——发呆中，请勿打扰！

扫地僧

打车赶去上班，连遇几个红灯。快到单位的路口，黄灯亮起，的哥在停车线前稳稳地停住。我嘟哝道："今天运气背，老是差一步！这回你可以冲过去的。"的哥笑了笑说："运气不错呢！老天爷都是公平的，等会儿绿灯亮起时，就是我们第一个走啦！"

这话我熟。是的，前两天在一本杂志上看过这段子，说的是有人打车赶路，因一路红灯而抱怨，出租车司机也说了这么一句富有哲理的话。原以为这不过是作家的杜撰，没想到现竟从这位其貌不扬的的哥嘴里说出来，而且说得这么自然而有禅意，让从事文字工作的我不禁汗颜。人不可貌相，此君乃高人也！

我以前在机关当秘书。办公室秘书几年换一茬，唯有一位老工勤二十几年岗位没变过。老工勤主要做些清洁打扫、文件收发、烧水倒茶之类的勤杂活。没事时，他就坐在角落看书、看报、看文件。

有段时间活儿紧，晚上常加班。老工勤晚上值班，一样坐在那儿看报。一回夜半天冷，他忽然从抽屉里摸出两小瓶高度二锅头，硬要给我喝一瓶御寒。我拗不过他，便和他对干。不想酒劲上头，我直接倒在沙发上睡了。醒来时天已蒙蒙亮，身上盖着老工勤的军大衣。想到我的一篇会议纪要还没完成，忙一跃而起来到电脑前，发现纪要已经写好了，而且通顺达意，比我想的更精练到位。老工勤过来对我说："原来你这么没酒量啊！都是我害你没完成工作，我就瞎写了这些，你自己一定要好好改改。"说完自顾做清洁去了。

后来听同事说，老工勤耳朵灵记性好，他仅在会场端茶递水的工夫，就能把会议内容记得八九不离十。他只有初中毕业，入不了编，否则若他当秘书，我们都没饭吃了。

写字楼一层有间典当行，保安是个年轻小伙子，姓吴。熟了后我们都叫他吴保安。吴保安从农村来，勤快，闲的时候会拿拖把将营业厅里里外外抹干净。因典当行沿街，又地处商业中心，常有街头散发的广告宣传单被人丢在营业厅或门口人行道上。吴保安捡了广告单都收集在柜子里。集多了，便钻研这些纸张是否有别的用途，于是带回家彻夜琢磨。一段时间后，他用这些纸张做成了世界著名建筑物及汽车、飞机等模型，精美绝伦，常拿来送给我们，摆在办公桌前。前段时间在我们的怂恿下，他将这些"废纸"工艺品拿到省城的博览会上参展，竟得了金奖，引不少人慕名前来高价求购。

这让我想起了金庸武侠小说《天龙八部》里的扫地僧，我略有所悟：千万不可轻视身边的每一个人。也许这世间某个犄角旮旯里，可能有神一样的人存在。正因他们安于一隅，不被关注，不为名利所累，反而心无旁骛，练就"绝世神功"。

憨厚的智慧

说阿宝憨厚，其实是大伙儿对他有点儿傻里傻气的一种比较褒义的评价。公司上下没人看好阿宝。

瞧他的长相，那是太一般了。不但个矮，身材还球形。文凭也不如大家，全公司只有他是个大专生。论交际，他绝对是个低能儿，见生人会脸红，不会喝酒也不会打牌。大伙儿出去活动，他就躲在办公室傻干。

其实，阿宝智商不低。公司电脑常出故障，都是胖胖的阿宝趴在桌子底下修好的。大伙儿午间玩牌时，他不是抱着书啃，就是拿出工具软件，把大家的电脑杀杀毒，整理系统，清理垃圾。阿宝力气不小，办公室在6楼，没电梯，上上下下需要搬东西时，他总是争先恐后，一个顶仨。大伙儿还没开始动手，他已出了一身汗。

其实，阿宝的业绩也不错。但他不懂"保护"，有些年轻人"抢"他的客户，他只是笑笑，不争。到了年终，他的业绩就靠后了。

年初，部门有个去总部进修的名额。大家都在争，因为按惯例去进修的人回来后就是部门经理人选。竞争激烈，经理左右为难，便投票。每人发一张白纸，写两个名字，票数最多者去进修。意外的事发生了，部门20人,阿宝得了18票,其他人都是一两票或三五票。原来,每张纸里的两个名字,多数人都写了自己和阿宝的名字。他们竟然趋于一致地以为,写自己的名字等于给自己多一份机会,而大家都不看好阿宝,写他的名字是为了让别人少一份机会。大家算得太精,最终反把机会给了有点傻里傻气的阿宝。

水到渠成,阿宝去总部进修,回来果然就当上了部门经理。前任经理调往总部,离开时他说,我本来就是要推荐他当经理的,就怕你们不服气,没想到他当经理也是众望所归,我也就放心了。

投票有偶然性,但成功却有其必然规律。说阿宝憨厚,那是大家没有看到,其实憨厚是一种与生俱来的智慧。专注于工作中每一件小事的阿宝,纵使没有那样的投票,一样能水到渠成收获成功。

● 抱怨是魔鬼

陈刚是我以前的同事。那时,我和他在一家农产品营销公司上班,收购农副产品的工作简单而枯燥,这对于刚从商学院毕业的陈刚来说,的确有些"大材小用"。

那几年,陈刚几乎生活在抱怨中。怨自己没有背景,没能找到一个好单位;怨老总没给他当个主管,"英雄无用武之地";怨公司给员工的待遇太低,而他的同学都是拿高薪,甚至已经有房有车了;还怨公司在乡下,城里的女孩子一听说你的单位在乡下,都不愿和他交朋友。

我曾安慰他,公司刚创办,一切都还在起步阶段,待遇少点可以理解;这儿管理比较松散,工作轻松,上班时间弹性,不像一些大公司那样管得严,压力大……在这儿上班挺好的。陈刚对我所说的嗤之以鼻。他说,如果你有高等学历,见过外面的世界,就不会这样想了。

后来,我离开那家公司。遇到以前的同事,都说陈刚眼高手低,在收购环节常出纰漏,他与同事格格不入,没有什么朋友。老总把他"下放"去当仓管员后,他更是怨声载道了。

前两天,突然接到陈刚的电话,叫我去他的办公室坐坐。我才知道,陈刚当上了公司的财务总监。在陈刚那单独而宽敞的办公室里,他感慨万千:"那些年,我的确掉入了抱怨的泥淖,凡事都要拿别人的短处与自己的长处比较,总认为命运对自己不公。公司安排我去看仓库,我觉得天都塌下来了。有一次,我从书上看到一位哲人说的话——'抱怨是魔鬼,你靠近它,它就吞噬你。'我猛然醒悟,我抱怨生活,其实就是生活在抛弃我。我的厄运,归根到底是我的抱怨造成的。于是,我停止抱怨,接受现实,调整心态,积极改变,认真对待工作,并利用看仓库有较充裕的时间,重新捧起书本,考取了注册会计师。后来,一切也因为停止抱怨而得以改变……"

"抱怨是魔鬼,你靠近它,它就吞噬你。"离开陈刚的办公室,我仍在心里念叨着这句话。我尝试着将周围认识的人导入这一命题,结果大多是一致的,那些老是悲观抱怨的人,得到的往往就是消极且暗淡的人生。

抱怨是魔鬼,我们要远离魔鬼。

· 把你当朋友

"外面的世界很精彩,外面的世界很无奈;东筹西借买摩托,三两元,进口袋,一家才有饭和菜;风里去,雨里来,我是城市的摩的仔。"

几句顺口溜,道出了摩托车拉客者的辛酸。但这样靠自己的双手和辛劳挣饭吃,却也让人钦佩。我就认识这样一位摩的仔。

单位和家之间的路途有点远,又不在公交线路上,遇上紧急的事,我常打摩的。一次,是上班要迟到了,坐摩的到单位,一摸口袋,才知没带钱包。这位摩的仔并不急,而是爽快地说:"没事,明天再给我,你不认识我,我还认识你呢!"他就这样化解了我的尴尬,心头不由一热。

第二天早晨,一出小区路口,我认出了他,他还在老位置上停泊。我对他一笑,他原本微笑的脸就笑得更灿烂了。我让他载我到单位,两次车费付了后,看时间还早,便和他攀谈起来。他说,前几年下岗,老婆在一家超市当营业员,一个月就500多块,有个女儿在读四年级,如果他不出来载客,生活就没法维持。

后来,每次打摩的,只要看到他,我都会找他。那次,单位发福利分了一箱橙子,我要在单位值班,就让他帮我把橙子载回去。第二天回家,妻说那摩托车拉客的根本没有把橙子送来。接连两天,在单位门口和小区路口都找不到他的影子。我心里有点儿难受,不是少吃了几个橙子,而是轻易地相信了他。

然而,我错了。第四天傍晚,我下班走出单位门口,那位摩的仔远远地飞车而来,车上有一箱橙子。他在我面前很急地刹车,脸有点泛红,很不自然的样子。原来,那天他拉着我的橙子,路上被一辆酒后驾驶的皮卡车撞了,摩托车坏了,人受了点轻伤,橙子滚了一地。他找对方索赔,又去修摩托车。那橙子丢了半箱,他又到水果批发市场买了半箱添了进去。他打开箱子,拿起一个橙子,对我说:"你看,和你的橙子是不是一个品种,如果不是,该赔多少钱,我赔给你。"

我把那个橙子放进箱子里,捆好绳子,说:"如果你瞧得起我,我们做个朋友吧,这几个橙子拿去给孩子吃。"我要了他的手机号码,便快步走了。我害怕他拒绝,不是拒绝我的橙子,而是拒绝做朋友。

今年春节,没到过我家的表妹从厦门来看我,我刚好在外地不能到车站接她。我想到了他,给他打了电话。然后打电话告诉表妹,表妹开始不愿意,因为前些天新闻报道说,广州深圳连续发生了几起摩托车拉客仔抢劫强奸女乘客的案子。我直接告诉表妹,他是我朋友。

回到家,表妹说,你那位朋友还真够哥们儿,载我回来,帮我拿行李上楼,还不收钱。

我忙给他打电话,他说:"我现在给纯净水公司送水,虽然更辛苦了,但晚上就可以在家陪孩子读书。我不载客了,怎么还能收车费呢?其实,最主要的是你信任了我,把我当朋友看,我很感激。我相信以后生活会更好的……"

以诚为友,以信为友,我很高兴自己结交了这样一个诚实、守信和正直的朋友。

·朋友是一股"恶"势力

　　参加营销培训,营销大师在台上说,朋友只有两种:一种是你的资产;另一种是你的负债。按照他的说法,牌友、赌友、酒友之类,相处一般都要破财,纵使普通朋友也会浪费你的时间,都应归入负债之列。只有能给你带来利益的人,才是你的资产之友。

　　生意人对待友情都比较赤裸,所以像我等无权无势无钱者,就很怕和直销员交朋友。要成为别人的资产,我的力量显然太单薄了。

　　而按照这一理论,谁都希望朋友是自己的资产。身为小市民,我也有这样的想法。可有了这一份资产,好像也不是什么好事。朋友携挈我了,我常会惶惶不可终日,觉得像是从银行贷了一笔款子,终归要还的。可以还的还好,最怕的是还不了的,让你负累更重。

　　历来,朋友好像都是这样的一股"恶"势力。

　　古代的朋友讲"义"。而"舍生取义"便是可怕的力量。荆轲本是一介村夫,燕太子丹携挈他,把自己的车马给他坐,自己的饭食、衣服让他一起享用。荆轲刺秦虽有阻秦灭燕的成分,然更多的是要报答太子丹的知遇之恩。明知一去不复还,却义无反顾。樊於期更是如此,他是秦国的逃犯,本来就是逃命的。只因太子丹视其为座上宾,为了让荆轲能接近秦王，自己拔剑就把头砍下来给荆轲。朋友的知遇，朋友的携挈，那是要以命还的。

江湖上的朋友，"有福同享，有难同当"说得好，可为此也要付出很大的代价。看《水浒传》，到后面是越看越心痛。宋江，这位文不能文、武不能武的懦弱小男人，只因醉后在浔阳楼墙壁上写了两首歪诗，便被梁山好汉们视为同道中人，呼为大哥。梁山携挈了宋江，有福同享。宋江也想携挈梁山，便千方百计讨招安，让众好汉有个正当的出路。然纵观最后悲惨的结局，"有难同当"让宋江反而成了梁山的负累。假如没有宋江，梁山好汉们也许可以过得更快活一些吧。

现在朋友，"义气"的东西淡了，更多的是利益上的维系。你携挈我，再多再多也不用我以命偿还吧！可就是这样，朋友仍是一个可怕的怪圈，谁都想认识可以携挈我们的朋友，而远离那些需要我们携挈的朋友。我们的那些最好的朋友，基本上都是在互相携挈和互相负累。没有一位朋友是可以一直携挈你的。一直携挈你的人，你总得想方设法回报他。你若回报不了他，你心里就在负累了。

也没有一位朋友是一直要你负累的。一直让你负累的人，他肯定也想哪天要好好携挈你一回。可是，如果他真的回报不了你，甚至做了对不起你的事，你肯定不会原谅他。你不原谅他，你心里就负累了。反之则相反！

这样，不管是携挈还是负累，双方都会被弄得疲惫不堪！

所以，不要鄙视营销大师说得露骨，事实的确如此，朋友不是资产就是负债！

于是有人感叹，现在是熟人越来越多，朋友越来越少了！当然，他这里所说的朋友，是君子之交淡如水，只神交不钱交的朋友。

可是，现在的人都浮躁，谁还喜欢只饮白开水呢？

·低声下气

那天遇到老乡大李，谈起了也是同乡的邻家侄女阿丽。

阿丽去年自己开了家公司，生意做得不错，前段时间还贴出招聘广告，要招兵买马，扩充实力呢。

大李叹了一口气说，没想到原来一点也看不入眼的小村姑，现在竟然开起了公司。她刚进城那几年，做保险，拉广告，当房产经纪人，四处求人，低声下气，怪可怜的，现在竟然扬眉吐气了。前两天我带大学刚毕业的女儿想到她那谋份职，她竟说要通过公司规定的面试才能录用。前两年是她求我买保险，现在，反而我要求她了。

大李说这话的时候，脸上露出鄙夷的神情。

他心里一定这样认为，凭阿丽前些年四处低声下气求人的样子，现在是不应该他去求她的。

我说，阿丽这样做没错，公司是自己的，招员工当然要录用合适的人才。以前阿丽一个人打拼，低声下气求人免不了。现在开公司，事业做大了，责任也更大，低声下气求人的事，也许不但没少，反而会更多的。

大李怔了一下，接着表示理解地点了点头。

　　其实,不单是事业做成功了的阿丽,我们大部分人,为了赚钱,为了生活过得更好,都免不了要低声下气的。只不过有的人多一些,有的人少一些。

　　四处求职的打工者,谁也不会在老板面前趾高气扬。

　　我们这些在单位里混饭吃的小职员,自然不敢和领导大声说话。

　　从事服务性行业的人,几乎天天都要低声下气地对待每一位客户。

　　做生意的商贾,别看他财大气粗的,然而为了谈成一笔生意,或要批个项目,纵使被人劈头盖脸训斥,也得忍气吞声。

　　有一官半职的人亦如此,面对上级或民意的责问,小心翼翼也是要的。

　　有位推销保险的朋友说,低声下气并不丢脸。丢脸的是我们曾经低声下气过,却要瞧不起现在低声下气的人。

　　其实,每个成功者,难免低声下气!不用低声下气或少一些低声下气的生活,是我们每个人的梦想。为了梦想的实现,谁不低声下气呢?

· 小确幸

办公室女孩小可一段时间来热衷于网购,好多女孩用的小饰品,都上淘宝网淘。淘到便宜货,便喜不自胜。最开心的,是快递来了,会当着大家的面拆封,然后戴着让大家看,蹦蹦跳跳的,像只快乐的小兔子。

我忍不住问她,不就是买了一件小饰品,值得那么开心吗? 小可兴奋地说,这就是我的"小确幸"呀,期待它的到来,就很开心了,它来了完全是期待中的那款,就让人更开心了。

小确幸? 这可是最近使用率比较高的一个新词,意思是"微小而确定的幸福",它出自村上春树笔下。村上春树随笔集《兰格汉斯岛的午后》里有一篇短文就叫《小确幸》,里面提到生活中有很多"微小而确定的幸福",这些鸡零狗碎的小事,让作家内心生出一种满足感。

小可因淘到了一件心仪的小饰品而开心,足见这的确是她的小确幸。我有了些感触,想了想,我们是不是也有这样的小确幸?

生活中,往往意外之喜更容易让人感受到幸福。比如,突然地得到加薪或升迁,彩票中了大奖,邂逅一段美丽的爱情,他乡遇故知,意外地收到一份礼物……然而,这种天上掉馅饼的事儿,并不常有,于是被生活琐事湮没了的人,对生活的感受,更多的是抱怨与失望。

其实,我们每一个人,只要用心去体悟,何愁没有这样"微小而确定的幸福"——早晨起来,有人为你备了可口的早餐;交通并不拥堵,你可以轻松地乘车去上班;工作中的每件事,目前都还能由自己掌控;晚上回来,必有丰盛的晚餐等着你;清晨,可以确定有身干净的衣服穿;回家时,再晚也能肯定那盏门灯是为你亮的……这些小确幸,虽然都很渺小,可天天都在那儿等你。

的确,小确幸处处皆有,可却不是人人都可以感悟到。

有人认为,真正获得小确幸是有法则的,比如得有开放的心胸,得认认真真面对生活的每一刻,得有敏锐的感官和觉察力,得有一定程度的好奇心和求知欲望,得对人生一切美好事物都充满热情等。

看到小可因淘得一件可爱的小饰品而欣喜,我觉得给小确幸定什么法则都太过于理性了。其实,我们大多是因奢求太高,或把幸福寄希望于未来,或定位于意外之喜上,而忽视了眼下这些可以掌握的、可以确定的幸福。

小确幸,如果以简单的、感恩的心去感受它,必能乐在其中。

·低调的魔鬼辞典

有人编了一本书叫《低调做人的智慧》，我很愚钝，看了半天也看不出其中的智慧。低调到底是一种什么样的心理态度和生存状态？愚笨的人便用愚笨方法来理解，于是便忍不住对时下人人称道的"低调"作一番"魔鬼辞典"式的解读。

低调是一种高调。"高高山顶立，深深海底行。"这句禅语可以拿来形容真正低调的人。意思就是，不是人人都能活得低调，可以低调的基础是随时都能高调。不能山顶立的人，如何有本事在海底行？

低调是一种自卖。一个经常暴露在镁光灯下的公众人物，对着镜头夸夸其谈时，还说自己是低调的人，那其实是一种自卖自夸。说自己低调的人，其实都不低调。

低调是一种圆滑。不露锋芒的低调做人术，城府太深，实际上是精于算计的隐蔽。

低调是一种隐忍。深知出头的椽子先烂，不强出头，不树敌，受委屈亦能忍则忍，左右不得罪，不会把自己变成对方射击的靶子。

低调就是平庸。"我很低调。"——一个没有能力、没有实力的人说出这句话，是一种自我调侃式的自嘲，其实就是阿Q的"精神胜利法"。

低调＝低IQ。人家诸葛孔明都要"自比于管仲、乐毅"，够高调吧！不高调，聪明的孔明如何施展其聪明才智？不聪明的人，只好低调。

低调就是胆小怕事。不争强好胜，不引人注目，谦虚忍让，知道的装作不知道，吃了亏也不吭一声，不主动争取机会，前怕狼后怕虎……做事低调者的一系列表现。

低调就是老态龙钟。愣头青人生阅历不足，做事冲动，好出头露面，然亦生气勃勃。能低调者，那是处事不惊者，姜是老的辣，应是垂老暮年矣！

低调有时是穷困的代名词。没钱了，只能在生活上俭朴些、低调些。

低调就是失败。敢问成功者，如何能低调得了？

低调是欲擒故纵。明明想要获取，却故作姿态放弃，用糊涂来迷惑对方耳目，其实撒开更大的网，等着你主动投怀送抱。

低调是为了将来能高调。低调实乃养晦之术，表面上甘为愚钝、甘当弱者，实为在羽翼未丰时卧薪尝胆，暗藏野心，如时机成熟便高调现身，那时定判若两人。

上述魔鬼辞典，其实是说了几句让奉行低调的人不爱听的话。低调的你阅后如果一笑了之，你的低调修行已有所获；如果你勃然大怒，你就不低调喽！

兄弟，你在哪里？

兄弟，你在哪里？这是我几个月来对你千万次的呼唤！

我们成为兄弟已多年。记得那天，是你的朋友请你喝酒，我的朋友请我喝酒，酒席在同一间酒店里。结果我们俩都喝得烂醉如泥。醒来时，发现只有我们两人被丢在酒店里。从此，我们成了哥们儿，常在一起喝酒聊天，再没事几天也要一个电话互相问候一下。我们有点儿臭味相投，既一起关心世界局势，也一起品评女人……总之，我们每次在一起都有聊不完的话题。

可是，几个月来，我们失去了联系。

我把这事告诉了同事。同事一本正经地说："朋友不再联系你，有专家说不外乎四大原因，1.他做了对不起你的事或你做了对不起他的事；2.他爱上了你爱的女人；3.你爱过的女人爱上了他；4.他出意外了。"

前三点不可能。因为谁也没有我们清楚，我们的友谊非常符合现代交友规则，我们至今都没有问过当然也不知道双方的家庭情况、居住地址、老婆姓名，甚至工作单位也只知道一个模糊的名称和大概的方位，所以不可能出现你对不起我、我对不起你或什么第三者之类的影响我们兄弟感情的事。所以，我担心你出意外了。

很怀念我们俩一起谈天说地侃女人的时光，你眉飞色舞的样子时常在我眼前晃动。我向上天祈祷你不要出意外，祈祷我会在哪个街角突然遇见你。

功夫不负有心人，我的祈祷竟出了成果。那天早上，在那辆破旧的公共汽车上，我们俩面对面，同时大声叫了起来。而且竟然都同时说："我把你的手机号码丢了。"

你说："我的手机丢了，你的号码存在手机里。我换了新手机，无法给你打电话，结果……我还以为你出了什么意外！"

我说："我的手机被小孩子拿去玩，把电话簿删了，没有你的号码，没办法打给你，我等你打给我，也担心你出了意外呢！"

于是，两人相视一笑，然后旁若无人、天南地北地聊了起来。中途到站，你说先去办事，晚上请我吃饭再侃。我说，好。你就下车了。

兄弟，你又出现在我面前，真好。可是，车子开出一段路后，我才猛然醒来，大叫糟糕，我们竟然都忘了告诉对方的手机号码。

据说，在这样一个几百万人口的城市里，我们能再相遇的概率只有十万分之一。

我不能失去你这样一位兄弟，几个月来，我一直在想办法找你。

我去电信公司打印了原来我们通话的话单，拨打你原来的号码，结果是空号。原来，你换号码了。

我想在报上或电视上登个寻人启事。可是，我竟然不知道你完整的姓名。平时，我叫你吴哥，而你叫我李兄。

现在，我只能用最原始的办法寻找你——每遇见一个人就多看一眼，看看是不是你。然后，心里祈祷着，希望哪天在公共汽车上或哪个街角，突然就遇见你。

带头大哥

韩寒小说《1988：我想和这个世界谈谈》里，有个叫10号的带头大哥，将语文书里刘胡兰画像撕下来贴于胸前壮胆，带领小伙伴们与临时工哥哥抗争。临时工哥哥恃强凌弱，与他们玩弹珠游戏时，会拿一粒大号弹珠来赢取他们的小弹珠。

10号的抗争很狗血，趁临时工哥哥抛出大弹珠时，猛抢到手立即吞进肚子里，然后躺在地上装死，临时工哥哥被吓跑了。不过，当小伙伴们正为10号的"英雄壮举"欢呼并对其心生崇拜时，10号却用屁股拉出来的那粒大弹珠来赢大伙儿的小弹珠。

昨天的带头大哥，今天就成了阴险的敌人。

在每个人的童年玩伴里，大多都曾有过这样一位带头大哥。我在八九岁时，便跟过一位像10号这样的老大。那年，电影《少林寺》在村场上演后，伙伴们聚在一起谈论最多的就是觉远的武功，心里都做着一个武侠梦，并且每人都扯根竹竿当少林棍舞得有声有色。带头大哥舞得最好，他说，他得到练过武术的表舅的真传，可以像孙悟空舞金箍棒一样，舞得棍子把整个人罩住而水泼不进，更别说刀枪了。伙伴们都信以为真,奉若神明,晚上不做作业,就想找他学棍术。

一天晚上,借着月光,带头大哥在村场上舞棍,舞得风声四起,出神入化,看得伙伴们目瞪口呆。为了让小伙伴们见识一下大哥的绝世神功,我悄悄提来一桶水,向正在舞棍的大哥泼去……

那晚后,大哥就再也做不得伙伴们的带头大哥了。不过,让我懊悔的并不是后来他处处与我作对,而是心中那尊精神偶像从此坍塌。

带头大哥这一称呼,应是滥觞于金庸作品《天龙八部》。我对这位带头大哥印象不好。虽说是慕容博用心险恶假传消息在先,但当知道是带头大哥带领群雄伏击了萧家三口,致使萧峰为揭真相而酿下一连串悲剧时,怎不令人对其品性倍感失望?何况他还是名满江湖、德高望重的少林寺方丈玄慈大师。

最令人失望而悲愤的,还是看《水浒传》。若评史上最著名的带头大哥,恐非宋江莫属。宋江,他文不及卢俊义,智不如吴用,论武艺,则任何一位好汉三招都能把他撂倒。这位文不能文、武不能武的懦弱男人,因醉后在浔阳楼上写了两首歪诗而入狱,被好汉劫法场而上梁山,坐得了第二把交椅。后又因时迁偷吃祝家庄的鸡被抓获,宋江便执意要打祝家庄。其实,打祝家庄乃师出无名,但宋江为扩充自己实力不惜穷兵黩武。三打祝家庄后,宋江在梁山的实力果已无人出其右。当上带头大哥后,宋江千方百计讨招安,招安后因抗辽,征田虎、王庆和方腊,使梁山好汉所剩无几。

纵观梁山悲惨结局,可以说宋江绝对不是一个称职的带头大哥,甚至是"假道学真强盗也"。难怪金圣叹评价他是"纯用术数去笼络人"。于是我想,如果没有宋江,梁山好汉们也许可以过得更快活一些,至少结局不会那么惨。

前段时间看好莱坞电影《敢死队2》,看到枪战激烈时心生疑窦:剧中敢死队成员个个武艺高强,为什么会死心塌地跟着"史泰龙"出生入死?

直到影片的最后,"史泰龙"将一箱钱给了比利的女友,我才恍然大悟。"比利"也是敢死队的成员,在激战前就被对方残忍杀害了。"史泰龙"坚持带领大家完成任务,其实后来他们的行动已不再是任务本身,而是为了兄弟情义与荣誉而进行的一场战争。

"史泰龙"是真正的带头大哥,他把团队所有成员都当成自己的兄弟。仅凭这一点,宋江、玄慈大师以及韩寒的10号,都差远了。

· 乐观是一种能力

以前的同事小吴，最近老打电话向我诉苦，说我从原来单位跳槽后，科室的重活累活都得他干，科长还成天挑他的毛病。"我实在受够科长了，我一年到头累死累活，他只会在那指手画脚，今年单位先进评的竟然是他而不是我，他什么地方都跟我作对，肯定是他在背后搞鬼。你说，我哪点不如他？"

小吴越说火气越大，我赶忙给他降温："其实，这种人际关系上的问题，在每个单位都有，关键是你怎么看待。我倒认为科长为人不错，人家过两年就退休了，没必要压制你；能当面指出你的缺点，说明他心里并不坏；重活累活都由你干，我倒认为这是科长在给你压担子，他一定认为科里这几号人只有你做事才能让他放心；至于先进，人家三十多年老革命了，经验丰富，领导还经常问计于他，评给他并非没有道理！"

小吴听后，似乎火气降了不少，但随即又问："那当初你为什么跳槽？难道不是被他气走的吗？"

我呵呵一笑说："我刚到单位时，科长也是处处找我碴儿。但我并没有与他敌对，我想，每个人都有他的长处，他当了那么多年科长，肯定有他的优点。科长的优点是办事一丝不苟,要求严格,人事老到。我就认真做好每件事,少出差错。后来他表扬的次数就多过批评的次数了。大家认为我是被他气走的,其实不是,但却是被他赶走的。他说我这人比较理想主义,对人对事都想得过于完美,认为我不适合在机关里干。我觉得他说的话是对的,就离开了。"

过了一段时间,小吴打来电话:"最近我把科长当成伯父一样对待,把他的要求当成给我压担子,认真做好每件事。今天没想到他在领导面前夸我是科里最能干的年轻人。私下还对我说,准备推荐我当副科长。现在我觉得他是个大好人。"

人还是那人,事还是那事,前后为何有如此差别?我想,这就是乐观处世所起的作用吧!

是的,其实不只是在职场,世间的任何事情,都如一枚硬币,有其正反两面。乐观的人,看到的是事情的正面;悲观的人,总是看到事情的负面。你,可以是烦恼本身,也可以是解决问题的钥匙。如果能正面地、乐观地看待问题,积极地去处理问题,于人于己皆有利,人际关系便能得以改善,你在职场定能得到更好的发展。

所以,乐观是一种能力。多一份能力,自然离成功更近一步。

·只选对的

　　小时候,身体虚弱。那时,姨婆在香港,常会寄一些高级滋补品给外婆,外婆就转寄来给母亲,想让母亲给我补补。但母亲总不让我吃那些补品,而是熬些药膳给我吃。母亲说,那些补品虽然很贵,也很好,但不适合你。

　　母亲没什么文化,却知道什么东西是适合我的。她知道适合我的,才是最好的。

　　表妹长得漂亮,又很贤惠,却喜欢上从四川来打工的小伙子阿林。全家人反对,反对的原因不仅仅因阿林是外省人又家境不好,更大的原因是本镇望族子弟阿坤也非常喜欢表妹。阿坤我见过,一表人才,人品也不错,年纪轻轻的就办了个鞋厂。他看中表妹是想让她去帮忙打理后勤。是的,所有的人都认为表妹和阿坤是天造地设的一对。可表妹却有自己的想法。她是独生女,阿林同意入赘,这样她可以一直陪在父母身边。最重要的是她和阿林在一起时很快乐,而和阿坤在一起时却没什么感觉。

　　我突然就想到了小时候母亲的话,最好的,不一定适合你。我对表妹说，只有适合你的，才是最好的。

洗发水有好多种，有去屑的，有柔顺的，有清爽的；也有二合一的，三合一的，四合一的。而爱护头发的人心里一定明白，那款最贵的或那种功能多的，并不一定适合自己。广告和导购小姐说得天花乱坠，你也不会动心。因为不适合你的洗发水，纵使玉瓶圣水，对你的头发只能有害无益。适合自己的那款，只有自己才体会得到。

有句广告词说得好："只选对的，不选贵的！"这话用在择偶上，更在理。可是，我们大多数人和大多时候，都是被最好的和最贵的迷惑了双眼。处对象时要先看相貌，然后是双方的职业、家境和资产，最后才决定是否相处下去。郎才与女貌，英俊与娴雅，富有与贤德，在人们眼中是绝配，自然要在大家的艳羡中成就天设佳偶。婚姻是过日子，这样的选择本无可厚非。但相处久了，发现互相并不适合，却不愿把这"最好的"舍弃，不但自己很受伤，还要把这表面上"最好的"自欺欺人地对人说，这是自己最适合的，这才可悲！

择偶如此，择校择业也一样，我们常常无法像选择洗发水那样从容。很多时候是我们的虚荣心理在作怪———不管适不适合自己，我就要最好的！

母亲说，那些高级补品很烈，会伤了你的身体。你适合的是慢慢调理的温补。

最好的，如果不适合你，只会伤了你———这是我从母亲那儿得来的智慧！

· 让人心安的大嗓门

小区门卫换人了。

那天下班进小区大门时，被一中年男子拦住，问我住几幢几零几。我听他口音，很像我老家那边的人，一问，竟然是老乡。

听说是老乡，他高兴地和我攀谈起来。他说，他姓张，儿子今年考上高中，他就把家里的农田和果园承包给别人，和老婆进城想在学校附近租间房子，找份粗活干，这样住校的儿子周末就可以过来改善伙食。

正说着，一中年妇女满头是汗走过来，是老张的老婆，她在清扫公共场所。我一看小区四周，打扫得很干净。

我们小区毗邻老张儿子所读的高中，因小区规模不大，门卫得负责小区绿地的养护和公共场所的清扫。老张说："很喜欢这儿，离学校近，工资少点没关系，关键是想看儿子容易多了。"

工资少点没关系，关键是想看儿子容易多了——多么朴素而又温馨的想法啊！不禁对这位老乡多了几分好感。

我准备迈步走时，老张嘴上欲言又止，嗯了几声才急促地说出话来："老乡您、您认识业委会主任吧，能不能和他说说，留下我们，我们保证干得好好的！他说试用我们一个月……"

"认识，就住我楼上。但这事他说了也不算。如果这儿住的人对你们都满意，你们就绝对能留下来。"

听了我这样说，他们喜笑颜开，连连点头。

因是老乡，平常会多留意他们。他们很快就认清了小区所有住户的长相，凡是陌生面孔，就会拦住盘问。小区公共场所很干净，老张老婆常左手提垃圾斗右手拿扫帚，一有垃圾，就会被她扫进斗里。

只有周末，才有机会看到他们的儿子，瘦小个子，眼睛也小小的，看到人就低着头，有时他会坐在门卫室里看书，替父母看班。有一次，我从阳台上看下去，发现瘦小的他在每个单元的铁门前查看，有自动铁门没关紧的，他就将它关紧。

那天，业委会主任从楼上下来，我忙拦着，问是否会留下他们。业委会主任笑着说："怎么，你也替他们说情？已经有好多住户说他们不错了，放心，他们跑不了！"

一天中午，正睡午觉，突然听到大嗓门在楼下喊："下雨喽，下雨喽……"这不是老张老婆的声音吗，睡午觉的人岂不都被她吵醒了？妻子听了这声音，冲到阳台，收进来两床被套和一堆衣服。我大悟，下雨了，老张老婆通知住户收衣服呢！

虽被吵醒，但一想到有这样的门卫，很快就安然入睡。

· 开锁的秘诀

王师傅30岁出头,身材瘦小,脚有点跛,走路一瘸一拐的。王师傅经营着一间修配钥匙的小店,店虽小,生意却不错。因他技术高超,配的钥匙一次成型,没有开不了的。他还兼营开锁服务,谁家钥匙丢了或忘了带出来,找他,再高科技的锁,他都能在两分钟内打开。所以大家都叫他"锁王"。

一天中午,王师傅接到一个男人的电话,说女朋友昨晚喝醉了,到现在还没醒,他没带钥匙出来,叫门也不开,恐出意外,让他快去开锁。

那时王师傅正在吃饭,说等吃好饭再去。没想到,那男人直接找了过来。男人是个20岁出头、染着黄头发的小青年。王师傅让徒弟骑摩托车载着他,跟着"黄头发"来到一个居民小区。

来到"黄头发"所指的房门前,王师傅让他出示身份证。"黄头发"说身份证就锁在屋里,开了门自然会拿给他看。接下来,王师傅的举动有些怪异,他用力跺了一下脚,并大声叫喊和拍打房门。"黄头发"叫他小声点,邻居都在午休。王师傅却不听,更加用力地拍门。他还发现锁孔有撬过的痕迹。"黄头发"说,自己先前用螺丝刀撬过,没打开。王师傅边敲打门板边说："如果不拍门，锁珠无法抖动，锁就开不了，这是开锁的秘诀。"

他拍打了一阵，惊动了楼上住户，一个男人从楼上下来，问怎么回事。这时，"黄头发"说要去买矿泉水给王师傅他们喝，便欲下楼。这时，王师傅已发现邻居根本不认识"黄头发"，便让身材高大的徒弟控制住了他。

邻居报了警。过了一会儿，警察来了，就在警察盘问时，一对夫妇上楼来。原来，他们才是真正的住户。他们掏出钥匙开门，门打开了，他们不认识"黄头发"。"黄头发"被警察带走了。

那对夫妇对王师傅很感激，说如果不是王师傅，家里可能已遭殃了。后来，警察告诉王师傅，那"黄头发"在小区蹲守，见那对夫妇背着大包小包出门，以为他们出远门，便伺机行窃，可撬了一会儿锁打不开，就想到找人来开，没想到栽在了王师傅手里。

王师傅说，其实他一接到电话就觉得"黄头发"可疑，为了识破他的诡计，他便佯装开锁，用力拍门以惊动四邻，这样就能证实"黄头发"的身份。

王师傅走在街上，认识他的人都对他很友好。因为这个"锁王"，不仅是开锁大王，还是大家的护锁大王。

再吃两口就不苦了

儿子患风热咳嗽几日不愈,前两天一起回老家,父亲泡了一种茶给他喝。他喝一口便呬舌,连叫苦。父亲说:"这是药,当然苦喽,你再喝两三口就不苦了。"

正如父亲所言,吃苦瓜就如品尝我们的生活。生活本身也是苦的,但也只是第一口苦而已,第二、第三口就不会那么苦了。不信你试试。

静置的奥秘

去冶炼厂采访，了解到铝合金熔炼过程中有一道静置程序，要将熔浆放在静置炉里等待一段时间，使材料精炼净化，从而生产出更高档次的产品。

这让我想到烹饪上也有许多环节是需要静置的。

譬如蒸蛋羹。在蛋液中加适量盐和温开水搅匀，静置十余分钟再蒸，这样蒸出的蛋羹软如凝脂，细滑爽嫩。

譬如，拍好的蒜末。蒜拍烂，静置 10 分钟，再下入欲起锅的炒青菜中，蒜香才更浓。

手工面、葱油饼、水饺、馒头等要用面粉制作的食品，和面成团后，都是要醒面的，醒面就是静置。静置是为了让面发酵，让面筋更有韧性，这样做出的面食才更软嫩、更筋道。

肉食大多也是要静置的，为的是给肉食腌制入味的时间。对片好的鲜鱼片加调料、蛋清或生粉搅匀后，静置 10 分钟再入沸腾的鱼汤里煮开，鱼肉异常鲜嫩，滑而不糜，这是水煮活鱼的鲜美之道。用炒香的米粉拌五花肉，静置 20 分钟再蒸，软糯且不腻，这是美味的粉蒸肉。宫保鸡丁也一样,鸡胸脯肉用刀把拍松,切成丁,加调料,用湿淀粉拌匀,静置5分钟后再入油锅爆炒,原本柴涩的鸡肉便爽嫩无比。

前段时间,我买散装燕麦片来当早餐,得先烧油锅,然后加入鲜肉、鸡蛋、蔬菜或泡发后的海鲜干品与燕麦一起水煮。本想弄这早餐会便捷些,却是这般麻烦,而且入口不爽,燕麦嚼起来有点涩。后来改为免煮的燕麦,冲入开水即食,倒是方便快捷多了,可吃起来淡而无味,还会粘牙齿。有天早晨,冲了燕麦后,给自己煎了个荷包蛋,然后再往燕麦里加入一匙炼乳。奇迹出现了,那燕麦的麦香与乳香扑鼻,燕麦柔软爽滑,入口即化,好吃。

原来是在我煎蛋时,静置的燕麦发生了神奇的变化。

食物的静置,是为了充分地发酵、渗透与融合,从而提升美味。

静置就是等待,是积蓄能量,是在爆发前的暂时冷却、酝酿与韬光养晦。犹如人生,犹如爱情,犹如事业,如果你屡战屡败,那可能是你操之过急了。不如给自己足够的静置与准备的时间,然后再去烹饪一道属于自己的人生美味!

断生即可

我9岁时就得下厨做饭。那个年代，仅一饭一菜而已，无须什么厨艺。最常煮的菜是高丽菜（闽南人的叫法，即包菜），下锅煮熟就行。

有一回，阿姐对我说："你怎么会炒出这么难吃的菜？吃起来尽是潲水味。"我有巧妇难为无米之炊的无奈："难道高丽菜还能炒出高丽参味？"

一天傍晚，阿姐见我还没炒菜，便拿一个高丽菜用手撕，每片菜叶撕成块状，倒入热油锅里爆炒，不一会儿就起锅了。阿姐炒的高丽菜青白相间，每片菜叶仍然坚挺鲜艳，不似我煮的枯黄萎靡。我吃了一口，质嫩甜脆，没有潲水味，的确好吃多了。

阿姐说："这高丽菜要大火快炒，断生即可。"

后来知道，所有爆炒时鲜蔬菜均应断生即可，即火候要掌握到既保持蔬菜的鲜艳脆嫩，又无生涩味，八分熟就好了。

断生即可，是历经烟火才有的娴熟、老到与干脆。

有段时间常加班，几个同事便一起到单位楼下的小炒店用晚餐。有一道菜叫虎皮尖椒是大家必点的，刺激爽口又下饭。小店的灶台在入门处，饭前，我喜欢站在旁边看厨师炒菜。问起虎皮尖椒的做法。厨师说，关键在于油滑。青辣椒油滑，以椒皮起皱变黄生"虎皮"即可，断生为度。

厨师还告诉我，需要油滑和焯水的食料，一般都以断生为度，因为经油滑、焯水后，还要回锅正式烹调。如果焯太熟或滑太透，菜肴质地就会变得老硬或散碎不成形，颜色变暗，失去鲜味。若达不到断生，就会影响后期烹调时间，要不就是太生，异味除不净，要不就是太过，口感差了，皆影响成菜质量。

看来，这位师傅是断生高手。

一次厨师不在，是老板娘给我们炒的虎皮尖椒。同事 A 夹起一块咬了一口后，就放在同事 B 的碗里，说不想吃。我夹了一块吃，原来是火候过了。老板娘无断生之术，青椒失去鲜甜。

饭后，同事 B 私下对我说："A 怎么能这样，竟把不吃的咬过的菜给我吃。"

大家都知道，同事里就 A 和 B 走得最近，亲如姐妹。可在人后，她们之间却互相说对方的坏话。

我想，是她们走得太近，太熟悉对方了，以致言行都不顾及对方的感受。

其实，人与人之间的交往也一样，应亲疏有度。

太生，毫无交情，只是陌路；太熟，容易互相牵扯，反成负累。

断生即可。

敬畏之心

到单位楼下的一家面馆吃汤面。店堂挺大的,可位子已满。店堂的一角,有三个店员坐着,一人将面条一份份分出来,另两人把每份面条置于手掌中揉搓片刻后再放下。

我问:"面条为什么还要揉? 为何不去厨房帮忙,好给客人腾出位子?"正在揉面条的一位阿姨说:"这面条我们给它揉顺了,才好吃。"那位在分面条、貌似店主的男人说:"这样揉一揉,面条吃起来更糯软筋道,祖传秘方,不能偷工,这是对美食的敬畏!"

敬畏? 这词从一个小吃店的老板嘴里脱口而出,让人吃惊。我回来问了一位厨师朋友。朋友认为,店主说得玄乎了。但潮面下锅前揉一揉是有道理的,一是把粘在面条上的干粉抖掉,否则焯时汤会浑,甚至焦底;二是揉搓抖动,能把粘连的面条松开,也增加些力道。原来如此。难怪我在其他店吃拌面时,有时会吃到粘在一起或很糊的面。而这家店,面条根根干净,吃起来筋道爽口。

不管店主说的是否玄乎,他对待面条的态度的确是认真而敬畏的,他和店员占据位子慢慢揉面,让客人看着做面,也是生意好的根源。

　　刘克襄是台湾一位鲜明地敬畏食物的生态作家。他认为，买回来的水果，如果你尊重它，按照它生长的方式挂放，并跟它说清楚准备食用它，那它就会保鲜很久。他说："如果你放巴赫和莫扎特的音乐给水果们听，过后，这些水果吃起来会更甜！"作家说的比店主说的更玄乎，但我愿意相信他说的。如果一个人对准备享用的食物有了敬畏之心，自然不会暴殄天物。

　　母亲每回要宰自养的鸡时，口中总是念念有词。问她念什么，她说，给鸡说些好话，安慰它一下。后来我主刀放血时，我也念。母亲说："你说了没用。喂养时我跟它说的都是闽南话，杀时也得说闽南话，你跟它说普通话，它哪听得懂？"我笑喷。但我知道，母亲是敬畏她所喂养的家禽的，这是对生命的敬畏。

　　如果你总嫌这也不好吃那也不好吃，也许并非食物真的不好，而是对食物没有敬畏之心让你的味觉钝化了。一样地，如果你总感觉不到生活的味道，那一定是你对生活缺乏足够的敬畏之心。而如果对生命丧失了敬畏之心，那么这个社会的味道也会变。

人当如姜

以前有位同事忌姜，只要菜中有姜，他就不吃这道菜。也许因奇怪的忌口养成了其偏执的性格，同事们都不喜欢他。

后来，他因适应不了职场而离职。

我为其可惜的倒不是其离职，而是现在几乎无姜不成菜。不吃姜，这辈子不知要与多少美食绝缘。

譬如，我常去吃早餐的一家小吃店，一道牛肉汤就将生姜用到极致。牛肉汤早已煨好，店主舀一碗至锅里，开火加热。加热时，她拿一片铁皮磨具，取一块生姜在上面磨。足有一个拇指头大小的生姜就全磨成粉末撒到汤里。汤一开，立即起锅。一小碗汤，就下那么多姜粉，若被那位忌姜的同事见了，恐怕再也不会踏入这店半步。

但这汤真是鲜美呢——辛辣浓烈，鲜香异常。一碗这样的牛肉汤下肚，全身都舒服起来。

我对生姜最早的记忆，是当药。小时候受了风寒，母亲就用小石臼舂烂生姜，置搪瓷杯里加水加红糖，放入灶肚里煨。姜性"煨出"后，母亲端来让我趁热喝。姜汤喝完，汗出如浆，豁然病已。

用姜防晕车，也是母亲教我的办法。以前我晕车很严重，到小镇读初中时，车到半路就晕得一塌糊涂。后来，母亲让我在乘车前切一片生姜，贴在左手腕横纹上方缚紧，果然晕症大解。

学会将生姜用于菜肴里，则是耳濡目染于父亲的厨艺。父亲认为，姜用于热油锅爆香应用拍，煎鱼或煮海鲜则切丝，拌粉腌牛羊肉应剁末，用于炒菜蔬则切片。还有，在我们那儿，煲土鸡汤一般不用姜，因为家养的土鸡腥味较少，下姜则影响鸡汤的香甜。

不过，坊间有一味黄焖鸡，则是用足了生姜。那是好几块大块的生姜略微拍裂后在油锅里爆香，再下鸡肉翻炒至出油，下糖、生抽、豆瓣酱及调味炒香后，再下汤水煮开，移至砂锅里焖至收水。因姜块的确下得多，有食客会戏谑"姜比肉多"。虽是如此，可也因姜多，使这焖鸡味道极佳，令人咂嘴舔唇。

姜还可做"主菜"呢！我常买些芽姜，切片置罐子里用醋、糖腌几天，拿来配早餐，据说很养生。但我主要享其味，酸而辛辣，味觉一醒，一天清醒。

姜可去除肉食中的腥膻味，又可增鲜添香。而对一些性凉蔬菜，姜也能降尊纡贵，油爆后清炒可促其平衡。所以，姜总能在菜肴中立于不败之地。

人也当如姜。多做锦上添花之事，必能左右逢源。若您能力出众，亦可学姜那般，祛的是风寒邪气，扶的是人间正道，能为大局披肝沥胆。如此，在人生的这盘菜上，您何愁不能烹调出绝佳美味呢？

· 早点慢点

有几个同事,早点是带到办公室来吃的。早餐在办公桌上吃,没有一点可取之处。因是携带,品种单一,营养缺乏;同事们都在上班,你在那稀里哗啦喝粥,影响别人,也不利于自己——被领导看到了肯定没好印象;还得快速吃完,对消化系统是个折磨。

同事就问我早上吃了什么。我说,吃了十余种东西。他们不信,因为他们只喝稀饭或牛奶配鸡蛋或面包,就让他们把早晨弄得跟打仗似的。我要弄十几样东西来吃,怎么可能?

我就掰着手指数给他们听:糯米、黑米、薏米、芝麻、花生、黑豆、豇豆、桂圆、莲子、红枣和核桃,还有青菜、鸡蛋,还有牛扒或培根。同事惊呼:"你一个早上煮这么多东西吃,麻不麻烦呀? 怎么来得及上班?"

其实并不麻烦。我在头天晚上入睡前,就把前面说的杂粮与干货一齐放入功率不到200瓦的陶瓷电炖锅里,加水插电就可以了。第二天起来,不必下糖与其他调味,就是香甜糯软的一锅八宝粥。利用粥放凉的时间,煎个荷包蛋、炒一盘绿叶蔬菜。若还有空时,可以再煎一块牛扒或几块培根。这样弄一个早餐,不过是早起半个小时而已。

其实，早餐比中晚餐重要！有人调查发现，凡是肯花时间做早餐和按时吃早餐的人，大多一整天精神饱满有活力。而那些爱睡懒觉，不吃早餐或很迟很随便吃早餐的人，大多身体或精神状态不良。他们还引用专家的研究结果，说人体每天8点后若还不进食，就会开始吸收胃肠道里的垃圾和毒素。长此以往，身体焉能好？

不过，我更多的是享受从容慢品早餐的那一份心情。我认为若没有充足的早餐时间，即使懒觉睡得再好，都会影响一天的精神。我曾去过一间叫"慢点"的广式早茶馆，发现在这里吃早餐的，才是懂得生活的人。这里的早点竟然有三四十种之多，大家吃吃聊聊，聊聊吃吃，不花上一两个小时不会收场。

在这里吃早餐的人，并非赋闲人员，反而是每天要处理很多繁杂事务的各界精英。因为他们知道，工作中的活力与干劲是在清晰明理的头脑中顺应而生的，而一日里的优雅从容就当从慢食早餐开始。

慢点，慢点，让我们先吃好了早点，再去迎接一天美好的生活吧！

再吃两口就不苦了

　　父亲血糖高。母亲得知常食苦瓜可控制血糖后,去年开始在菜园子里种了两畦苦瓜,并常寄一些来给我。我犯难了:因为苦,吃得不多,儿子连尝一口都不愿意。

　　为了能让儿子吃些苦瓜,我变换着方法烹调。常做的是与鸡翅一起红烧。翅中用酱油、料酒、姜蒜末腌渍后,与豆豉一起红烧,将熟时,下切成长方块状的苦瓜及白糖等调味一起焖煮至熟。这道苦瓜焖鸡翅,翅中鲜美,味道醇厚,但苦瓜还是苦味十足。儿子只挑鸡翅吃,不吃苦瓜。

　　还将苦瓜拿来清炒,或做苦瓜蛤蜊汤、雪菜炒苦瓜……然苦瓜本性未改,清苦之味仍在。后来我学做了一道苦瓜摊蛋,吃过的人都说吃不出苦味:只取苦瓜一小截切成细小颗粒,用盐略微抓腌;鸡蛋三四个打散,加入苦瓜、胡椒粉和盐水搅匀,用平底锅将其摊煎至两面焦黄。都说苦瓜遇见鸡蛋少了一份苦,鸡蛋碰到苦瓜多了一份香。但许是心理作祟,儿子仍然拒吃。

　　儿子患风热咳嗽几日不愈,前两天一起回老家,父亲泡了一种茶给他喝。他喝一口便咂舌,连叫苦。父亲说:"这是药,当然苦喽,你再喝两三口就不苦了。"

这是父亲自己做的苦瓜茶,将未能及时鲜吃的苦瓜切片晒干保存起来,平时泡水当茶饮,能降血糖祛邪热。儿子听说是药,也只能喝了。喝了几口后,果然不觉得苦,竟能整杯喝下去,咳嗽也消解了。

听说这是苦瓜茶时,当晚他也愿意吃炒苦瓜了。一回两回,竟然再也不畏苦瓜之苦。父亲说:"吃苦瓜,刚吃自然都是苦的,再吃两口就不苦了。"

儿子终于觉得苦瓜清脆可口,开始喜欢吃了。

正如父亲所言,吃苦瓜就如品尝我们的生活。生活本身也是苦的,但也只是第一口苦而已,第二、第三口就不会那么苦了。不信你试试。

· 好苦者植乎荼

七八个朋友一起吃饭。席间上来一碗苦菜小肠汤，几个人争勺舀食，个别人却掩鼻而逃。争食者言，这好，清凉解毒。掩鼻者尖叫，这啥，一股臭脚丫味！

我是争食者。而我断定，闻到臭脚丫味者，必是没有感受过《诗经》里那份"采苦采苦"的清苦之味。

阳春三月，雨后天晴。在乡下老家，房前屋后，田边路旁，河滩沟坡，都会长着一簇簇的苦菜。往年在这个地方长着，来年它们一样还长在这儿，每年初春便绽出新绿，水灵灵、翠生生的。有段时间，我每周都到老地方采苦菜。上周才采的，这周它们又发新芽，叶绿茎紫，亭亭玉立。

采回的苦菜去茎洗净，入沸水汆，后浸清水。整个过程，都会闻到"臭脚丫味"。其实，若你亲历"采苦"，你就会再细闻——这怎么是臭的呢，这分明是一股山野青草的清香。

有趣的是携苦菜乘车，引乘客掩鼻。乘务员说："请文明乘车，把脱了的鞋子穿上！"大家面面相觑。我忙说："是苦菜的味道。"话一出口，凡相视一笑者，定是"采苦"过的人。仍然掩鼻者，我只能为他惋惜：他与一道清苦的美味无缘。

苦菜也是美味？当然！家常的是与猪肠、排骨做汤。小肠洗净，打上一个个结，炖烂后在结之间剪断，再入汤里烧开，然后放入一把氽过的苦菜，煮沸即可。汤，清绿，微苦；肠，脆而不滞腻；菜，苦中带涩。几口过后，你会觉得"苦尽甘来"，神清气爽，胃口大增。

苦菜还可晒成干菜，腌成咸菜，剁成馅做苦菜包子。我觉得最得其味者，还是凉拌。新鲜苦菜氽水后，泼上煮热的猪油，拌蒜蓉、生抽、麻油，闻起来清苦无比，嚼起来苦涩异常。如果您正为鸡鸭鱼肉吃得心口发闷、喉咙直堵、头昏脑涨时，那就筷子伸过来吧，几口下肚，包您喉咙里会先喊出一个字：爽！然后才会说，好吃好吃。

东汉曹植《籍田赋》云："好甘者植乎荠，好苦者植乎荼。"荼，就是苦菜。曹植说的大意是萝卜青菜各有所爱。其实，食甘荠者未必甘，食苦荼者未必苦。苦菜让人回甘，清醒味蕾，这算是心理学家所说的"痛感中包含快感"在味觉上的体验吧。

窗台上的紫背天葵

邻居在楼道拐角处的窗台上,置七八个花盆,起先是栽月季、茶花,但未等开花便枯死。后来种过空心菜、小白菜,还有葱和蒜,也只是青翠十来天就夭折。只有今年初种下紫背天葵,至今仍郁郁葱葱。

紫背天葵是俗称观音菜的学名。我喜欢称它学名,是因学名富有诗意,还让人觉得像是一种奇花异草。每回上下楼路过,我是把它们当花来欣赏的。那些长在茎节上密密匝匝的叶子,正面油绿,背面却是诱人的玫瑰红,赏心悦目。

有一回,我见邻居大叔在采紫背天葵的叶子,便问怎么煮来吃。大叔说:"简单,开水里烫一下,用猪油、酱油、蒜末拌来吃。"

这煮法没吃过,哪天也要买一把试试。一听我爱吃,大叔便把七八盆采了个遍、已是一小袋的叶子都给了我,"这菜很野,我们乡下到处都是,你千万别客气。"

大叔是邻居小王的父亲,从乡下进城来照料孙子的。孩子上幼儿园了便闲着无事,在窗台上整了这几盆"花"。

这让我想起了我乡下老家的邻居。在我老家的村子里,以前是没人种紫背天葵的。有一年,邻家大嫂不知从哪里拔来几株,大约是不够炒一盘,便随便扦插在门前的水沟旁和挡墙的石缝里,在我家门前也插了几株。这紫背天葵是半野生植物,不到半年,我们家门前已是繁芜一片,显得特有生机。邻家大嫂总是催促我们去采来吃。我家想换一下蔬菜口味时,便去现摘一把来,立马就能做成菜了。慢慢地,我喜欢上了紫背天葵独有的鲜嫩与清香。

我煮紫背天葵,基本上是清炒。仅择叶子和顶芽,洗净后置热油锅里炒,下盐、味精,起锅时下蒜泥。盛在白瓷盘里的紫背天葵,颜色深红暗紫,散发着一股清香与蒜香,吃起来有股特别的味道,配饭时常把白米饭染得紫红紫红的,煞是好看。

紫背天葵与米血一起做汤食,在我们这儿是一道名菜。所谓米血,就是糯米浆与鲜猪血一起凝固后蒸成的糕。紫背天葵清炒后下汤水,将米血切块入汤,熟透后下调味。好酸辣者,可放醋与辣椒。一碗热气腾腾的米血天葵汤,如果您没吃过,我是无法用语言来向您介绍它的美味的。

邻家大叔来敲门,把从窗台上新摘的紫背天葵又送给我。距上回才逾月,已又能采来一大把。大叔说:"这菜有补血功能,听说你贫血,给你补补血。以后新长出来的,你就自己去采,千万别客气!"

紫背天葵是否真有补血功能,我不知道,但我知道,我有一个热心肠的邻居。

先吃三口白米饭

有位朋友在一家公司当主管，前些天请我们几个不常见面的朋友吃饭。

点了十几道大菜，都是我们日常少见的生猛之物。朋友一直招呼我们吃，自己却停筷不动。他说："我点了一碗白米饭，还没上来，我等会儿吃！"

常涉酒场的人都知道，喝酒前先吃些食物垫个底，不伤胃又不易醉。便问："是不是等会儿要放倒我们？"

"别误会，兄弟之间喝酒随意。但吃菜前先吃几口白米饭，是我这两年的习惯。"朋友解释道。

先吃几口白米饭，我们大感不解。

朋友说，自从他任主管后，常常有饭局，不是别人请他，就是他请别人，想推脱都推脱不了。因年纪轻，开始还应付自如，可时间一长，他发觉自己渐渐地害怕眼前的山珍海味，每一道美食，他吃起来都索然寡味，没有胃口，食欲不佳，影响了他的生理机能，反过来又加重了他对食物的麻木和迟钝，甚至让他对生活失去了信心。

前年,像得了厌食症的他请了一次年休假,到城郊的一座寺院里住了七天。说是去静养,其实是想调整一下自己的胃口。那七天,遵守寺院的清规戒律,只吃素餐斋饭。吃饭也有规矩,饭前先诵经文,饭时先吃三口白饭,诵几句经文再吃菜,不许发声,饭后再诵经文。菜,无非就是青菜和豆腐乳。

为什么要先吃三口白饭?寺里的僧人告诉他,这三口白饭,第一口为的是体会米饭的原味;第二口为的是体会自己的衣食之源;第三口则是为了体会农夫们劳作的艰辛。

那七天,又是打坐劳作,又是吃斋啖素,朋友的胃口竟然被激活,终于渴盼起美味佳肴来了。

朋友说:"先吃三口白米饭,让我感觉到了食物的本来味道。你们看,满桌望去,哪一道菜不是为了迎合人的口感而添加了各种调味品和添加剂?它们酸甜苦辣咸麻皆有,它们麻醉了我的味觉,也麻痹了我对美好生活的感受。只有白米饭,是食物的本来味道,让我的味蕾回归了本真。在吃菜肴前,先吃几口白米饭,等于刺激和恢复了我的感知能力,这样吃后面的菜,美味才能体会得真切,生理上和心理上便都能生出对食物的尊重来。"

朋友的话让我若有所悟。让我们日渐麻木的不仅仅是丰富的食物,其实还有日益富足的生活。那就先来三口白米饭吧,让粗茶淡饭刺激一下我们感受生活的神经,让我们的生活有更多美好的回味。

·掺一把马齿苋

阿华,家住县城的一位文友,携爱人去韩国济州岛玩了几天,返程时顺道来看我。我想留他一晚,邀几个文友聚一聚。他爱人执意要回去,说是女儿等着她呢,但同意阿华留下来。

我很诧异,没想到这女人有这么好的性子。阿华说:"带她去一趟济州岛,花了我两万块钱呢,现在的心情自然好着啦。"

我说:"你不是不喜欢旅游吗,怎么突然去了济州岛?"阿华笑着说:"都是她给闹的。结婚十几年了,忙工作、忙家务,操心孩子的学习,日子过得淡而无味,甚至连架都懒得吵了。前段时间她看韩剧,知道济州岛是个爱情圣地,韩国人结婚都要到那里去度蜜月,就闹着非要去一回不可。没想到她这一出去,心情大好,玩得很开心,对我也格外体贴,我感觉到了一种久违的浪漫。"

原来如此!难怪今天第一眼见到他俩时,较之以往多了份亲热劲儿。

晚上,邀市区的几位文友和阿华一起在小酒馆里喝酒聊天。阿华兴致很高,讲了不少济州岛的见闻。我能感觉到,洋溢在他眉角上的笑意,定是他感受到了与爱人在一起的甜蜜瞬间。

　　酒喝多了,大家都想吃盘青菜清清喉咙。店家说,只有空心菜,其他青菜都卖完了。阿华摆手道:"那就算了,天天吃空心菜,已经吃不出什么味道来了。"

　　我突然想到刚进店点菜时,看到冷冻菜柜里有一小把马齿苋,便让店家将那把马齿苋与空心菜一起炒了来。

　　大家都疑惑地看我。我说:"住乡下时,去菜园里摘菜,那马齿苋总是自由地长在空心菜畦畔,我都会顺手摘一把来,和空心菜一起炒着吃。这马齿苋单吃酸不溜丢,若按三七开来配空心菜炒,空心菜就会有一股别样的味道了。"

　　不一会儿,一盘青绿与褐红相间的空心菜炒马齿苋端上桌来。大家尝了后皆叫绝不迭。阿华说:"马齿苋我有采来单炒吃过,有点酸涩。这样的炒法,酸涩味没有了,还改变了空心菜的寡淡,变得鲜美而妙不可言。"

　　我说:"这马齿苋大概就如你与爱人的济州岛之旅吧,它给你日复一日的平淡日子加了点味道,然后会让我们觉得,婚姻的这盘空心菜仍然鲜味十足。"

　　给平淡的日子加点味道,你掺一把马齿苋试试!

面条工程

　　没听人说不吃面条的，就像没听人说不吃米饭一样。盖因它们都可以是我们的主食。不过，如果在餐馆里让我选择，我会选择白米饭。虽说常见的拌面、拉面、刀削面、线面我都吃，且家里也常备干面和线面，但我只会因嫌煮米饭要烧汤炒菜很麻烦时，才将下面条当作填饱肚子最省事的选项。

　　许多人在成家之前，都有过一段辛酸的泡面史。我的泡面史至少有5年，那时刚参加工作，单位食堂只负责中餐和晚餐，早餐便泡方便面。方便面是整箱整箱地买的，便宜，平均起来一包才4毛钱。

　　没多久，一闻到泡面味就会让人反胃。我甚至可以在十步以外、十分之一秒以内便能嗅出打开的方便面是香辣牛肉面还是红烧排骨面。尽管后来做了补救措施，比如将泡面放入电饭煲里煮，下个鸡蛋，或是丢两片火腿肠，或是放两片青菜，或是半包榨菜，等等，但在记忆里还是会将这一包包把我们年少的胃口泡在棕榈油味里的面条打上差评。

　　由此得出这样的结论——吃面条就是因为没钱，或者图省事，与美食是挨不上边的。

　　一家人团聚。傍晚时，母亲对着冰箱里满满的鸡鸭鱼肉竟叹曰：

"不知道要煮什么？"是啊，鸡鸭鱼肉都吃腻了。

母亲突然说，那就手擀面吧。于是一呼百应齐动手，母亲取面粉和面。父亲说下面条得有山珍海味，赶快泡发香菇和海蛎干。姐夫深晓手擀面好吃的秘诀和最关键的工序是醒面和揉面，便捋起袖子，使出太极推手，把面团搓扁了再揉圆，揉圆了再搓扁，直揉到面团颜筋柳骨、绵里抽丝。姐姐去切五花肉。而我只有打下手的份，去洗花瓶菜和蒜苗、芫荽。

下油锅爆香"山珍海味"，加汤水，煮沸后下切好的面条。面快熟时再下花瓶菜和抓过粉的五花肉，起锅前撒上蒜苗和芫荽。这手擀的汤面盛在碗里，特有的面香扑鼻而来。挑一口，面条筋道，柔糯芳鲜，味厚汁浓，不是美味是啥？

味蕾唤醒了失散的记忆。原来这久违的手擀面，年少时在乡下有吃过的。只有在雨天，被雨帘困在屋檐下的母亲便会想着做点好吃的。锅边糊、磨豆腐、蒸馒头、手擀面，做起来都很耗时。然晴天都要忙田里的活，母亲哪有时间精力去捣腾这些？下雨了，母亲最常做的是手擀面。那时，村里有台跟单人床般大小的专用擀面床，将面团置于"床板"上，用一根碗口粗、1.5米长的圆木作为擀面杖，一头顶在面架里，另一头可以整个人骑上去，这样可以省力地把面团擀得均匀、细腻、柔韧、筋道，这样的面条当然好吃。所以年少时，我就盼着老天下暴雨。

后来因建新村，那台擀面床不知被丢弃到哪里了。从此，大家都买用机器做出来的水面。而机器面，谁有耐心去醒面，又有谁能施展那太极推手的功夫呢？

所以，我们对面条是有误会的。将其作为最省事的填饱肚子方式，不过是懒人囫囵吞枣罢了。美味面条的背后，是得有颗对食物崇敬的心和一个花时花力的浩大工程。

吃肉不如吃豆腐

家人上街买了荤菜，不知道配什么一起煮。我说："买两块万能的豆腐吧。"

谁说豆腐不是万能的呢？俗话说，豆腐十八配。它是最好的配料，配荤配素都愿意，配了后卖相也好。所以有人用它比作女人，嫁鸡随鸡，嫁狗随狗，随味而安，是食物中的温柔女子。

这里说的是豆腐乃菜肴中的最佳女配角。如果买了鱼买了肉买了海鲜，搭配块豆腐总错不了。菜煮咸了，下块豆腐也能救急。

然而在我年少时，豆腐可是年节餐桌上的主角。几乎在每个民俗节日，母亲都要做豆腐。每当见母亲在浸泡黄豆时，就知道过两天要过什么节了，并且第二天准会被早早叫醒去磨豆腐。揉着惺忪的睡眼，我们姐弟仨便一人添料两人推磨，开始磨豆腐，得到的报酬是一人一碗豆腐脑。母亲将我们磨好的豆浆倒入锅里煮熟，然后舀入大木桶里，点上石膏水。这烧石膏也是我常要做的事。将天然石膏块置入灶膛里，用炭火将其煅烧后，取出碾成粉末加清水化开，点入煮好的豆浆里。不一会儿，豆浆就凝成豆腐脑了。母亲就给我们每人舀一碗，让拌红糖吃。

如此香甜爽口的东西,我们做梦都想天天拿它当主食吃,被早早叫起的怨气也顿时一扫而光。

母亲做豆腐的工具就地取材。将木制大锅盖倒翻过来,铺上纱布,豆腐脑舀在纱布上,然后牵起四个角,将豆花紧紧地裹在纱布里,并呈四方形,然后再压上一个木锅盖,再往上面压重物。不出半天,豆腐就做成了。

我看了资料,依母亲做豆腐的方法,应属南豆腐。南豆腐与北豆腐相比,质地比较软嫩细腻。但我们老家做的豆腐,常将水分挤得很干,老得可以整大块用筷子夹而不碎。老家人都叫它为"豆干"。

豆干在年节时才做,在那个年代它是珍馐,是得先用来祭祀当供品的。母亲将豆干置开水锅里焯一下,三五块放盘子里,贴上一块红纸,就可以上供桌了。

从供桌上退下来的豆干,就是我们家高级的配饭菜了,直接蘸辣椒酱油吃,或煎后炝酱油水、切薄片下葱花做成豆腐清汤、切方块下油锅炸成豆腐泡再红烧……反正以此为主菜,可以让我们享用好几天。若刚好有酒糟,还可将豆干埋入酒糟中窖藏发酵,做成霉豆腐,更是配饭下酒的好料。

现在很少有人将豆腐直接拿来做主料菜了。细究起来,这是大家生活都好过了的原因。红烧鱼片、炖骨头汤、煮淡菜蛤蜊、蒸大龙虾,豆腐都是很好的配角。人们在过度酒肉荤腥之时,总会想到豆腐的好处。

每每这时,我总会想到年少时晨起磨豆腐的时光,还有老家人见到豆腐爱说的一句话:"吃肉不如吃豆腐,又省钱来又滋补。"那时也许是因为吃不起肉才说这样的话,而现在看来,却是真理。

幸福的刺激

微博里有个"微问"工具，你有什么问题，发个微问，许多网友就会来帮你解答。当然，如果你是某一方面的达人而勾选成为帮帮团成员，那么网友有这方面的问题，系统便会将问题分派过来请你解答。

我好奇心起，勾选成了"烹饪"的帮帮团成员。结果，各种关于如何烹调的问题立马蜂拥而至，我也只能有空时挑几个我会的问题解答。

前些天，有条微问发了张图片，问叫什么菜，怎么做好吃。图片里是一把像绿色小茄子样的条状东西，表皮又像八角瓜般有明显突起的棱角。我回答说，那叫洋茄，切片炒来吃就很好吃了。

我是很喜欢吃洋茄的，也学会了几种做法：洋茄斜刀薄片，与虾米或瘦肉丁一起炒，润滑爽口，别有风味。也可做成茄汁洋茄，洋茄焯后再炒熟，淋上番茄汁，鲜甜有味。还可汤食，与肉丝或榨菜丝煨汤，爽滑鲜美。

我将这些做法都告诉了"微友"。他虽然将我的回答设置成"有用"，但在过后两天的"追问"中说，觉得按我的做法烹调洋茄，并不觉得好吃。

他将我加为 QQ 好友。我想到了还有一种更简便的方法没有告诉他，那就是将洋茄拿来白灼。在锅里猛火烧开水，滴几滴生油，将洋茄整根置入水里煮至断生，捞起迅速用凉开水或冰水投凉，再切成段，蘸加了芥末的酱料吃。

他在QQ上告诉我，他依法煮了后，果然好吃，家人直嚷还想再吃！

其实，洋茄和许多蔬菜一样，简单烹煮便能得其真味，而且洋茄不似叶菜容易蔫巴，再不会厨艺的人，随便清炒一下也好吃。这位"微友"直到蘸了芥末才觉洋茄好吃，并不是洋茄本身味道变美了，而是之前他的味觉缺乏刺激而已。

我将这一看法跟他一说，他也表示赞同。是的，也许是我们每天都吃得好穿得也好，再也不用忍饥挨饿、粗衣粝食，所以往往感觉不到食物的美味和衣食无忧的幸福生活。

芥末有强烈刺激性辣味，对味觉、嗅觉均有刺激作用，常常是吃刺身和海鲜的调料。用于蘸洋茄，不过是起提味开胃而已。我们觉得它变好吃了，那是因为它刺激了我们日渐麻木的味觉。

锦衣玉食日子过久了，也许也要像洋茄蘸点芥末一样，需要刺激才能体会其中的幸福。

吃 情

我认识一位叫小玫的女孩,以前她的厨艺仅停留在用电饭煲煮干饭的水平。有一回几个人在小店里吃饭,她见消毒柜里有一把用来焯粉干面条的漏勺,竟说成是刨土豆丝用的,闹了笑话。

小玫说,以前做姑娘时,家里都是母亲下厨,她从小就是父母的掌上明珠,父母从来就没让她插手做饭。就算是婚后,小玫仍然还是不用下厨,因为先生是个擅厨者。先生疼爱她,自然不舍得让她在灶台边烟熏火燎,所以她对厨艺一无所知。

直到前段时间,她竟然会和大家凑在一起,参与到什么食物怎么煮好吃的讨论中来。她甚至会在众人面前炫耀,她做的鱼汤蛋羹有多么鲜美,小米粥熬得有多么香甜,弄得大家目瞪口呆的——这仙女也食人间烟火了?

一问,方知原来小玫去年有了儿子后,现在儿子已经开始可以吃五谷杂粮,也会挑山珍海味了。而小玫好像自然而然地就掌握了几道拿手菜。我们不知道她煮的专业不专业,但从她的口气中可以得知,那肯定是她儿子的最爱!

这也难怪,我曾听到不少人都说过同样的一句话:妈妈的味道才是世界上最美的味道。相信不久的将来,小玫的儿子在上小学写作文时,也会写下这句话来称赞妈妈做的鱼汤蛋羹。而他妈妈在我们眼里,不过仍是那个会把漏勺猜成刨土豆丝工具的女孩。

其实这种情感,在我自己身上也是一样的。当我的身体正在积淀家乡风味的那些年,在厨房里忙碌的总是母亲的身影。她做的焖咸饭、炒粉干、腌冬菜、番鸭汤等,直到现在我都觉得,那是这辈子品尝过得最美的味道。我想,以后也不可能改变这样的认识,因为那就是母爱的味道。后来,母亲知道妻子也爱吃炒粉干时,每次我们回去,她都要事先泡发好香菇和墨鱼干,将包菜切丝,然后拿来炒粉干。味道比任何一家饭店炒出的粉干都好。

也许正因如此,妻子对我的老家,特别是母亲,也有了深深的依恋之情,因为她在其中也感受到了真实的爱。

爱与美食,也许真有一种神秘的联系。只要有爱,每个人都能成为技艺高超的厨师。而吃了太多他为你做的菜,他的爱自会渗入到你的血脉里,你想忘了他都难。

吃　伤

有人某样食物吃多吃腻，再也不想吃了，甚至见到这种食物会恶心、呕吐，老家人就会对这人说："你命太好，吃伤了！"

在物质匮乏年代，见到喜欢吃的东西可以吃到吃伤，是件幸福的事，当然"命好"。我小时候喜欢吃炒粉干、卤面条，直吃到张开嘴巴可以看到粉干或面条已满到喉咙了还想吃。可这样的机会并不常有，更别说吃伤了。

于是，盼着对爱吃的东西能吃伤一回，在儿时简直是一种妄想。

可是不知从什么时候开始，周遭却不时有"伤痕累累"的吃伤者出现。轻者言"什么都不好吃，不知道要吃什么"；重者为"不饿，什么也吃不下"；个别严重者，是见到主食就想吐。

有人从现代营养学的观点来解释吃伤现象，认为进食是人类摄取能量的一个过程。如果你体内缺少某些物质，那么就能造成神经反射，有饥饿感，产生想吃的愿望，于是自愿进食，吃嘛嘛香。反之，如果进食过量，并且都被身体消化吸收，身体必然承接了过剩的热量、脂肪及有毒元素，产生代谢负担，身体对食物就会产生排斥的反应，再也不想吃了，就是吃伤。严重的吃伤会造成食物中毒，甚至呕吐、腹泻。

根据这一理论，有位家长想对孩子爱吃洋快餐来个"欲先取之必先予之"试验。他反对孩子吃汉堡、炸鸡块和喝可乐。以前顶多每周吃一次，可是孩子天天念念不忘。放暑假了，他就索性带孩子天天去吃汉堡、喝可乐。10天后，悲催的是孩子对可乐、鸡腿堡一点吃伤的迹象都没有，而且上了瘾，反把家常饭菜给"吃伤"了，再也不愿吃米饭青菜，身体也足足胖了一圈。

我的一位堂侄女以前很爱吃烧烤，晚上在街边排档上啃烧烤、喝冰啤，被她认为是饕餮大餐。去年夏天还没找到工作前，她在朋友的烧烤摊上帮忙了一段时间，从此不吃烧烤。她说："太脏了！"

让侄女对烧烤"吃伤"的更深原因是，她知道烧烤含有强致癌物质，一串烧烤相当于1—5支香烟的毒性。烧烤配啤酒，还会让她身材发胖走样。

按照吃伤的理论和侄女的实践，我们对进食应有的原则是：食不过量，适可而止，且不吃对身体有害的食物——只有正确理解吃伤的人，才有可能吃不伤！

· 唤醒幸福生活

　　小区门口有家小餐馆，店主是对小夫妻，男的主厨，女的既当收银员又当服务员。小店生意很好，几乎来店里用餐的人都会点他们的招牌菜——酸笋鱼和酸笋田螺煲。小店还提供送菜服务，只须打个电话，女店主就会送菜上门，而大家点的也基本上是这两道酸笋菜。

　　酸醒味觉，笋去油腻，因而酸笋成了烹调荤腥的绝配。这家小店做的酸笋鱼，选用3斤左右的草鱼。热油锅爆香姜蒜，下酸笋片煸炒，再加汤烧沸，下鱼头、鱼排熬煮，待熬出鲜味后倒入不锈钢盆里，盆子再置炉火上烧，然后将经蛋清与调味腌渍的鱼片抖散入盆，再加调味烧开后便可上桌。做酸笋田螺煲也不复杂，将酸笋片置油锅煸炒后倒入砂锅，然后下处理干净的田螺，加香料、生姜、生抽、料酒及调味，再加汤水，武火烧开后小火慢煲一个小时，一味酸笋田螺煲就做好了。

　　小店做的酸笋鱼鲜嫩爽口，笋片酸醇、浓郁又鲜脆，实是开胃醒酒、解荤去腻的一道美味。酸笋将田螺中的泥腥味尽除，而田螺又吸食了酸笋的酸味，吮食起来，实是让人回味无穷。

　　看来，两道美味的关键均是酸笋。男店主说，那是老家腌好整缸拿来的。男店主的老家在竹乡，山里人家家户户做酸笋。据说是将鲜笋去壳切瓣置入缸里，用清晨纯净山泉水淘的洗米水淹没，密封十余天便成酸笋。酸笋捞出后，剩余的卤水反复使用，后面的酸笋酸味更醇。男店主说，他小店用的酸笋，便是用老卤水泡制的，味道特别浓郁绵长。

这不由得让人想到《红楼梦》里也有一味酸笋。有一回，说的是宝玉探宝钗，而后黛玉也来了。薛姨妈留宝玉、黛玉吃晚饭。宝玉仗着薛姨妈一味疼爱，不受管束，更兼有姐妹在旁，心甜意洽，便开怀痛饮。姨妈怕他喝醉，做上来酸笋鸡皮汤解酒。

这里的鸡皮，应是鸡胸肉切成的薄片。酸笋鸡皮汤，酸笋可以化去鸡皮的腥膻和油腻，而鸡皮的鲜味使酸笋汤不至于太素，自然很是开胃。不过，我觉得更让宝玉心甜意洽的，是另一道酸味，那就是黛玉那酸酸的醋意。试想，二宝"金玉"初相逢，怎不令黛玉醋劲十足？

想到这里，加上这几天酒肉荤腥吃太多，便也想尝尝酸笋鱼的味道，于是给门口的小店打电话。但这回是洗碗阿姨送餐。阿姨嘴长，说老板娘前两天和老板吵架，回娘家了。

原来，是前两天男店主在乡下时的初恋女友带了几个人来店里吃酸笋鱼和田螺煲，他不但殷勤接待，末了还硬是不收餐费，弄得女店主醋意大发。

第二天清晨，我去还盆，看到女店主已经回来了，正和男店主说笑，甚是亲昵。

我会心地笑了——生活多么有味呀！男女之间的那点酸酸的醋意，谁说不是给爱情这道日渐平淡的菜以增鲜去腻呢？

就如一味酸笋，它能迅速唤醒我们被酒肉荤腥包围而日渐麻木的味觉，从而继续让美食撩拨我们幸福的生活。

让你流泪的不是洋葱

我以前切洋葱，都会被它散发的辛辣物质刺激得双眼流泪。后来我干脆闭着眼睛切洋葱，眼睛再也没被刺激到了。

对于一个爱吃洋葱的人来说，这点刺激原本不算什么，也非无法忍受。让我无法忍受的，是一些人拿洋葱作为悲情的象征。譬如有人发微博说："下辈子我要做洋葱，谁敢欺负我，我就让谁泪流满面。"我想，这是一位被情人抛弃了的人说的话。

又如，说男人就像一颗洋葱，剥了一层又一层，在剥的时候会让你流泪，当你剥完它的时候，你才发现原来它是没有心的。这显然不是传说，而是一位怨妇的心情写照。

还有，有人写了篇言情小文，有一段是这样说的："我自己动手做洋葱炒牛肉，在切洋葱时，每一刀下去，都让我眼泪狂流。原来，她为了做这道我爱吃的菜，已经独自流泪18年。"这显然是一位痛失温情的男人的忏悔。

其实这些眼泪都与洋葱无关，不过是那些痴男怨女让无辜的洋葱躺在砧板上中枪而已。

我看小说《廊桥遗梦》，对女主人的厨房有种亲切而浪漫的感觉。

摄影师罗伯特向女主人弗朗西斯卡问路。弗朗西斯卡留他吃晚饭。她准备做烩菜，用胡萝卜、白萝卜、防风茶根和洋葱。他帮她切菜，离她二英尺远，低头切那些萝卜和洋葱。

一对初生好感的男女，多么温馨的场面。

然后小说里介绍了女主人如何做烩菜：素油，一半蔬菜，煮到浅棕色，加面粉拌匀，再加一些水，然后把剩下的蔬菜和佐料加进去，文火炖四十分钟。

菜正炖着时，她再次坐到他对面。厨房里渐渐洋溢着淡淡的亲切感。为一个陌生人做晚饭，让他切萝卜和洋葱，同时也切掉了距离，为亲切感腾出了地方。

他流眼泪了吗？没有。不但没有，还切掉了距离，闻到了清静的味道。加了洋葱的炖烩菜静静地在进行，散发的味道也是静静的，这也是爱情悄悄萌生的味道。

洋葱的营养价值很高，味道也是美好的。如果真要让它来比喻爱情，那也应是美好的爱情，而不是让人流泪的孽情。譬如只要将洋葱轻轻焯水，便一直保持水灵灵的清甜，这像居家男女平淡而真实的爱情。譬如，洋葱的鳞瓣从外到内质地都是一样的，如果每一片都是一段岁月，我希望我所爱着的你，从里到外都是一样的鲜活如初。

还有，洋葱永远是你餐桌上的配角，洋葱炒鸡蛋、洋葱煨土豆、洋葱海鲜汤、洋葱炒牛柳……它营养很好，却甘当配角。就如在你的人生里，爱情往往只是你的 B 面而已。

至于切洋葱能让你流泪，厨者说，只要你在切洋葱前把刀放在冷水里浸一会儿，再切就不会刺激眼睛了。所以，让你流泪的不是洋葱，而是你没有真正爱上洋葱和正确对待爱情。

干得好才能嫁得好

晚餐吃得油腻了,便将腌萝卜条当零嘴解腻。边啃边看电视娱乐频道正播放的郭晶晶和霍启刚的"晶刚世纪婚礼"。爱人看了人家的豪华婚礼后直感叹:"这真叫'干得好不如嫁得好'呀,她跳水得世界冠军时,都不如嫁个'富二代'来得风光!"

我反驳道:"应该是'干得好才能嫁得好',如果郭晶晶不是跳到了世界冠军领奖台,怎么会有机会认识并嫁给霍启刚?"

不由得感到这女人的"嫁值",和手中的萝卜有点类似。以前,家里每年都会种半亩萝卜,收成时,那些品相不好、个头不够粗壮、花心了的,都被生生地切成细条,略晒干后腌起来。只有那几根个头丰满壮实的留着,拿来熬骨头汤喝。

那得是猪大骨头,加泡发好的目鱼干,文火慢煨几个小时后,骨头捞起啃食,剩下的汤,下切成大滚刀块或细丝的萝卜。这汤鲜香不油腻,萝卜清甜脆嫩,好喝。

鸡汁萝卜是道名菜,更是需要长得粗壮结实的萝卜。萝卜去皮,由截面切成圆片,入沸水焯后,装在稍深的盘子里,淋上用滤纸过滤后的清鸡汤,下调味,然后隔水将萝卜炖至熟烂。起锅后,撒葱花,再淋上熟热鸡油。这萝卜,汤清味醇,萝卜酥烂软糯,滑嫩适口。试想,若不是上等萝卜,如何配得了这好鸡汤?

好萝卜,几乎能和猪、牛、羊、鸡、鸭、鱼等各色荤菜搭配。萝卜羊肉煲是"补冬"佳肴,牛杂萝卜汤乃风味美食,萝卜鲫鱼汤更是极鲜的美味了……而且,萝卜还不因火候欠佳影响味道。

萝卜之所以最易与肉类相配,在众多蔬菜中一枝独秀,就是因为它本身品相好、素质高。所以做女人,就要做得像萝卜那样,想要嫁得好,先得自己有身价。而且,干得好的女人,终于要嫁好人家时,也不会被人怀疑为钱而嫁。就算将来感情破裂,还能凭自己的资本"活得好"。就像好萝卜,不配肉菜也能清炒萝卜丝,一样清脆可口。

·煲了汤等你

美食家说"汤老有味"，这是很有道理的。只是将食材置水里煮开，恐难成就好汤。美味靓汤，往往非煲即炖，得文火慢煨，没有一定的时间与耐心是熬不成的。

小区附近有一个店的招牌菜叫猪肚鸡，据说要炖3小时以上。和朋友一起去尝鲜，肚脆肉香汤浓，果然是一味好汤。店员介绍做法，将用料酒、盐、胡椒粉腌制入味的整鸡塞入猪肚，棉线缝口，入砂锅加汤料武火烧开，再文火煲3个小时，后捞出拆线，猪肚切条，鸡肉剁块，再入砂锅中煲半小时才上桌。

这让我想起电视剧《我的兄弟叫顺溜》里多次提到的一道美食——肚包鸡，让脾气火暴的司令员陈大雷一见到它就火气全消。也难怪，鸡是禽类美味之王，猪肚汤其鲜味是猪中之最，肚包鸡一炖，天生绝配！这肚包鸡定和猪肚鸡一样，也得下足文火慢煨的功夫，汤老方能有味，没有煲它几个小时，如何能让叱咤风云之人弯下腰来？

"洗手做羹汤"，我觉得这个"做"字也是非煲即炖。若只是随便一碗清汤，何须"先遣小姑尝"？古代的新嫁娘，在婆家的首要任务就是

"三日入厨下"先煲一道靓汤,才能见其厨艺与耐心。

所以,能煲几道好汤的女主人,定是一位贤妻良母。时下最温馨的话已不再是"家是总有个人拧亮了灯等你",而是"家是总有个人煲好了汤等你"。烟火凡俗的日子,不必轰轰烈烈,无须生死缠绵,而是一盅老汤在细火慢熬中氤氲出越来越浓的味道。这一味道,怎不使夜归的男人加快脚步?

有人老说不会煨汤,这是懒人的托词。其实,日常鸡鸭鱼肉、干鲜蔬笋皆是入汤原料。如煲,直接坐于明火上,煲能将干品中的味道尽量逼出,鲜美浓郁。如炖,则用双重盖的炖盅,绵纸密封,隔水煨炖,使原料不致在上下翻滚中糜烂到不可收拾,得到均匀绵长、汤清如水的效果。

剩下的就是时间了。既然煲汤与喝汤是爱与被爱的绝对象征,那不如在等待的时间里,煲着汤,给他发条短信:"煲了汤等你!"

·男人就像胡子鲶

　　男人就像胡子鲶。这是女人对男人的一贯看法，或者说抱怨。很久以前就听女人这样说过，男人滑头滑脑的，就像在泥淖里钻来钻去的胡子鲶，你想抓住他可没那么容易。这里说的是很难抓住男人的心。

　　最近有人对这句话作了新注解：男人的不良习性是很难改变的，就像胡子鲶的土腥味，在烹调时极难消除。

　　因胡子鲶生性好动，所以其肉质结实，刺也少。与常见的有鳞鱼相比，胡子鲶有其独特的强筋壮骨和延年益寿作用，成为众多百姓餐桌上的美味。但胡子鲶有个很大的缺点，其喜在深水污泥中生活，土腥味很重，往往下了重口味的提鲜去腥佐料一起煮，吃起来还是腥味呛鼻，自然很倒胃口。

　　说男人也有这样的"腥味"很难改变，联系一下实际，似乎也在理。我就常听办公室的女人抱怨自己老公"秉性难移"。比如抽烟；比如爱说大话，死要面子活受罪；比如爱打牌，常战斗到半夜三更还不回；比如很懒，常不刷牙不洗澡就上床睡觉；比如啃指甲、挖鼻孔，等等。而且，她们曾都下决心要当改革家，想将这些让她们无法忍受的缺点改正过来，可纵然将驭夫术全套武艺使尽，均以失败告终。有一女同事，甚至以离婚要挟，要老公改掉打牌迟归的"坏毛病"，可老公收敛几天后，依然故我。弄得女同事急也没用，离婚又不甘心，最终只能睁一只眼闭一只眼，以无奈的唠叨来表示实际上的投降。

给胡子鲶去腥，并非技穷无方。我的办法是一开始就下重手。选个头大的鲶鱼，用温水清洗以脱落腥膜，再去头去尾去骨刺，将鱼肉切成花生米般大小的丁，用姜汁、葱末、辣椒、料酒、酱油腌渍，然后用地瓜粉抓透。这时你再闻闻，泥腥味没了，反而有一股鱼肉与佐料的鲜香。将这些鱼肉丁下到紫菜汤里煮，起锅时下米醋，撒些香菜、胡椒粉，一道鲶鱼紫菜汤就做成了。没有腥味，有的是鲜嫩爽滑的鱼肉和鲜美的汤。

女人硬要将男人比作胡子鲶，那么我只能给女人建议，在认识男人之初，如果就发现他有你难以容忍的坏毛病，解决办法有两个：一是不与他朝婚姻伴侣的方向发展；二是痛下决心，威逼利诱，在确定关系时就不惜代价将其改正。

就像胡子鲶，其泥腥味必须在烹饪的第一步就彻底去除。否则，过后你纵有千方百计也是难以消灭的。结果就是：要不忍受腥味，要不只能倒进垃圾桶。

· 被敲打过的男人

同事小茜驭夫有术。有一段时间，小茜的老公晚上常陪客户吃饭。本来，纵使业务再忙，也不用天天晚上应酬，只是小茜的老公为人豪爽，酒量不小，大家有应酬时都喜欢把他拉上。

可这样小茜就不答应了，便下了禁酒令，凡出去喝酒晚上十点前未归，一律家门反锁不让进。有一回，小茜的老公喝多了，又被拉去唱歌，结果就被锁在家门外，他只好找一单身哥们儿借宿一晚。

不过，第二天一大早，小茜就过来亲热地把老公接了回去。据说，从此老公晚上在外应酬，再也没有超过时限。我们都佩服小茜的家教手腕。小茜笑着说："男人嘛，偶尔敲打一下也是必要的。"

女人们对这样一个被调教过的男人充满了好奇，强烈要求去围观。女人最大的虚荣，是被人说调教出了一个好男人。小茜二话不说，当即邀大家去她家吃饭，尝尝她老公的手艺。

到了小茜家，女人们盯着她老公啧啧称赞。这男人长得有型有款，做起菜来手脚麻利。几道菜上桌，虽说都是家常菜，但味道上乘。特别是一大碗的牛肉羹，鲜嫩无比。

这牛肉羹是硬羹做法。所谓硬羹，乃牛肉切片揉地瓜粉煮；而软羹则是将牛肉碾成碎末，出锅前再勾芡。我喜吃硬羹，盖因牛肉咬起来有嚼劲，但也常做得又柴又硬，从来没这么柔嫩过。

小茜的老公开口刚要告诉我硬羹牛肉的做法，小茜已抢白道："这是他的拿手菜。就是将牛肉切片和着地瓜粉、老抽、花生油、味精、陈醋、姜粉等揉搓均匀，然后进行一番摔打。这是关键的一道工序，就是把揉成一团的牛肉抓起来，再往盆里抛打。如此反复抛个二三十下，放置一会儿，再下锅煮，保你也能做出这样的鲜嫩牛肉羹。"

其中的原理我是明白的，对牛肉进行抛打，是要打开它紧致的组织，让腌料入味，且烹煮起来易熟又软嫩。只是我之前煮牛肉羹时不晓得这道工序。

后来我想，每个诸如小茜老公般外表硬朗而性情温存的新好男人，也许背后都曾被一双灵巧的手敲打过吧，就如这硬羹牛肉，因抛打后而变得软嫩鲜美。

· 牛肉把二斤来吃

现在不少酒楼都推出一道叫白切牛肉的招牌菜。其实这菜并不特别，就是将整大块牛肉卤熟，上桌前再切片装盘。而且，这牛肉片往往切得又大又厚，嘴巴小的人是一口塞不进去的。此时，男人们如果把酒嚼肉，真有大碗喝酒、大块吃肉的豪情。

我对这种豪气，感触最深的是看《水浒传》。比较有印象的是这几个桥段：

林冲初至草料场，到附近的村店沽酒。店家切了一盘熟牛肉，烫了一壶热酒，请林冲吃。临走时，林冲又包了两块熟牛肉。

武松过景阳冈，在"三碗不过冈"，店家说只有熟牛肉。武松道："好的切二三斤来吃。"店家去里面切出二斤熟牛肉，做一大盘子拿来。武松吃了九碗酒后，又叫店家："肉再把二斤来吃。"店家又切了二斤熟牛肉。

宋江刺配江州牢城，被两个公人押着路过揭阳岭。岭脚边有个酒店，宋江进去问："你这里有什么肉卖？"那人道："只有熟牛肉和浑白酒。"宋江道："最好！你先切三斤熟牛肉来，打一角酒来。"

中医认为，常食牛肉能补中益气，强健筋骨，添力壮体。难怪牛肉成了心雄胆大、气撼云天之水浒好汉的主食。

有好奇者数过,《水浒传》小说通篇下来,明确说吃牛肉的达50多处,而且多是好汉们在酒家里吃的。可想而知,这些豪气冲天的汉子,旋风般冲进店里,自然把的是大块肉大碗酒。当然这肉就得是牛肉,一大块一大块的,才能有那种猛吃海喝的豪气。

我刚参加工作时,宿舍边上有一家小吃店,除了拌面、馄饨,还有牛排骨汤。那牛排骨每块都巨大无比,在一个大钢精锅里慢慢地煨着。那时,同宿舍的大哥就常邀我一起在这家小店喝酒。一人一碗这样牛排骨,然后拼谁喝的酒多。那牛排骨是得双手举着,撕扯着吃,如果没有好的牙口,肉是啃不下来的。

大哥说,这样吃肉,这样喝酒,才像男人!

那时我18岁,身体虚弱,又初涉职场,与人交往畏畏缩缩。然自从跟大哥大块啃牛肉,又初尝烈酒后,便慢慢地觉得,如梁山好汉每每在行大事前都要在酒家里喝酒吃肉一样,自己胆子大了,敢像虎豹一样在世间奔走。

如果你总觉得自己缺乏胆气,豪气不足,这样的方法也许可以试试——唤几个哥们儿,找家有熟牛肉的餐馆,坐下来冲店家喊:"牛肉把二斤来吃!"

当然,最好把我叫上!

·凤爪挠心

老家食俗，长辈是不给孩子吃鸡爪的。他们说，吃了鸡爪，上学后写字手会抖。稍懂事后，觉得这一定是大人编的一个谎言。

有一回，趁大人没注意，我偷吃了一个鸡爪，结果大失所望，不过是薄薄的一层皮，还极度难啃。后来想，自己字写得不好看，莫不是因那次偷吃鸡爪落下的？

直到后来进城打工，才知鸡爪是一道可以单独烹调的美食。熟食店有专门的卤鸡爪卖，是最便宜的卤味。夜市的烧烤店，也有专门烤鸡爪的，将三五个鸡爪用竹签串在一起，撒辣椒粉，置炭火上烤，很是抢人味蕾。

不眠之夜，烦躁之余，来串烤鸡爪和一瓶冰啤，那是窘困之时最佳的解郁方式。

如此便以为，虽然早识破了"吃鸡爪写字会发抖"的谎言，但仍认为鸡爪是一种低贱的食物，吃起来又不文雅，不过是给小百姓解解口腹之欲罢了。

那回看《红楼梦》，小悍妇夏金桂竟然最爱啃鸡爪之类没有肉的骨头,将家禽那些没肉的零件以油炸焦来下酒,自己过瘾之余还给丈夫薛蟠和婆婆薛姨妈添堵。想象过去,也只有像她这样有闲的妇人去啃鸡爪才配合剧情,如果让刘姥姥去啃,一定会吓倒一大片。

于是,鸡爪到了有闲人这儿,名字便改为凤爪,能登大雅之堂。现在酒楼里有一道餐前小菜,名曰白云凤爪。客人入座,主菜还没上桌时,白云凤爪往往是餐前四小碟之一,个个如春笋纤纤,更像美人玉指,躺在洁白如玉的瓷碟里。你也伸手,我也伸手,细细地啃着它,既坚韧筋道,又酸甜开胃。大家不分贵贱,吐出的都是一堆碎骨头,这样便能迅速拉近距离,毫无顾忌地打开话匣子了。

鸡爪在广式早茶里是唱主角的。把鸡爪炸后再蒸,让皮发大而松软,可以一吮脱骨。这道豉汁凤爪,吃早茶哪能不点一碟呢,边啃边聊,享受的便是一段悠闲的时光。

当生活或工作上的压力让人喘不过气来时,我的解决之道是给自己卤一盘麻辣凤爪。凤爪焯水,辣椒、葱白和生姜在油锅中爆香,煸炒凤爪,再下料酒、老抽、白糖和花椒粉,然后下水卤煮约半小时即可。

一盘麻辣凤爪,是一场麻辣味觉的漫长啃嚼,能让自己的身心迅速悠闲下来。凤爪挠心,也许这是一种不错的心情按摩!

复读是道回锅肉

同事的儿子高考成绩不理想，只到本二线。儿子想复读，同事很犹豫：明年如果还考这个成绩，岂不白白浪费了一年时光？

那天和同事一起吃饭，刚好上了一盘回锅肉。我说，这复读就像做回锅肉，如果第一次真的尚未成熟，料加得不够，火候也没给足，那么第二次回锅再做，让肉更入味也彻底成熟，自然会有绝佳的味道。

同事看着那盘回锅肉若有所思。

我知道，许多人做回锅肉一般是这样的：整块五花肉，用料酒、生抽腌渍一下，然后蒸20分钟左右，取出切薄片，再入油锅里煎，略微焦黄后起锅。油锅爆香蒜青、葱白，然后下豆瓣酱及胡萝卜、肉片，用料酒、白糖等调味就可出锅，便是色香味俱佳的回锅肉。

我自己做回锅肉，常是反其道而行之：先将五花肉切片，入油锅里慢煎，待两面皆焦黄后，将其炸出的油滤出，然后加少许水煮开，再下胡萝卜片（或木耳、白菜帮、青椒等）、盐、大蒜瓣、生抽、料酒、白糖等拌匀后即装碗，再置入蒸锅里蒸10余分钟。这道回锅肉做法简单便捷，吃起来滑而不腻，香甜而有嚼劲。

不管是大家的做法还是我的做法，回锅肉都是因为"回锅"再烹调之后，让食材更入味也更熟透。

道理一样，如果孩子高考时已拼尽了全力，考出了应有的水平，复读恐怕风险大。但若孩子自己觉得头锅料没下足或没熟透，大可支持他复读。就像回锅肉，只要备足料，再给予一定的入味与熟透的时间，相信回锅后烹出的会更佳美味。

朴素之术

公司宴请几位重要客户,安排我先到酒店订桌点菜。点菜师介绍他们的招牌菜:象拔蚌刺身,一只800元。

我吓了一跳,这么贵?点菜师介绍,这象拔蚌是从加拿大西北部太平洋沿岸冷冽、纯净的海域采捞空运来的。

我之前没吃过象拔蚌,仅在酒店海鲜展示柜里见过,每只个头比巴掌小,伸着长长的"象鼻"。一听是来自海外鲜品,便点了一只。且以为,这么贵重的食材,该得有高超厨艺,下隆重的配料与浇头,整成一大盆盛装出场。不承想,这只来自北美海域的蚌儿,不过是生切薄片,贴在一盆碎冰上。

原来"刺身"就是吃生,即将鱼虾蟹贝等鲜活肉身切薄片,蘸芥辣吃。象拔蚌刺身,即利刃顺其尾部将蚌身剖开,然后斜刀飞片置于冰盘上。

有一回与厨师朋友聊起这事。他说,往往越是名贵的原料,烹调起来越容易。这在粤菜里表现尤其明显,普通粤菜煮起来都比较烦琐,而顶级的生鲜则常刺身,要的就是那种鲜材活品的原汁原味。

朋友还说,他尝过最贵的东西叫松露,是一种生长在橡树须根部附近泥土里的天然菌块,每千克要上万元,被称为美食钻石。松露的珍贵不仅在于稀有,还在于极难采挖。在松露主产地法国南部山区,采挖者得牵着母猪到橡树林里寻找,因为母猪喜闻松露味道。当母猪嗅到地下松露的味道时,会发狂地将它刨出。这时采挖者得眼疾手快,否则核桃般大小的松露就会被母猪一口吃掉。

这种贵比黄金的东西,最佳吃法是切片生吃,不蘸任何调料。朋友说,此物口感丰润,芳香异常。再高明的厨艺,再好的佐料,都显多余。

这让我想到美食大片《舌尖上的中国》里说到的松茸。这种长在香格里拉高海拔原始森林里的天然菌菇,粗看极似几元一斤的鸡腿蘑,就鸡腿大小的一朵,出口到日本售价就是700元。烧制松茸的方法也简单,切片油煎即可。松茸稍经炙烤就会被热力逼出一种矿物质的酽香,浓烈袭人,这令远离自然的人视若珍宝。

片中说:"高端的食材往往只需采用最朴素的烹饪方式。"

同事偶得两只阳澄湖大闸蟹,知道珍贵,慌了手脚,不知道如何烹煮。我告诉他,直接清蒸10分钟即可。这种昂贵的活蟹,朴素之术足矣。

朴素之术,就是用最简单、最质朴的方法完成烹饪,才能让味觉感受到高端食材最真实的味道。其实人亦如此,浓妆艳抹与盛装奢华,往往并非至尊至贵者的标志,反而是质朴无华更能彰显品位高洁者的人格魅力。

最美味的浇头

《红楼梦》里有回说了这样一个事：迎春房里的大丫头司棋想吃鸡蛋羹，派小丫头莲花儿问厨房管家柳家的要。柳家的不给，说："通共留下这几个，预备菜上的浇头。姑娘们不要，还不肯做上去呢，预备接急的……"

我原先不晓得浇头是什么，查了词典才知，它指的是加在盛好的主食或主菜上，用来调味或点缀的菜品或汁儿。柳家说的意思是，这鸡蛋是做浇头用的，如果姑娘们不要这浇头，我们就舍不得做上去，留着应急用。

如此看来，我母亲也会做浇头。那几年缺衣少食，老家人逢农历初二要敬菩萨，总不能用地瓜粥来供吧，母亲便会破天荒地焖半锅干饭，装一碗满满的，再摊一个鸡蛋，盖在那碗饭上。为不在菩萨面前显得捉襟见肘，母亲在摊鸡蛋上得下足功夫，摊得薄，才显得大。

这就是浇头吧！白色的米饭，衬得鸡蛋更加的嫩黄，看得我直流口水。一碗加了鸡蛋浇头的干饭，得敬完菩萨后才能让我们享用。我常等不及，趁母亲没注意时迅速出手，将还在敬供的那片浇头撕一角来先喂一下我肚里的馋虫。

这个有浇头的午餐，便成了儿时每月祈盼的美食盛宴。

单位附近有一家港式套餐店，吸引了一大批少年食客。起初我挺纳闷的，又不是洋快餐，怎会吸引已被垃圾食品戕害的这一代人的胃口？仔细观察后方知，这店有一种味道奇特的酱汁，可以浇在饭菜上拌着吃。

那些少年食客都是冲着这浇头来的。而且，这浇头还不要钱，孩子们饭量大，如果添了白米饭，直接淋浇头就好了，不用再加菜，一样吃得津津有味。

许多酒店都有一道海鲜叫白灼鱿鱼。制作方法很简单，新鲜鱿鱼撕去表皮，切花刀；锅中倒入水，加入姜片、蒜瓣、葱段及几滴白酒，煮开；然后倒入切好的鱿鱼，煮沸后即捞起，再用凉开水冲一下，便可装盘。

有一回与几个朋友在一饭店聚餐，点了这样一盘白灼鱿鱼。端上来时，见原本应白花花的鱿鱼竟盖了一层黑粉。原来，厨师在上面撒了椒盐。

白灼鱿鱼应蘸着用米醋、生抽、蒜蓉（或芥末）及香油调制的蘸酱吃，白嫩爽滑，鲜美脆口。撒上椒盐，如污泥且鲜味尽失，绝对是个失败的浇头。估计是鱿鱼已不新鲜，却欲盖弥彰。

韩寒的小说《1988：我想和这个世界谈谈》，有一个情节让人感动：

"我们停车吃了一碗面，我给娜娜加了两块大排，一块素鸡，两个荷包蛋，榨菜肉丝还有雪菜。面馆的老板说，朋友，这是我开店以来第一次看见有人加这么隆重的浇头，你对你的女朋友真好。"

"娜娜说，大家都在看我，我都不好意思了。我这碗面太豪放了。"

"我说，没事，娜娜，多吃一点，浪费一些也没有关系。"

我想，从未被人如此关心过的娜娜，一定会把这店史上最隆重的浇头记一辈子的。

只有能锦上添花的事，才是这世间最美味的浇头。

游刃有余

莫言小说《红高粱》里，有一段屠夫用刀的情节让人难忘："……一刀刀细索索发响。他剥得非常仔细……孙五已经不像人，他的刀法是那么精细，把一张皮剥得完整无缺。"

之所以印象深刻，是因小说里说的这个村子里刀工最好的屠夫孙五，手中的那把半月形菜刀，挥向的不是牲畜，而是被日本人逼迫着，在全村老少面前剥罗汉大爷的皮。这是我读过的文学作品里，描述使用菜刀最令人战栗的文字。

而在获奥斯卡最佳外语片提名奖的李安电影《饮食男女》里，看主人公朗雄的刀工，则如观看一场娴熟臻美的艺术表演：抓起一条鲤鱼，两根筷子往鱼嘴里一插，刮鳞剖腹，迅速将两边的鱼肉片起，再剞菠萝纹，上粉下油锅炸，鱼肉上那波浪似的金黄色花纹，煞是好看；鸡胗切开，再细细地剞花刀，然后经过开水一焯，就会变成一朵朵夺人眼目的菊花胗；就连白萝卜，也切得很有看头——将萝卜直切圆片后，压倒，快刀切丝，那是丝丝均匀齐整……

可见，操持菜刀的精湛刀技，只有在制作菜肴时上场，才能让人品尝到银刀飞舞的视觉盛宴。

最近我看到的一场银刀飞舞表演，是看厨师制作草鱼生鱼片。草鱼生鱼片是福建地方特色刺身，须是溪水草鱼在净水里静养多天去泥腥味后，直接切生鱼片蘸芥辣吃。厨师是个中年汉子，但见他捞起一条三斤左右的草鱼，用毛巾裹住鱼头，提起刀，快速刮鳞、开膛、掏肚、片鱼、剔骨。片出的两条鱼肉，立即用冰镇的毛巾包好，置于干净的砧板上，然后换一把利刃，打开毛巾，快速前后推拉走刀，鱼肉便被削成透明薄片。这个动作，真是太神速了，看得人眼花缭乱。待要再细看时，已经切完收工，鱼片摆在一盘覆着保鲜膜的冰块上，然后快速上桌。摆上桌的生鱼片，在灯光的照射下，薄如蝉翼，晶莹剔透，甚至有些肉片还在微微抖动。

听厨师说，草鱼刺身从杀鱼到上桌，不能超过3分钟，为的是保持鱼片的"活性"，这时往往鱼头还会张合，鱼片还会抖动。所以刀工是关键，干净、快捷、利落，鱼片薄且均匀，才能保证鱼片新鲜，富有弹性和韧劲，极尽鲜嫩之美。

这让我想到古代庖丁解牛的故事。庄子笔下为梁惠王宰牛的那个庖丁，手动、肩顶、脚踩、膝抵，刀锋所至，骨肉立即分离，甚至刀入牛身发出的声响，无不合于节拍，刀刃如入无肉之境。

赞叹刀工，其实是赞叹那游刃有余的手。现在厨师考试，刀工是很重要的环节。所谓直刀、平刀、斜刀、混合刀，是要通过刀章的千变万化，将各种食材变成丁、丝、片、条、段、粒、球、茸和花刀块等等。烹饪大师说，只有做到刀手合一、刀未至而心先至的人，才能将食材既物尽其用，又切出最佳的口感。

看来，游刃有余，就是如庖丁所说的"道也，进乎技矣"的道理吧！

·300 年前的鸡

清代散文家袁枚在他的烹饪专著《随园食单》里,介绍了鸡肉的 30 种烹调方法。他说:"鸡功最巨,诸菜赖之。"意思是,在烹调中鸡的功用最大,许多菜都离不开它。他还将鸡排在羽族第一位。

如果袁枚现仍在世,一定会为他将鸡"领羽族之首"的论断而自得。是的,尽管 300 年过去了,尽管鸡肴在中餐里日渐消弭,可在洋快餐里却是绝对的主角,而且俘虏了越来越多的食客。鸡腿堡、香炸鸡块、烤翅、鸡米花……这些鸡们就这样席卷了我们的味觉。袁枚得意之后恐会反生失望——这些鸡肴都没出现在他的食单里。

儿子去吃了几次洋快餐后,便再也不吃家里煨的鸡了,说是淡而无味。不仅仅是小孩子,许多成年人也有这样的体验,大凡味蕾被香脆的洋鸡翅洗礼后,回来再尝自家弄的鸡肉,是不好吃了——看之肥腻,食之硬柴。

其实,这鸡本来就是不好吃的,只是有了对比后,更觉得它实在太损"功最巨"之美誉。

前段时间胃不舒服,母亲知道后,在乡下盐焗了一只小母鸡捎来给我吃。母亲说,你父亲年轻时一直有胃病,有偏方说盐焗鸡吃几次会好。他便在40岁那年吃过一次,竟真的好了,从此胃再没出过毛病。

盐焗鸡能治胃痛,我是持怀疑态度的。可盐焗鸡奇香无比,却是意料之外,有土鸡肉醇厚的鲜甜,还略带烧烤的焦香,啃一口,顿时味觉大爽,令人食欲大振。儿子与我争食,说比洋快餐的炸鸡块好吃。

盐焗鸡就这样拯救了我们的味觉,吃这鸡,不再想他鸡。忙问做法。母亲说,小母鸡,剁成三五块。大铁锅里铺上一层厚厚的盐,鸡块就直接放在盐上焗。锅底的热量透过盐将鸡块烤熟至焦。这鸡只有咸味,而无任何调料,正得鸡肉原汁原味之鲜美。

袁枚说:"肥鸡白片,自是太羹玄酒之味。"这等美味,自然是300年前农耕时代养的鸡,它们须得长在山清水秀虫子多的地方,过着田园牧歌式的生活。它们在山野中漫步,采天地精华,操练得肌肉滑实,筋骨强健,双目炯炯,鸣声洪亮。而母亲在乡下老宅后山放养的鸡,定和300年前的鸡一样,虽荆钗布裙,却丽质天生,无须香粉妆饰,已然鲜甜纯美。

如此,这无须调味的鸡,才能与洋快餐里加了无数调味与添加剂的鸡抗衡,以拯救我们的味觉。不过,我总不免要替下一代担心,他们吃的都是住集体宿舍的鸡,要去哪里才能见到那过着田园牧歌式生活的鸡呢?

啃黄瓜是一种生活

电影《卡拉是条狗》里，葛优扮演的老二穿着白背心，左脚架在凳子上，右手一根黄瓜，嘴不停地啃着。有人把这段视频截成 QQ 表情，常在好友或 Q 群里转发。我每次看了，都觉得特亲切。这便是我们的"草根"生活吧。

母亲在乡下老家种了些瓜菜，清晨打来电话，说让班车捎了一袋早晨刚摘得菜。我把菜接回来，打开袋子，埋在叶菜底下的是几根黄瓜，带毛刺，绿油油嫩嘟嘟的，头上还顶着一朵鹅黄的小花，让人爱不释手。

儿子中午放学回来，从冰箱里取出一根黄瓜，拗一节，掏去瓜瓤，往里撒白糖。啃起来冰爽脆甜，那是他喜欢的味道。

我小时候的吃法恰好相反。黄瓜剖开，刮下瓜瓤。瓜肉留着煮菜做汤，瓜瓤撒上白糖舀来吃，清爽生津，异常解渴。

妻子则喜吃凉拌。做法很简单，新鲜的黄瓜置砧板上拍。裂碎的黄瓜装进玻璃碗，再下拍碎的蒜瓣，以及盐、白糖、麻油、酱油、醋，搅拌腌渍一会儿，食用时再撒些香菜碎。凉拌黄瓜是一定要用拍的，这样味道入得透，调味都附在绒起的瓜肉和成酱的瓜瓤上，入口味鲜不说，还肉感十足,据说常吃可减肥美容养颜。

黄瓜拿来煮,味儿似乎都不如生吃的好。榨汁也是生吃的一种方式,加糖或蜂蜜,冰镇后,当淡绿色的汁水经过喉咙时,那种发乎自然的青涩味道让人迷醉,可以说是夏日的绝佳饮品。

不过,我还是觉得黄瓜直接啃着吃有味。拿细盐搓洗一下表皮,然后像老二那样咔嚓咔嚓地啃着,这是凡夫俗子宁静清淡的生活滋味。

"好吃好吃,质朴、新鲜,散发着生命力的清香,比什么猕猴桃地道得多。"村上春树在小说《挪威的森林》中借渡边之口说的话,是我看过的对生吃黄瓜最为经典的评价。于是我想,喜啃黄瓜的人,定是黄瓜的本色让他感受到了生命的本质。他也是一个懂得生活的人。

牙膏就挤一点点

如果将爱随意地付出,往往会导致对方胃口增大,一旦哪天没做到,就会变成自己的错误。其实,对人好没有错,但要适度才有好的效果。付出爱,就应该像挤牙膏一样。你有满满一管子的牙膏,一股脑儿都挤给她,她虽受之却不受用。待你的牙膏干瘪时,被撑大了胃口的她会觉得受委屈了,把怨气发在你身上。

牙膏,每次只挤一点点,够用即可,多则无益。爱也一样。

· 秒　回

　　堂妹忧心忡忡地问我："阿哲工作是不是很闲啊？如果真的很闲，这工作估计没什么前景哦！"

　　阿哲是一家门户网站的编辑，办公地点跟我们公司同一幢写字楼。自从知道他是堂妹的男朋友后，我隔三岔五会到他办公隔间去聊几句。也没法多聊，因为他负责网站金融板块的策划运营，忙得不可开交。

　　堂妹认为阿哲工作很闲的理由是，她给他的微信、QQ留言，阿哲都能以理论上最短的时间回复。她将生活琐事或触景生情，或有感而发而发表的空间动态，或微信朋友圈，他都能坐上"沙发"，很快为她点赞、评论、分享或转发。

　　"如果工作很忙，他怎会有那么多闲工夫做这些事儿？"

　　阿哲对堂妹的快速回复，有个时髦用语叫"秒回"。有网友说，能在发言后5秒之内回复，就是秒回。

　　我跟堂妹说，网络编辑是个不断要创新的工作，阿哲做得很出色，说明他要比一般人付出更多时间与精力。他那么忙的情况下还能对你的消息秒回，说明他很在乎你。

　　我曾在豆瓣网上看到有人发帖说："一个人在乎你的程度与回复信息的速度成正比。"这句话不管你信不信,反正我信了。

　　然后有人回复说:"我信! 只有坠入情网的人,才会冲破艰难险阻去秒回。为了在收到他的消息时及时回复,我洗澡时都要把手机带上,然后满手泡沫去摁手机键。"

　　在乎你的人,何时何地都会想尽办法给你秒回。

　　我以前有个同事,为了不让手机铃声影响他人,来电来信息都设振动。他常要与其他科室交流工作,放在办公桌上的手机来电常没接到,只有返回后再回复来电。后来,他的手机里传出了歌声《一生有你》,他听到后就会冲过来接,然后大家就都听到了他温柔的声音。

　　原来,他只为老婆的手机号码设了铃声,其他的来电提示还是振动。

　　"多少人曾在你生命中来了又还,可知一生有你我都陪在你身边……"每当水木年华饱含深情的歌声在办公室响起,大家都会帮忙喊:"某某某,你家娘子来电话了! "然后他就迅速跑来接电话"秒回"。

　　然后大家都觉得,整个办公室都温暖了起来。

　　所以,我也认为,在乎与秒回成正比。

　　当我发现你在线,给你发消息时,却总是跳出自动回复:"您好,我现在有事不在……"——如果你在乎我,你为什么不设电脑和手机同时在线?

　　我在等你回复,而你的头像却突然变灰,再也没有回我——如果你在乎我,为什么不和我道声"再见"或"晚安"再离开?

　　眼看着显示了半天的"正在输入",最后跳出来就是一个"哦"字——如果你在乎我,为什么不写个有感情色彩的词?

　　有人给你秒回，千万不要妄自菲薄地认为这个人太闲了！互联网那么丰富多彩，就算他不忙，也可以看视频、刷朋友圈、打"王者荣耀"以及"就是不想回"等各种理由来延迟他回复的速度。

　　如此说来，也许世上只有两种人才会秒回：一是在乎你的；二是劫财骗色的。我只想对堂妹说，对于秒回的阿哲，你应该珍惜！

性感杂说

男人认为,既紧密包裹住男人想看的,又最大限度地裸露优点的女人,最性感。所以,女人就得用装扮来吸引男人。

女人认为,用脑袋在思考着,并盯着一个目标在运动中的男人,最性感。所以,男人就得靠思想和行动来吸引女人。

时髦并不性感。时髦会过时,而性感却永不过时。需要用时髦点缀的性感,顶多是伪性感。

如果你认为她很性感,并不代表你喜欢上她。如果你爱上她,那她在你眼里一定是性感的。

如果你开始讨厌她了,她纵然使出浑身解数地魅惑,也是不性感的。如果你开始爱上她了,她就算荆钗布裙,也一样让你迷恋。

性感是生命力,爱最能焕发生命力。所以,恋爱中的男女最性感。纵使枯木逢春,亦性感十足。

有的人性感与生俱来,有的人性感后天修炼。但性感非花也非叶,而是果实,只有成熟才有味。

身材性感,不如声音性感;声音性感,不如眼神性感。眼神的性感,最摄人魂魄。

　　性感是一种姿态。千人千面,就有一千种表达性感的方式,谁都不能临摹与仿造。

　　性感是美的一种形式。但美女帅哥不一定性感,只有由里到外沉淀了美,才性感。

白袜子与黑袜子

一位在外企上班的朋友告诉我,他们公司规定,男职员上班只能穿黑袜子,如果穿其他浅颜色的袜子被发现,会被逐出"司"门。可他却常穿白袜子,因为他女朋友认为穿白袜子的男人显得干净、洒脱又浪漫。所以,在他的背包里通常放两双袜子。

男人在包里放袜子?对于同样是背着包上班的我来说,简直不可思议!可仔细想想,也没有错啊,男人历来只要两双袜子就够了,一双白袜子,一双黑袜子。既然要在情场与职场里奔忙,有备无患是明智之举。

白袜子是运动鞋、旅游鞋、休闲皮鞋及牛仔裤、运动裤、休闲裤的伴侣,而黑袜子则与黑皮鞋及西裤相配。如果穿着职业装与黑皮鞋,配白袜子,便成"驴腿子"了,一点品位也没有,难怪会让重视着装的外企拒之门外。

懂得在公众场合穿黑袜子的男人,是成熟优雅的男人。如果你被邀去参加正式社交场所,你一定要暂时收起心仪的白色棉袜子。穿上黑丝袜,你起身移步、游刃有余之间,才显得庄重儒雅,不会有轻佻、幼稚之嫌。

穿黑袜子的男孩，可以省却为少洗袜子找理由。而常穿白袜子的男孩，必定有过一段辉煌的洗袜岁月。要让一双白袜子洁白如新，除了每天换洗，还得有坚持不懈的揉搓力。难怪穿白袜子的男孩多了几分让女孩喜欢的缘由：他勤快、干净，清新爽朗，一定细心温柔会体贴人。喜欢给丈夫和孩子买白袜子的女人，也一定是个贤妻良母。而不用洗衣服又能天天穿着白袜子出门的男人，无论他后面站着的是他的母亲还是他的妻子，他都是幸福的男人。

有人将是否常穿咔嗒作响的高跟鞋来区别女人与女孩。类似的标准，黑袜子与白袜子也常用来区别男人与男孩——前者常穿黑袜子，后者常穿白袜子。不过，现在有不少成年男子也常穿白袜子，除了因为有人给他买了许多白袜子和愿意为他洗白袜子外，大多还有一份白袜子情结——我不是懒惰或龌龊的男人！

黑袜子与白袜子，踩在男人脚下，行走的是男人的两个世界：穿上黑袜子，那是要为在身外的世界撑起一片天而打拼；穿上白袜子，去运动、去饮茶，或者去约会，那是要为心灵的世界来一次放松，或者来一次放电。

有房人终成眷属

邻居家的小弟，三十出头还没成家。

很奇怪，无论和谁谈到某人处对象时，大家首先说的都不是感情，而是双方的条件。小弟各方面的条件都不错，白领，仪表堂堂，温文儒雅，就是没房子，和父母挤住一套60平方米的房改房。

小弟是眼睁睁地看着手里的钱从原来能买一套小户型，后来只能买套单身公寓，到现在只够买个卫生间的。揣着几十万块钱，能买小户型时，小弟嫌楼盘位置太偏。这一嫌，就嫌成了千古恨，他就看着房价一日日往上飙，而他手里的钱能买的面积就越来越小。

小弟喟叹道："真的是丈母娘推高了房价！"小弟处了几个女朋友，最后都因没房子而没成婚，又因没成婚，女朋友和他一发生龃龉，最后的焦点就都是房子。然后，女朋友就一个一个地奔有房子的男主角去了。

同样的问题，在同事小莉身上更为纠结。她问："到底是应该嫁给房子，还是嫁给爱情？"

其实，她已用自己的行动回答了这个问题。小莉自己没房，大学毕业后只身到这座城市打拼。多年过去了，一直租房子住。也只能租房子住。出大学校门6年,她换了多少处房子自己都数不清了。

　　之前的男朋友是她的大学同学,刚开始因两人单位离得远,各租各的。后来觉得花费太大,便在两个单位之间的地段租房。可这地段是闹市区,房租费每年都在加码,她与男朋友本想拼命攒钱然后买个二手房。结果,攒钱的速度总赶不上房租费上涨的速度。

　　去年的一次活动,单位的一个客户对小莉一见钟情。不久,我们就知道了小莉的婚讯,当然不是跟她的大学同学,而是跟那位有房的客户。小莉说:“再也不用看房东的脸色过日子了。有房子,才像一个遮风避雨的家。有家,在这个城市才有归属感。”

　　有房人终成眷属,这话也许会引来拍砖,但无房人难成眷属则是事实。爱是需要附丽的。没有房子,爱还存在吗?

装修在房子里的婚姻

1

同事小清买了新房,开始装修的时候便经常请假,每天少说也得去监工三五趟,常常是蓬头垢面地来上班。我对她说,房子是两个人的,你老公怎么不管呀?她好像是吐了一口怨气,却又笑着说,这个就别指望他了,就算他会去弄,我又怎么放心得下?

哦,原来这个家是女人当家!

乔迁的时候,小清迫不及待地请我们去她家参观,说这个门花了多少钱,那个柜是她设计的,地板用了什么材料,橱台用了哪种石板,这种油漆比较环保,那种涂料是绿色的,滔滔不绝……而她老公只是憨憨地笑,只有端茶递水的份儿。

我们都赞小清能干,会当家。小清幸福地笑着,又说装修用了多少材料,连几根木条几枚铁钉都是她自己去挑选的。

原来,房子就是家,在某种程度上,家就是女人的一切。女人以家为事业,她们就是天才的设计师,就是天生的装修专家。就如女人天生是母亲一样。

小清和老公送我们出门的时候,我知道,这是一个温馨的家。

2

我原来的邻居阿鑫、阿玲是一对恩爱的小夫妻,前一段时间却吵声不断。小两口想把房子装修一下,但积蓄不多,装修买材料都得掂量着花。阿玲见多了女伴们新房的装修,心里有些不平衡,认为装修要讲究气派和花样。阿鑫则想量入为出,实用简单过得去就行。

装修过的人都知道,当两人的观点不同时,便会针锋相对。你要封阳台减少灰尘我却不封更通气,你要拼木地板冬天温暖我想铺大理石夏天凉爽,你要抽水马桶方便时坐着不累我却认为蹲坑可以让浴室宽敞些……几乎没有一样有共同的观点或心平气和达成妥协。互相指责,互相谩骂,接着就会把陈谷子烂芝麻的事也抬出来,你让我没面子,我也让你丢脸。一对小夫妻成了两个大冤家。

那天我刚进家门,阿鑫就来找我,说帮他写张离婚协议书吧,现在才知道和她性格差太多了,合不来,没法过下去了。妻子也说,阿玲跟她诉过苦,说通过这次装修,才知道阿鑫从来没把她放在心里,根本不疼爱她。可装修才一半,怎么办?

装修的时候如果没吵架的,好像不太像是一对夫妻。吵了架没人妥协的,好像也不太像是对恩爱夫妻。

3

我家楼上是一套复式住宅,男主人开了间公司,据说生意做得挺大。前两年女主人从单位辞职,在家当了全职太太,小孩由婆婆带着。

搬来不久,妻子就和女主人混熟了。那天,妻子应邀参观了楼上,回来后长吁短叹了好一阵,说,人家过的日子才叫日子,要啥有啥,装修得跟皇宫似的。我问,真那么豪华?妻子说,电视上看到的总统套房,我看也不过如此。我咋舌，不敢再言语。

不久，楼上却传来了不和谐的声音。男主人每天半夜才回来，接着吵闹声和物体撞击地板的声音就会把我从梦中吵醒。

一天晚上，楼上女主人突然来找妻子聊天，看孩子在书房做作业，我在电脑前写作，竟感叹地对妻子说，羡慕你家，好温馨。妻子说，我们这家哪能比得上你家啊？你家那么漂亮宽敞，应有尽有，要多舒服有多舒服！妻子说的是心里话，楼上女主人却哀叹了一声说，那房子就是金子做的，整天待在里面也是冷冰冰空荡荡的，哪有你家温暖！

我听了，抬眼看看家徒四壁，顿觉富丽堂皇起来。

图点什么

以前跟我同事过的一个女孩,那天她在QQ上告诉我,她找了个男朋友,男朋友已经向她求婚了,年内会结婚。

我问,你图他什么?

她反问,我们真心相爱,我嫁给他,还要图他什么吗,俗不俗?没想到你一个写文章的人,还有这么传统的婚恋观。

我说,这和婚恋观没关系。男女之间恋爱,也许可以什么都不图,也许可以一见钟情,爱情要的就是那份怦然心动的感觉。而婚姻是过日子,是很现实的生活,既然要在一起生活,是一定要图点什么的。如果什么也不图,那是被爱情冲昏了头脑;如果不知道图什么,那是还没看到婚姻生活的真相。

也许我只是在调侃而已,也许我的回答对刚得到求婚的女孩来说,有些阴损。可是,认真想来,我们走入围城,难道真的不图点什么吗?

富翁美女征婚,应者如潮;而贫不择妻,无盐丑女愁嫁,这是不争的事实。我们没有理由评价富翁美女的婚恋观就低俗,也无事实可证明应征者的素质就低下。确实,生活的真相,说白了就是图点什么。我们要一起走向红地毯,可以图对方车子、房子和票子,这些准能让你婚后的日子过得更从容;可以图对方美貌、身材和性感,这些准能让你婚后的日子过得更爽心;可以图对方人品、有进取心和责任心,这些准能让你婚后的日子更有安全感……

结婚,相互图对方点什么并不可耻,可耻的是明明图对方什么了还要披着一副清纯的外衣。

当然,你图对方的房子或者美貌,并不能因此就让你的婚姻变得坚不可摧。但是,当你们相互之间真的再也没有什么可图的时候,我想这该是婚姻危险的信号了。

只想图点什么,而没有感情的婚姻,那是卑鄙的;只有爱情,而不互相图点什么的婚姻,那是危险的。

当爱情成熟了,结婚时,我们确实应该想清楚,我图他什么,从而把婚姻的日子过得实惠一些。而当你们感情破裂,准备撕毁婚书的时候,你也应该先想想,我原来所图他的那些东西,如果现在失去了,将来会不会后悔?

• 你是哪支球队的"粉丝"?

世界杯开赛,最热的是媒体。许多报纸副刊都充斥着关于看球的段子。看多了,我发现一个问题很严重——这些段子均出自男人之笔,他们不是把老婆写成球盲,就是写与老婆斗智斗勇抢夺遥控器的窝囊事。

这写得不靠谱。看看,赛场上的女球迷,狂热程度不亚于男人;央视体育频道女主播也成了侃球人,其见解比男人独到;公交车上几个女乘客在谈球,对球星如数家珍;女同事说起郑大世的哭,比男人更动容,谈起C罗腼腆的笑,表情有爱慕的成分。男人谈起这些,很伪。

这里想说的,是女球迷的数量比我们想象的要多,也更执着和可爱。

就有专家提出了足球爱情指数这个观点,说在世界杯等重大球赛期间,如果恋人是同一支球队的球迷,他们的感情会因多巴胺的迸发而进展顺利。反之,容易分手。

最典型的例子是巴西的莱托罗蒙夫妇。十年前因喜欢同一支球队而热恋并结婚。去年,妻子喜欢上了另一支球队,很执着。两人因而常吵架。一旦吵架,升级的原因就不再是球队,而是两人平时睁一眼闭一眼的那些缺点。世界杯开赛前夕,女人担心导火索点燃会掀翻屋子,忙和男人办理离婚手续。一对双胞胎儿子因是父亲所喜欢球队的小球迷,不但不愿意跟母亲过,还让法院判决母亲每月得给他们至少买一张所喜欢球队赛事的球票。

女球迷可爱亦可怕,落得个鸡飞蛋打也在所不惜,比起男人为抢个遥控器而刷一个月的碗壮烈多了。

所以,有责任提醒一下已婚男士和热恋中的小伙子,看球谈球时最好先问一下老婆或女友:"亲爱的,你是哪支球队的'粉丝'?"

咱大老爷们能屈能伸,她喜欢哪支球队咱就喜欢哪支吧,省得吵起架来影响看球情绪。等到咱们中国队也踢入世界杯时,如果她不支持中国足球,咱再跟她吼也不迟!

• 无须选择

　　你是选择一个你爱但没钱的穷光蛋，还是选择一个你不爱但有钱的王八蛋？

　　这是被号称男人版"欲望都市"的情感大戏《男人帮》里的一句经典台词。现实从来都比戏剧更精彩，也更无奈。这不，最近同事小豆正纠结于此。她问："到底嫁穷光蛋，还是嫁王八蛋？"

　　小豆的穷光蛋是她的大学同学，在一所民办中学当教师，戴深度眼镜，高高瘦瘦的，任何时候都是一副斯斯文文的样子。

　　说起这个穷光蛋，小豆总是赞美的多。他性格好，头脑聪明，好像没有他解不开的问题。当然了，这些问题基本上都是冷知识方面的，这足以让小豆崇拜他了。穷光蛋的嘴里还常会迸出一些冷笑话，让她和他在一起，不会觉得无聊。

　　"他就是没钱！还是穷二代，房子是肯定买不起的。嫁给他，以后柴米油盐的日子，恐怕都过得不踏实。"

　　小豆的"王八蛋"，我们也见过，是一进口汽车品牌的代理商，胖一些，矮一些，但不让人讨厌。"王八蛋"虽称不上富豪，但按我们的生活水准,他的资产是几辈子花不完的。三十五岁了还未婚,应该称他为钻石王老五更贴切。让人不讨厌的是人家的钱并非当"富二代"继承来,而是靠自己打拼的。

那次,小豆和一位当车模的闺蜜去王老五车行联系车展事宜,人家就看中了小豆,非要让小豆长期当他车行的车模。小豆不肯,他就三番五次来找她,一次又一次提高佣金。

小豆小姐脾气上来了:"我不可能去当车模的,因为我不吃青春饭,也学不会对陌生人笑!"

王老五回得坚决而诚恳:"我已经改变主意了,你现在纵使要当车模,我也不愿意。我现在要你当我们未来孩子的妈!"

说不动心,那是瞎话。小豆说,自己并非"宁愿坐在宝马车里哭,也不愿坐在自行车上笑"的那个人,可是,如果真要一辈子坐在自行车上,她知道自己是笑不出来的。

选择题出来了——A or B?

小豆本来认为,王老五不过是自己和穷光蛋情史上的一个插曲罢了。她与穷光蛋知根知底,互相了解,甚至已至两小无猜的程度。自己还真没想过哪天会和他分道扬镳。

可这时,自卑的穷光蛋却主动退出。他对小豆说:"我给不了你想要的生活。"

小豆踟蹰了,这男人到底怎么了? 难道财富真的影响了他们的自信? 到底要怎样才能看透男人?

我告诉她,想要了解男人,那就看看《男人帮》吧,它把男人对爱情的种种表现演绎得淋漓尽致,或许对你的选择有帮助。

其实,我想让小豆自己揣摩的是《男人帮》里的另一句台词:"我们无法选择,是因为我们早已忘了,当我们内心有真正想要的时候,我们其实是不用选择的。"

这话的意思是,当我们真正有爱时,从来无须选择。如果你还在犹豫不决,那么问题便出在你自己身上——你,根本就没爱上。

女人的"起步嫁"

我有两个表妹。大表妹出嫁时，舅妈硬是向男方家要了 10 万元聘金。当时男方家一时凑不齐，差点闹得亲家反目成仇。二表妹订婚时，舅妈竟没要聘金。

我觉得很奇怪。

舅妈说："大女婿比较穷，新房连个空调都没装，如果我不多要点，好给老大当嫁妆，那她一过去不是要受苦？老二家有房有车有公司的，老二嫁过去就是当少奶奶，还需要我们大办嫁妆吗？"

原来如此。不禁让人想到有人曾总结过的结婚"三大件"：20 世纪六七十年代，女人出嫁要求男方得有双卡收录机、缝纫机和自行车；80 年代则是冰箱、洗衣机和彩电；90 年代就是空调、高级音响和摩托车了；而如今，房子、车子和 6 位数以上的存款，则是许多女人出嫁的必要条件。"三大件"的变化折射出时代的变迁，也反映了不同时代女人出嫁的不同"价码"。有人以出租车的起步价为喻，称之为"起步嫁"。

有家网站发起"如果你是 MM，会不会定下'起步嫁'"的调查，结果超过五成的女孩给出了肯定回答，并且有四成多的男人亦认为"起步嫁"是正常的。可见，多数女孩还是认为自己应该有"起步嫁"的，这不仅是自身价值的一种体现，或许也是期盼婚姻由实用型向享受型转变的标志吧。现代人对婚姻生活看得更加理性和现实。

于是，女人总希望自己的"起步嫁"能随着物价水涨船高，甚至还不顾及对方的承受力而常闹出"聘金事件"，让不少男人成了"恐婚族"。

不过，与出租车"车越好，起步价越高"同样的道理，想要提高"起步嫁"，首先得提高自己的档次。这是时下不少时尚女孩的观点。天生丽质自不待言，如果后天还能修炼成浑金璞玉、德才兼备，何愁"起步嫁"不涨？你很优秀，就不愁找不到优秀的男人；你是劣质品，也就别抱怨身边没有好男人。

所以，待嫁女孩如果你不潜心修炼，漫天要价的确没道理！

"一辈子"的浪漫

小时候，在乡下看了好多露天电影。喜欢看八一厂的战争片，但现在几乎都忘记情节了，倒是有个非战争的桥段至今记忆犹新，赵尔康和斯琴高娃主演的《归心似箭》：东北抗联连长赵尔康被斯琴高娃救回家中养伤。康复后，赵尔康说无法报答她的恩情。当时的背景诗情画意，火红的枫树，清澈的溪水，赵尔康正帮斯琴高娃挑水。

斯琴高娃就说："要报答也容易，那你一天就给我挑两趟水。"

赵尔康回答："那容易，我一天就给你挑两趟。"

"挑到我儿子娶媳妇，挑到我闺女出嫁，给我挑一辈子。"在枫叶的映衬下，斯琴高娃说这话时，脸是羞红的，含蓄而热烈。

当时，如果知道有"浪漫"这个词，一定会觉得这就是人世间最浪漫的爱情了。情窦初开的时候，我对浪漫的爱情也有过类似的幻想：我遇到了什么危险，她把我救了。她喜欢吃醋熘土豆丝，我就每天醋熘土豆丝给她吃，醋熘一辈子。

想到这儿，连自己都感动得不行。

还说露天电影。有一回，邻家阿姐让我帮她搬一张可以两人坐的凳子去邻村看电影。我以为可以和她坐一起看呢，便屁颠屁颠地帮她扛着去了。到了放电影的村场，却不见阿姐的影子。电影放到一半，想找地方解手时，才发现阿姐和邻村一个阿哥坐在电影银幕反面的一个阴暗处。那时，看完电影回来的路上，如果有小伙子扛着一张双人凳与某个姑娘走在一起，村里人喝他们喜酒的日子就不远了。

电视普及，露天电影消失了。不然，谈恋爱的人搬一张双人凳，躲到银幕后面去看电影的事应该还会继续下去。想想都觉得浪漫。

现在农村和城里差别不大，庄稼人搞对象那种不花钱的浪漫几乎绝迹。电视剧《乡村爱情》系列，男女谈恋爱也时兴送鲜花、送戒指，几部"爱情"看下来，嗅不到一点儿浪漫的味道。

同事小艾生日时收到一千只纸鹤，那是用广告纸一只一只折起来的，装了整整一个大纸盒。我不会折纸鹤，但我想折这一千只，得花费多少时间与精力啊！小艾打开纸盒，连多看一眼也没有，就直接送给了同事还在上幼儿园的女儿了。男孩想到的最浪漫的事，女孩看来是狗屎一坨。

我在电影里也看过类似的桥段，真的让人一点也感动不起来。

最近有一部热播的电视剧叫《苦咖啡》，胡歌与白冰在美丽的江滨私订终身，白冰让胡歌背她回去。胡歌说："这就是你的求婚方式啊？"白冰幸福地把脸埋在胡歌的脖子后面，娇嗔地说："怎么，不行啊？"胡歌背着白冰边走边说："行，我就背你到老！"

没有鲜花，没有钻戒，像不像赵尔康对斯琴高娃说的"挑一辈子"？反正我是感动得差点泪奔。

原来，能让人感动的浪漫，是要将爱与生命联系在一起的。

看你，还是看手机？

同事小辉和女朋友拍拖了好长一段时间。同事问他："什么时候请我们吃喜糖啊？"

小辉轻叹了一声说："也不知我们在一起是不是真的在谈恋爱？"

我奇怪了，难道小辉被爱情冲昏了头脑？是不是在谈恋爱自己会不知道？

小辉说，每次和女朋友在一起时，她都在玩手机，不是在刷朋友圈、玩游戏，就是在忙着回微信，在聊天群里聊天，甚至还语音对话。小辉陪在身边，不过是迎合着她与手机里那个世界的喜怒哀乐而已。

前段看过的一篇文章，罗列了"真爱的几种表现形式"，其中一种就是："和你在一起的时候，我不想玩手机。"

和恋人在一起，不低头看手机，已成真爱的表现。

有人评论说："证明我在你心中有没有位置，全宇宙有且只有一个标准，那就是，你在不在我面前玩手机。"这句话，或许足以回答小辉的问题了，虽然答案有点残酷——那就是，小辉的女朋友并不爱他。或者说，并没有像小辉爱她那么爱他。

爱情是什么？爱情就是当我爱上你时，会无时无刻不想和你在一起。

我们在一起时,内分泌会发生翻天覆地的变化,觉得你就是我唯一的世界。

刘震云的小说《手机》里有个故事,说村妇吕桂花的丈夫牛三斤在矿上挖煤,她担心他在外面把她给忘了,便翻山越岭40里到镇上的邮电所,等了半天才等到管手摇电话的人来开门,然后让他将电话打到矿上,牛三斤自然不能亲自来接,她只能要求代问一句话:"最近你还回来吗?"

当矿上大喇叭广播响起,"牛三斤,你媳妇让问一问,最近你还回来吗?"工人们都笑了。

我看到这儿,心里顿时温暖起来。

从手摇电话到手机,人与人之间的通信已再无物理上的障碍。一句"我想你了",无须在众目睽睽之下用广播说成"你最近还回来吗",而是摁几个键就能让对方知道。

刘震云写《手机》时,移动互联网还未横行,还没有智能手机。那时他一定没有想到,现在手机不仅让人与人沟通零距离,还成了判断爱与不爱的标准。

作为移动互联网终端的手机,它的另一端连接着一个世界,或者说连接着无数个世界。于是我们举目望去,满城尽是低头族。

人们漠视了身边的世界,沉溺在另一个世界里。

当你和情人在一起时,对方不想玩手机,也许并不代表对方真的在乎你,有可能是手机没电、没有 Wi-Fi 或流量耗尽了。但是,如果和你在一起时,他还在忘情地玩着手机,表明他仍在那个世界里沉醉,表明他没有在你的世界里。

情人们再也无须像吕桂花那样,翻山越岭,手摇机传话,用喇叭喊"你最近还回来吗",来证明对方是不是还爱着自己,而是只须在一起时,看他是抬头看着你,还是低头看着手机。

最牛的分手攻略

堂妹问我,想和男朋友分手,又不好开口,怎么办?

堂妹经人介绍,认识了一个男孩。第一次相亲回来,堂妹对人家各方面的条件都满意。男的虽然瘦点,但长得眉清目秀,戴着眼镜,像白面书生,是堂妹喜欢的那款;收入不错,家境也好。

堂妹跟我们说起这些,有些喜形于色,仿佛已是人家的老婆。

约会了几次,堂妹又忍不住过来向我炫耀她的恋爱战况。

我说,一个男人如果德行没什么问题,那么最重要的是得考验一下他对钱的态度。如果他爱钱又不贪财,大方又懂得理财,愿意为你花钱又不会让你有不舒服的感觉,那么这个男人就真的是宜嫁又宜家的男人。

可堂妹却说,我们几次外出消费都是 AA 制,如何考验?

AA 制本身没什么问题,毕竟都是 "80 后" 的时尚青年。但为了测试一下男人的财商,你可以试着打破 AA 制,大不了这几次都你来付账,下几次再由他付账,看看你的白面书生有什么反应。

结果,可能是我的计策过于阴险,竟然就出了问题。

堂妹约那白面书生逛街,中午两人用餐时,餐费就全部由堂妹付了。白面书生想 AA 制付一半钱时，堂妹就说，等一下后面的消费，就由你付钱。白面书生同意了。后来，他们进了一间皮具店，堂妹看中一只黑色的皮包，书生也看中了一个钱夹子。依照约定，堂妹就等着书生付账。可是书生顾左右而言他，就是没有掏钱的意思。堂妹就故意暗示了他一下。书生却说："皮包比钱夹子多了 50 块钱呢，我们还是 AA 制各付各的吧！"

堂妹这才明白，像这位书生这么古板、吝啬，根本就不适合她。其实，之前的 AA 制，已经让她不舒服了，只是考虑到两人刚相识才没说出来。可现在都确定恋爱关系了，还为 50 元计较，这样的"财商"，她无法接受。

"那么，如果你想分手，最牛的分手宝典就是你做了他最不能容忍的事，保证他不敢再理你。"我有点调侃地说。

堂妹知道书生最不能容忍的事是让他掏钱。于是，接下来的约会，她故意没带钱包，每次付账时，书生都心痛得直咬牙；再次逛街时，她就提出要他买这个买那个的送她……结果，就没有了第三次。

堂妹如释重负地说，这真的是最牛的分手宝典啊！

我说，牵手不易，要分手还不简单，做了让对方容忍不了的事，便能一剑封喉，且不会藕断丝连。

其实，世间的一切交情，莫过如此。

女人要的是"手感"

是女人，鲜有不爱花的。女人生日，有男士给她送花，不送至家里，要送到办公室。当双手接过那一捧玫瑰，接受女同事羡慕的尖叫与嫉妒的目光时，女人脸比花开得还灿烂，那种感觉或许只能用晕眩的幸福来形容。

这就是女人需要的"手感"。这里的"手"与"感"应分解：女人是物质的，你给的爱最好是她的手能摸得着的。女人还是感性的，她需要这手中的礼物，能让她感动，给她带来晕眩的感觉。

前段时间，有一条微博转得特疯：女人最爱两种花，一种是有钱花；另一种是随便花。这是每个物质女人的梦想。

有位朋友吴先生，也是这样认为的，觉得只要能给女人这两种"花"，就不用成天想着什么节啊、纪念日的要给她买玫瑰花。吴先生事业做得很成功，但男人对事业的欲望是没有止境的，自然无暇顾及成为全职太太的娇妻。他想呀，不就是两种"花"吗，那就给呗。给的还不是现金，而是信用卡。卡里有的是钱，有钱花，尽管花。

可实现了众多物质女人梦想的吴太太，却觉得生活缺了点什么。

她想到当年自己在写字楼里做文员时,吴先生只是个送货员。她的生日,吴先生买一枝玫瑰来接她下班。吴太太想,为何那时没有两种"花",只是2元一枝的红玫瑰,却比现在幸福?

她给吴先生打电话,你以后每天都要送我一枝粉玫瑰!

正在谈生意的吴先生答应得很爽快。吴太太便把自己整得跟出水芙蓉似的,然后幸福地等着。可吴太太等到的不是一枝玫瑰,而是一个冷柜的玫瑰。吴先生买了一个冷柜和一冷柜的鲜花,让送货公司送来。每隔几天,吴太太都可以从冷柜里拿出一大把冷藏的鲜花,每天家里都有粉玫瑰盛开。吴先生根本不用记时间,人家鲜花店一个月就主动又送一柜鲜花来。钱找吴先生算就是。

可是,吴太太并不开心。甚至,从冷柜里取花时,她会觉得像取出一条条咸带鱼似的。

吴太太常和邻居林太太一起散步。林太太前两年失业了,一直赋闲在家。那天,她见林太太左手戴了枚玉镯,问起。林太太右手旋转着玉镯一脸幸福地说,是老公出差云南给她买的。吴太太见那玉的品质很次,可林太太敝帚自珍的样儿,让她无端生出妒忌来。

原来,林太太拥有爱的"手感"。

爱是动词,得亲力亲为,才能让人有回味,有"手感",有幸福的晕眩。否则,纵使两种"花",买来星星无数,没爱人一起数,也无趣。

旺夫宝典

同事林姐的老公大李最近又得到了升迁，林姐请我们几个同事吃饭。席间随意开着玩笑，几个女同胞说大李的成功皆因林姐长着一副旺夫相，并将时下盛传的"旺夫宝典"拿来与林姐对比。比如林姐面圆鼻正，唇廓分明，耳有垂珠，身材丰腴，手指肚儿圆润饱满……这些都是标准的旺夫相。而且林姐年龄还比大李大，更应了"女大三，抱金砖"之民谚。

大家七嘴八舌，说得林姐眉开眼笑的。借着酒后微醺，林姐说了件更让人惊奇的事：每次她身体瘦下去的时候，就是大李运气不好的时候，比如结婚前嫌自己太胖，就拼命减肥，结果身材一苗条，大李却下岗了；生完儿子后，也减过一次肥，大李公派出国竟被人涮了。"所以你们千万别减肥，身材丰满真的是旺夫相啊！"听得几个女同胞恨不得立马就变成肥姐。

散席回家的路上，清风吹散了酒气，我突然对"旺夫相"有了些理智的看法。其实，所谓"旺夫相"应是迷信的说法，只是大家更愿意将人的命运抹上一些玄幻色彩罢了。否则，男人的成功就太容易了，大家都去找个比自己年纪大的老婆,然后把她养得白白胖胖的。老婆一有"旺夫相",老公岂能不成功?

但我相信,如果在一个家庭里,男人获得了真正的成功,那一定有女人"旺夫宝典"的功劳,这一"宝典"不是女人的"旺夫相",也不是"女大三,抱金砖",而是女人的贤淑与智慧!

林姐和她老公的经历,我也了解一些:大李大学毕业后,分配到国有企业,待不到半年,企业就倒闭了。下岗后他无所事事,林姐支持他读研。工资大部分都给了那时还只是男朋友的大李。她的辛劳付出与承受的压力,让她的确瘦了很多。研究生毕业后的大李考上了公务员。婚后第二年,他们的儿子降临,因为公派出国没他的份,林姐又支持大李主动请缨下基层锻炼。一家重担由她一个人挑着,她因此又瘦了一圈。正因为他下基层挂职锻炼,具备应对复杂问题的能力,返回后他便开始一路升迁……可见,林姐的两次瘦身,并非给大李带来背运,反而是她辛劳付出,铺就了大李的成功之路。

每一位成功男人的背后,都有一位优秀的女人。大李的成功,谁说不是林姐"旺夫"的结果?

由此可以总结出女人的"旺夫宝典":她的优秀品质,使她的目光更加长远,她知道什么是男人应该追求的,然后以她的温柔与坚韧,去督促、帮助和支持男人沿着正确的道路走下去。

所以,聪明的女人别再抱怨自己的老公不成功了!而应该自问,我曾经给他提过建设性意见吗?我改变过他的思维模式吗?我对他有过真实的帮助和真心的付出吗?

如果回答是否定的,你凭什么"旺夫"?

· 牙膏就挤一点点

办公室里的女人聊起自家老公，多在数落男人的不是。有的说，他很懒，什么家务都不做；有的说，我下夜班他从没主动来接我；有的说，他窝囊透了，如果我出差几天，他会被自己的臭袜子熏死……只有小艾一脸幸福："他每天早晨都给我挤好牙膏，让我每天都有个好心情。想到这儿，我就忘了他的缺点。"

被数落的那几个男人，其实都是新好男人的代表。那个什么家务都不做的男人，整天忙于做生意赚钱，家里请了家政工。女人下班回家，其实就是阔太太了。那个不懂得心疼女人的男人，家里家外都是一把手，女人偶尔上夜班，男人在家给孩子辅导作业，还下厨给她煮宵夜呢。那个会被自己袜子熏死的男人，最疼女人了，每次出差都忘不了给女人买礼物，除了不懂得摆弄洗衣机外，家里的活儿都他包干。

可是，这些男人为什么却遭女人的埋怨呢？

我以前的邻居是一对小夫妻，男人也是这样一位新好男人。男人每天做饭、洗衣、刷碗、拖地，出门时给女人擦皮靴，下雨了给女人送伞，样样亲力亲为。女人像小公主一样，回家除了看肥皂剧就是上网聊天打游戏。有一回,男人终于累趴下了,胃出血,得卧床休养几天。家务活自然落在女人身上。结果,没过一天,女人就暴躁起来,家里弄得一团糟后,自个儿看肥皂剧去了,把男人晾在病床上,还责怪男人有胃病不早点看医生。

邻居们都说,是男人对女人爱得太多,一旦怠慢,便遭诟病。

小艾的老公是个大男子主义的典型。有一天,一支快用完的牙膏小艾挤不出来,老公帮她挤了。从那以后,老公每次刷完牙,就帮小艾挤牙膏。小艾说:"这个大老粗,每天能坚持为我做这么一点小事儿,我已经很满足了。"

如果将爱随意地付出,往往会导致对方胃口增大,一旦哪天没做到,就会变成自己的错误。其实,对人好没有错,但要适度才有好的效果。付出爱,就应该像挤牙膏一样。你有满满一管子的牙膏,一股脑儿都挤给她,她虽受之却不受用。待你的牙膏干瘪时,被撑大了胃口的她会觉得受委屈了,把怨气发在你身上。

牙膏,每次只挤一点点,够用即可,多则无益。爱也一样。

降心相从

罗哥唤我们几个弟兄晚上去他家喝茶。到罗哥家小区大门口，见罗哥提着水果正往家里走，忙叫住了他。罗哥手上提的是榴梿，好大一个。

我开玩笑地说："这玩意儿我可不喜欢吃，怎么不买点别的？"

罗哥说："其他水果家里有，待会儿尽管吃。这个可不是买给你们吃的，是孝敬老婆的。"

大家都觉得不可思议。罗哥一直是大男子主义的形象代言人，今天何以对罗嫂这么好？难道是因我们要来了，作秀？

罗哥不好意思地说："刚才和老婆吵架了。"

是鸡毛蒜皮的小事，但罗哥脾气暴躁，急性子一上来，火就没压住。他摔门出来，是想通知大家找个茶座打牌。以此冷落一下罗嫂，好解解气。

若是以往，罗哥也就这样做了，何况这次是罗嫂引的火。罗哥在楼下才走了几步，猛然想起中午罗嫂说过，她与同事没处理好关系，正闹别扭，弄得她血压升高了不少。平时，她有轻微的高血压。

想到这儿，罗哥就拐到超市，买了一个大榴梿。这是罗嫂最爱吃的水果。

听罗哥三言两语地说着，我倏然觉得，罗哥是可爱的。

到罗哥家，果然还有硝烟的味道。罗嫂在客厅看电视，脸上什么表情也没有，看到我们也只是点一下头。

罗哥把我们撇在他的书房里，就自个去剥他的榴梿。

我们自己泡茶。不一会儿，罗嫂竟然挟着一股榴梿味进来了，脸上笑吟吟的。她给我们切了个果盘，里面有好多种水果，就是没有榴梿。接着她坐在罗哥身边，亲昵地在罗哥肩上按摩了一阵，才离开继续去看她的电视。

我向罗哥竖起了大拇指，轻声道："没想到罗哥先低头，竟然能立竿见影，成效显著！"

罗哥淡淡地说："其实，我是考虑到她的身体，在乎她，才会向她低头的。"

说者无心，我却很感慨。不是有句话这样说嘛，"如果深爱，请先低头"，夫妻吵架，先低头的人，也许爱对方更深，或者说，更在意对方。

前段时间，我和妻子也吵了一架。可没多久，妻子就发来道歉短信，让我惊讶又感动。以前每次吵架都是我主动投诚的。

她说："以前都是你向我道歉，其实很多事情是我做得不够好，而你的宽容让我感动。这次，我也要让你感动一下！"

是的，我的确深受感动，感受到她更在乎我了。

如果深爱，请先低头。情感战争本无对错，就让我们降心相从吧。低头，代表我们深爱对方。

给缺点亮灯

看《非诚勿扰》，有个男嘉宾帅呆了——他长得帅，女嘉宾都看呆了。这么一款很给男人争气的形象，以为24位女嘉宾会抢着牵他的手跟他走，不承想，很是不幸，当播放完第二环节朋友对他评价的VCR后，所有女嘉宾都灭了灯。

演播厅里凝固了几秒，男嘉宾在《可惜不是你》的音乐声中怅然退场。

其实这位哥们儿算得上是成功人士，有很高的薪水，有装修得很时尚的大房子，有进口跑车，性格也不错，还乐于助人。坏就坏在朋友对他的评价上，都是缺点。朋友了解他，喜欢他，所谓的缺点都是调侃式地说出来的，并不严重，也不影响生活。可女嘉宾们争先恐后灭灯，没有一个愿意包容他的缺点。

这就是类似相亲节目的局限。男嘉宾在接受提问和播放 VCR 中总是会暴露缺点，正如主持人说的，每个男嘉宾都是有缺点的，那些在VCR里懂得隐瞒缺点的男嘉宾，能牵手成功的概率就比较高。

其实，我们每个人都是有缺点的，包括男嘉宾和女嘉宾。因隐瞒缺点而当场牵手成功的，其后果也可想而知。这也许就是相亲节目速配成功,后来真正步入婚姻殿堂者寥寥无几的原因吧。

有个游戏是这样的:让女孩蒙着眼睛,让男孩带着她过障碍物。带领的人是随机分配。有一次,一个女孩被一个光头男士引领。游戏结束后女孩说:"之前我特别看不惯秃头的男人,现在觉得他很亲切。"游戏让女孩明白,原来无法容忍的男人的缺点,其实在生活中并不重要,重要的是,他有没有把你呵护好,有没有让你避免碰到头或踩到西瓜皮。

这世间没有完美的人。如果我们没有发现他的缺点,那他一定是路人甲,只是在我们人生舞台上扮演一些闲杂角色,甚至无法进入我们的视线,他消失了,我们也不会在意或记住他。而充当你生活主角的人,你会发现他的缺点一大堆。

所以,婚姻专家认为,找对象最大的智慧是对方要有缺点。你一定要找一个有缺点的人。我们习惯只考虑优点,现在要把缺点加进去。你要摆一摆,你能容忍对方哪些缺点。你允许他偶尔发脾气,允许他忘记你的生日,允许他藏点儿私房钱,允许他有时不修边幅……这样,你会发现,其实有些缺点并不那么重要。不然,你永远都在灭灯。

你宽容了他的一些小缺点,等于也打开了他容忍你的缺点之门。你为他亮灯,也让他有了为你亮灯的机会,这样才能互相发掘优点,照亮将要一起前行的长路。

把爱刻在哪儿

去一景区游玩，看到有块石头上刻着"小燕，我爱你！李四"字样，同行的"驴友"纷纷鄙视李四对待情感的粗俗与幼稚。在景区乱涂乱画当然不对，可我想这总比"李四到此一游"有意义一些，至少人家让这块石头见证了爱情。

认识的一个女孩很爱男朋友，在胸口文上了他的名字。我们是看不到的，不知道她男朋友看了有何感想。周围的人都说她花痴、变态，万一以后男朋友变心了怎么办？女孩却说得轻巧："他变心了，大不了我去洗身！"

很羡慕人家对待爱情是这样的简单——爱了就刻上对方的名字，不爱了就洗了，有了新欢再刻上……

来不及洗的也麻烦。报载，兰州一女子的大腿上有文身，那是与前男友的爱情见证。婚后被丈夫发现了，丈夫提出离婚。不知道刻的是不是"李四到此一游"，反正该女子后悔不迭。

以爱的名义文身，并非现在花痴男女独有。相传，西南一少数民族在旧时盛行一种婚俗，新婚之夜，新郎取利刃，在新娘的脸上雕刻。刻的不是"我爱你",也不是"李四到此一游",而是花朵。男人喜欢什么花儿,就往女人的脸上刻。

当然,大伙儿都往自己的女人脸上刻花,难免重复,于是很多男人就会在数量上以示区别。比如,如果一大伙儿男人都喜欢玫瑰,那就相当麻烦,搞不好新婚之夜,男人都在刻花,女人都在惨叫。

刻了花后,男人与女人就都放心了,那是爱的记号。男人在外面可以说,那个脸上有九百九十九朵玫瑰的女人,就是我老婆,谁也不能碰。是啊,光数花就要数半天去,谁还有兴致?

我怕血也怕疼,如果我是那时那个地方的男人或女人,恐怕得终身不娶或不嫁。

看《天龙八部》时,很羡慕天山童姥的"生死符"。她能像种疫苗一样,种在对方的身上,然后再也不怕对方变心。如果拿来处对象多好,你种我的,我种你的,不用动刀往脸上、身上刻呀画的,既和谐又不粗俗,用来表忠心相当好用。《笑傲江湖》里的那个日月神教也令人神往,不知道创办人是用了什么教义,能让那些教徒死心塌地跟着。如果能把这招学来,谈恋爱就好办了,将之灌输给对方,不用担心他会离开你。

可这两招恐已失传,连作者金大侠也不知道秘方,我们也只能继续羡慕中。

其实,最顶尖的高手不是天山童姥,也不是东方不败,而是能把爱刻在对方心上的人。刻在石头上会风化,刻在身上能洗去,刻九百九十九朵玫瑰在她脸上,也无法保证她不变心。生死符与神教教义,迟早会有被反抗的一天。

刻在对方心上,对方只会死心塌地爱上你。纵然刻的只是"李四到此一游",与把她的心掏空了,又有什么两样?

闻香识男人

好莱坞影片《闻香识女人》里，长期失明使男主角史法兰中校的听觉和嗅觉异常敏感，他能靠闻对面走过来的女人身上的香水味而识别其身高、发色乃至眼睛的颜色。另一位嗅觉高手是《陆小凤》中的花满楼，他闻了女人的体香，便能品出她的性情与内心秘密。

史法兰和花满楼只能算是男人中的另类，从欣赏女人的角度看，男人的视觉一定强于嗅觉。不过，男人在对待香水味的态度上，却比嗅觉更灵敏的女人坚定，他的嗅觉可以告诉他这种香水味是他喜欢的或不喜欢的，不像女人往往会失去判断。从这点上看，闻香识女人"识"出来的女人也许模糊，而闻香识男人，通过男人对某些香水味的接受程度，倒是可以试着评判出他的性格与喜好来。

说香水，不能不说香奈儿5号，它是香水世界的霸主，许多女人都渴望在约会的时候喷洒它。其实，并非所有男人都喜欢香奈儿5号的味道。有的男人说它过于浓烈，甚至会被呛得无法忍受。所以，喜欢闻香奈儿5号的男人，一定是个奔放、不羁、激情满怀的男人，他们喜欢疯狂的假日和流光溢彩的晚会。如果你洒了香奈儿5号，在晚会上就别指望含蓄内敛、内藏锦绣的男子会频频请你跳舞了。

"鸦片"、纪梵希等具有东方气息的香水,有没药、檀木或麝香的独特而性感诱人之味,相信那些喜欢冒险、会讨女人喜欢的"坏男人"会迷恋这种味道。如果你喜欢这样的男人,学会拽住他的心应是你该修炼的本事了。

喜欢闻充满鲜果香气或以玫瑰花等一种花香为主的香水,如圣罗兰之类的,大多是一位清纯活泼的男人,这样的男人追求诗情画意的浪漫情调。你洒上这种香水,他带你去郊游的概率会大大提升。

多种花香、果香及木香混合的"毒药",淡雅而持久,尾香漫漫。喜欢闻这种香型的男人风趣而理性,且有一定的内涵和思想。如果你清高娴雅,追求独立,配以这种"毒药",那么你们在职场就能互相吸引了,无须到花前月下才能谈情说爱。

当然,男人的嗅觉是无法反对他的情感的。如果他不喜欢你身上的香水味,那并不代表他就不喜欢你。但是,如果你身上本来就没有香水味,而你喜欢的男人却对你的体香情有独钟,那他也一定对你痴情。据考证,这是因为你和他的基因排列相远而产生的吸引力,你们的互相倾慕已多了一道来自男人的嗅觉保险!

·谁说男人不在乎

《呼啸山庄》里，希斯克利夫发财回乡后，知道青梅竹马的恋人凯瑟琳嫁给了埃德加，便对凯瑟琳进行了疯狂的报复，甚至付出了一生的代价，最后仍然无法从对死去的凯瑟琳的悲情中解脱出来，不吃不喝绝望而死。

爱她，却对她的"劣迹"刻骨铭心，这是男人永远无法摆脱的阴影。

我认识一个叫阿斌的剩男，最近就陷入了希斯克利夫式的悲情之中。

阿斌和女朋友小白是高中同学，在不同城市读的大学。大学毕业后都回家乡就业，都单身了几年。

那一次两人偶遇，几乎同时惊呼："原来你也在这里！"

一个变得俊朗而成熟，一个变得漂亮而有女人味，有了太多的共同话题，便如干柴烈火，然后就直指谈婚论嫁了。

可是不久，阿斌却在自己空间里写道："没想到这么一个清纯的女孩，在大学里竟然谈过恋爱，而且还流产过。她曾经给我发过'我怎么会爱你爱得如痴如醉呢？连我自己也感到很意外呢'这样的短信，我以为我是她的唯一……"

其实，阿斌在大学里也有女朋友，临毕业前的那个学期还在校外同居。只是大学里的爱情大多会因毕业后各奔东西而无疾而终。阿斌如此，小白亦是如此。

可小白却没有阿斌反应的那般极端。女人一旦有男朋友，她更多的是重视他的现在及将来，并不十分在乎他的过去。"我现在是真心爱他，如果什么都计较的话，那还能跟他厮守下去吗？"

在对待过去情感问题上，女人比男人更宽容。

阿斌说，两人一有争吵，急了，他就会控制不住，就会提起小白曾有过的恋情，就会兴师问罪。

小白恍然悔悟，太相信了阿斌当时信誓旦旦说的不在乎。谁说男人不在乎？谁敢保证这事以后不是一枚定时炸弹？既然这样，不如分手。

更加痛苦的是阿斌。他说，早知如此，我为何要套出她的口供？

所以，婚姻专家面对女人提出的"过去的事情应该告诉他吗"这一问题时，多数是持否定态度的。男人的独占欲太强烈了，他一旦占有你，不只是想占有你的现在和未来，而是占有你的全部。这个全部，当然也包括过去。在他心里，你的过去最好是空白的，你的过去也应该由他来独占。

可谁没有过去呢？男人表面说得冠冕堂皇，"我不在乎你的过去……""我不在乎你以前喜欢过别人，只在乎你现在是否对我忠诚与坦白……"于是，你就忍不住，把以前的芝麻小事都抖出来。

这样往往是两败俱伤，对以后的生活有百害而无一利。

别给我谈起你过去的细节，别说我不在乎。

· 最让你感动的一句情话

　　我在常逛的一个论坛里发了个帖子：让你最感动的一句情话或你认为最感人的一句情话是什么。跟帖者众。有的网友写的是恋人曾对自己说过的一句让他最感动的话，有的写的是从书上看到或从影视剧里听到的，让他深受感动的一句情话。我看着读着，亦深为所动，觉得整个论坛里都甜蜜了起来。

　　浪漫是爱情的通行证，感人的情话常与浪漫结缘。"我的心，你用你的眼睛把它夺走了！"说这话的人，一定才初尝爱情之味。"我能想到最浪漫的事，就是和你一起慢慢变老。"被人认为最不浪漫的，在爱人眼里却是最浪漫的，这是千帆过尽爱仍坚贞的宣言。"爱你时，觉得地面都在移动。"好像是海明威写的，如果有人对你这样说，你的心一定也在地震。

　　有关"一生一世"的承诺，最让人心灵颤动。"山无棱，江水为竭，冬雷震震，夏雨雪，天地合，乃敢与君绝！"来自汉乐府的民歌，我最早听到这句话，是《还珠格格》里紫薇对尔康说的，感动不已，有一种生离死别的味道。"别怕，天塌下来我顶着呢！"女人听男人说这话时，一定会觉得这个世界都是她的了。

"你是我的唯一。""我的眼里只有你。""在我看得见你的地方,我用眼看着你;在我看不见你的地方,我用心盯着你,请不要让我的心盯得太累!"他勾人魂魄的眼神盯着你,明知他的甜言蜜语也许是花言巧语,却难以不被他迷惑。

婉约含蓄的诗词,也有不少网友发上来。拨人心弦的是宋人李之仪的这句"我住长江头,君住长江尾。日日思君不见君,共饮长江水",一往情深,却是无可奈何的矜叹,实是感伤胜于感动。"很爱很爱你,所以愿意,舍得让你往更多幸福的地方飞去!"刘若英唱的歌也被拿来当"最感人的情话",看来爱的含义不仅仅是享受拥有,还包括学会放弃。

"别走丢了,记得回来。"这是一位女网友发的,她说自己是路盲,每回外出时,老公都会对她说这句话,每回都让她感动得一塌糊涂。"好好吃饭,不要生病。"这句话我知道出自韩剧。有一回看韩剧,男人给女人打手机就说这句话,让人透过人间烟火看到至爱深情。

当然,绝大多数的跟帖者还是把最感人的情话给了那三个字,简单,直白,世界上每一个角落的人都在说,使用频率最多的那三个字——"我爱你!"

我将所帖"情话"发起投票,结果却让人大感意外,得票最高的不是"我爱你",而是一位肢残的女作家写的"情话",她说自己腿脚不便,下楼容易摔倒,每次出门老公都会说这句话,也是三个字——"慢点走!"

看来,最感人的情话不一定是山盟海誓,也不一定是生死离别,而是在那些平平淡淡的日子里,那些对你千遍万遍也不厌倦的叮咛。

让人心醉的行酒令

我们五个称兄道弟的男人带上老婆一起聚餐。以前是男人一起喝酒,不醉不归,现有夫人在旁,拘谨了不少。算是文化人的老大见一对一对的都在秀恩爱,便出了个行酒令:"每对一人,说说老公或老婆做的一件让你感动的事,说得出来,不用喝酒,说不出来,或说出来了大家不认可,两人罚酒一杯。"

此令一出,女人都叫好,男人却面有难色。大家都起哄,老大得先说。

老大看着大嫂,大嫂直摇头。老大只好说:"有一回,我喝得烂醉如泥,迷糊之中,感觉她在给我灌她自己煎的醒酒汤。那种汤又酸又苦,她就自己含在嘴里往我嘴里输⋯⋯"大嫂脸上泛起红晕,娇嗔道:"你怎好意思说这个?"

老大一对顺利过关。

没等老二开口,二嫂就说:"我心情不好的时候,就会到超市乱买东西,过后看到买了一大堆没用的东西,会后悔得要命。后来,我心情不好时,他就会主动陪我逛超市,推着购物车跟在我后面,我放在车里的东西,他会趁我不注意时偷偷再放回货架上。在超市转了几圈,我心情也好了。"

二嫂说完，一桌人笑了起来。

老三是个警察。他说："她恐高，每回打扫卫生都由我来擦窗户阳台的玻璃。可她怕我毛手毛脚不安全，就抓住我的裤子不放。有一次我开玩笑说，如果真掉下去，你抓着我的裤脚也没用啊。她吓得就去把我的手铐拿来，把我的一只脚和她的一只手铐在一起。"

三嫂的头埋得低低的，而大家眼眶都潮湿了。

我排行老四。老婆让我说。我想了一下，说："我睡眠很浅，一点响声就会醒来。有一次她第二天要早起去办事，我见她竟把手机的耳机戴在耳朵上睡觉，就把它取下。她醒过来，说是调了闹钟，担心明早吵了我，就戴了耳机，让闹铃只让自己听到。当时我笑她傻，闹铃应该不会只是耳机响吧，手机应该也会响的。但过后，我是感动得不行！"

手机闹铃插上耳机还会响吗？大家都不知道，因为没试过，但大家没有理由不让我们过关。

轮到老五。弟媳妇说："他为我做的事，让我感激涕零的倒没有，但有几次让我挺心动的，一次是两人怄气，我自个儿在看电视，他突然抓过我的手，一把磕去皮的瓜子仁就放在了我手里；还有一次，我身体不舒服，从不洗衣服的他，竟然愿意帮我洗内衣……"

这怎么不感人呀？如果他这样对我，我会很感动的……几个女人纷纷说道。

结果，一轮下来，五对夫妻都没喝酒。接着来第二轮、第三轮……最后，大家还是没喝上酒。不过，大家都醉了！

美人要买房

大家都说，于小虞有些轻浮。

于小虞是我们公司的首席美女。于小虞大学毕业刚应聘到我们公司时，面黄肌瘦，像根火柴棍。可从灰姑娘到职场精英好像是一夜之间完成的，我们猛然看到的是一个珠圆玉润、凹凸有致、惹人眼热的美女。她在我们面前飘过去，是一阵名贵的香水味。

说于小虞轻浮的，是那些打扮不及她艳丽，或不及她漂亮，或不及她年轻的女人。而我们这些臭男人们，看到她更多的是移不开自己的眼睛，甚至有些人有了一些想法。

这些年营销人员的业绩，就数于小虞最好。公司也不管她有些什么风言风语，就把于小虞提拔到营销部经理的位置上。

那到底是些什么风言风语呢？大家都知道，但大家都不说出来，只说这位于美人要买房子。

美人买房跟轻浮有什么关系？

听到的传说很多。说是于美人一会儿要买单身公寓，一会儿要买套房，一会儿要买复式楼，一会儿要买别墅……女人们就说，这个于小虞，以为她有张妖精的皮囊，就可以那么贪，狮子大开口，竟动不动要男人给她钱买房子。

做营销工作的,免不了要跟各种各样的人打交道,营销部经理需要打交道的人就更多了,而且基本上都是那些有些钱或有些权的男人。也不能说这些男人都好色,只怪于小虞长得漂亮,又整天打扮得花枝招展的,普通男人看到她都会生出一些想法,更何况这些需要于小虞去接触和公关的男人。

比如那个厂的供销科长,通过于小虞的公关,我们公司与那个厂建立了长期合作关系。但科长不想与于小虞只是生意上的合作,他还想把对她的一些想法变为现实。当然不是男婚女嫁的那种,这大家都看出来了,于小虞不可能看不出来。

那个科长,于小虞不敢得罪。科长三天两头就叫她去喝酒唱歌,于小虞从不拒绝,每回都花枝招展地去了。

后来就听说,于小虞要买个复式楼,向科长借50万元。也不知怎么的,科长的那些想法就没有了。当然,于小虞的复式楼也没买成。后来,科长就再也没叫她去喝酒唱歌。

据传,于小虞还向吴总借100万元要买别墅,向刘处长借30万元要买套房,向陈经理借10万元要买单身公寓……但结局很无聊,都一样。

那天,于美人突然跟我说:"我们的一个客户叫向东,是你的老乡,生意已经谈成了,但我特别想跟他以朋友的方式进一步交往,我不好意思联系他,你能不能牵个线?"

我第一次看到,美人的脸一阵娇羞。

"我这老乡实诚,现在刚创业,如果要找他借钱买房,他一万块都拿不出!"我发觉自己这张嘴太坏了。

"我有房子,我不缺房子,也不缺钱!"美人淡淡地说。

• 破　壳

他们的婚姻状态不好。主要是女人对男人不满意。女人心气很高，那段时间，她像个怨妇，遇到姐妹们就大倒苦水，说男人是个窝囊废，整天只会喝酒、打牌，全身上下没有一个优点。她羡慕女伴们都有一个好老公，会赚钱，能顾家，让老婆孩子衣食无忧。

就在女人差点要拉着男人去办离婚手续时，她病倒了。急火攻心，胃溃疡引发出血。都说胃病三分治七分养，她出院后决定在家静养一段时间，既养身体，更养心绪。

那些日子，男人喝酒、打牌收敛了不少，会主动找人求养胃的方子，下班回家时，手里提着的是猪肚、山药、枸杞、木瓜等，然后依着方子做来给她吃。

有一回，男人竟然抱回一只病恹恹的母鸡。女人正要责骂，男人却说，这可不是宰来吃的，而是用来孵毛蛋用的。

男人不知从哪得来一个老偏方，说因胃寒引发溃疡的，每天吃一个，连续吃下七八个盐焗毛蛋，准把病胃养成铁胃。可市场上根本没有毛蛋可卖，如到养鸡场买，又担心携带大量病菌。他决定自己用土办法孵毛蛋。

女人心里隐隐地动了一下。她心想，他如果真的能孵出毛蛋，她肯定是不敢吃的。但她好奇，倒是想看看这个马大哈是如何让母鸡安静地孵蛋的。

男人用纸箱和碎布在阳台弄了个小鸡窝，让那只"瘟"了的母鸡住下来。然后又不知道从哪里弄来了 8 个种鸡蛋。隐隐约约的，她还听到男人给乡下的婆婆打电话，好像是在询问需要注意的一些事项。

男人去上班时，她会到阳台偷看那只母鸡。说来也奇怪，母鸡看到她时，翅膀会张开，头会竖起来，一副要吃掉她的样子。而每次男人去看它，它都很安顺。男人甚至可以手拿着饭团喂它吃。

她坐在餐桌旁，可以看到阳台上男人蹲着的背影。她静静地打量着他，打量着他专注地侍弄鸡窝时的神情。她发现，他憔悴了很多。

两人相处久了，真的没有时间和精力关注对方。现在仔细想来，他并没有什么让人无法容忍的缺点。可是之前，为什么会有那么多抱怨、那么讨厌他呢？就像那只母鸡，看到她就要剑拔弩张的样子。原来，是自己不够细心，更缺乏耐心，根本没有想要把平淡的日子孵化出一点温暖来。

最终，因男人的马大哈，算错了时间，结果 8 个毛蛋都破壳而出，竟然都孵出了小鸡。看着 8 只小精灵，他无奈地摇了摇头一阵傻笑。她却哭了，激动地哭了。

一只母鸡带 8 只小鸡，显然无法再在阳台养下去了。她陪着他将一窝鸡送到了乡下，给婆婆养。他说，等这 8 只鸡崽养大了，还是要盐焗来给她养胃。

男人喝酒、打牌的习惯仍然改不了。但是，她不再对他抱怨，也不再四处说他的不好。她试着在孵化一个温暖的小家。她相信,只要她用心孵化,加上男人那份对待母鸡的专注神情,不愁幸福的日子不会破壳而出。

青春就是一场场的考试

　　高考与上大学并不是人生的唯一，只有读书和学习才是任何时候都不能放下的事。如果没有考上大学，不必感到人生灰暗，社会上一样有许多获取大学文凭的渠道。既然大学文凭不是成功的关键，只是获取跑龙套的资格，那就不一定非得到校园里去领取不可。

　　因为青春原本就是一场场的考试，在哪里考都一样！

人生失意如插秧

十六岁那年，我中考时因发挥失常，分数不理想，与重点高中失之交臂，被一所农业中专录取。收到录取通知书时，我心灰意懒。毕竟，只能读农业中专，与我心中想考取名牌大学的理想相去甚远。

两天后，我撕毁录取通知书，只身进城打工。由于年纪尚小，又无专长，四处碰壁。后来，经伯父联系，我被招录为市土地调查队的队员。这可是吃"公家饭"的工作，我很珍惜。队员们来自各县，先培训，后考核，再试用，我的成绩都很优秀。紧接着队员们被分散到每个乡镇实地详查国土利用情况。一年半的时间，跋山涉水，工作很辛苦，而我干得认真，差错率最少。调查结束后，大部分队员都安排到当地土地管理部门工作，而我却被退了回来。

原因很简单，我文化程度太低，只有初中毕业！

回到家里，我几乎崩溃了，比没考上高中的沮丧甚百倍。当时，家里正忙于早稻收割和晚稻播种，父母亲无暇顾及我。父母早出晚归，他们被烈日晒黑了脸庞，被担子压弯了脊背。他们已不再壮年，繁重的农活过早地让他们显出了苍老。而我，正值身强力壮，却躲在家里怨天尤人。我绝望又羞愧,身如槁木地跟随父亲下田插秧。

与我家农田毗邻的是高老师家的田。高老师是村里唯一的一位民办教师,我小学五年级的数学是他教的,他多次获全市教学评比第一名,但因超龄和学历问题,一直无法转为公办教师。

高老师刚好也在田里插秧,他笑着对我说:"回来了?"我面无表情地点点头。

插秧是件技术活,不但要有弯腰的耐力,心里还得有一条无形的准绳,否则就容易插歪了。我踩到田里后,便一声不吭闷头插秧,每插一行,就后退一步,当插了一列到田埂时,发现高老师就坐在田埂边上。高老师笑着对我说:"听你爸说,你这次是被清退回来的。其实,这次回来,错不在你,也不在任何人。从读书到去调查队,你都很优秀,优秀的人不会因一时的挫折而消沉。你被退回来,让你知道自己的不足,这反而是件好事呢。你看,我们在插秧,边插边退,每插完一行就后退一步,但这样的后退,其实是一种前进,代表了你又播种了一行新生命!"

听了高老师的话,看着眼前插好的秧,我不由心头一震——高老师的话,多么富有人生哲理啊!

是啊,大丈夫能屈能伸,与其怨天尤人,不如面对现实,以退为进。

后来,在高老师的帮助下,我边务农,边自学高中课程。这年年底,我又进城,应聘进了一家公司。和我一起应聘进公司的七八个人都安排到了工作比较轻松、待遇又较优厚的职位,只有我下到车间,辛苦且工资少。但我没灰心,我想到了高老师关于插秧的话,除了认真干好工作外,业余继续攻读高中课程。两年后,我参加成人高考,被一所财经院校录取为成人班学员。不久,因为我熟悉财经方面的知识,我被公司聘为经营部主管。

从财经学院成人大专班毕业后，公司却因盲目投资造成资不抵债，破产了。我又遭失业。不过，这回我没有灰心，我自小爱好文学，我拿起笔加入到自由撰稿人的行列。

后退，有时是一种前进！起初，面对纷纷退稿信，我觉得自己文学底子不足，便又报考了中文专业自学考试，这样边练笔边自考。几年下来，我在各大报刊发表了约两百万字作品，完成了中文专业大专和本科自考全部课程，分别获得了中文大专和本科毕业证书。因有这些"条件"，被一家企业聘为人事部经理。

前两天，企业举办应届大学毕业生招聘会，我是面试的主考官。

面对这些与我当年走向社会时年纪大得多的大学毕业生，我告诉他们："如果你们落聘了，请别泄气，人生有时如插秧，可以以退为进。"

· 我和我的青春赛跑

生于 20 世纪六七十年代的人,其实也有青春偶像。我的青春偶像是陈志朋。不过,流光飞舞,视其为偶像也就仅仅几个月而已。

上回那个虎年春晚,我守在电视机前,最期待的莫过于小虎队的"再聚首"。虽然有人说,苏有朋、吴奇隆、陈志朋三人组合的这支 20 世纪八九十年代风靡大江南北的小虎队已成"老虎队",三人的嗓音也显沧桑,但相信大多数和我一样"70 后"为之感动的,并非他们的表演和歌声,而是当熟悉的旋律伴随着经典的手语舞蹈出现时,仿佛一下子把我们拉回到了属于自己的年少时光。

初中毕业时,因中考填报志愿失误,我没有上重点高中,只被一所农业中专录取。父亲认为读农业中专还是脱不了与"农"的关系,就没让我去读。我在家随父亲干了一年多的农活,但瘦弱的双肩根本就扛不起重担,愈加觉得青春的迷惘。后来便进城打工,17 岁的我什么也不懂,什么也不会,在四处碰壁中生长着少年的身体,有奔跑,有失落,也有迷茫。

到那年年底,才赚到一百多块钱。

　　回家前，为了不让父母看到自己的邋遢相，我走进一间播放着欢快歌声的理发店。理发店的墙上贴的都是小虎队的照片。理发师怂恿，像他们一样，也烫一个头吧，5块钱。

　　每一个少年都会有反叛式的冲动。我一冲动，头上就变成了小虎队左边那位帅哥那样的满头鬈发，后来知道他是小帅虎陈志朋。理发师还往头发里倒了厚厚的定型发膏，任凭怎么风吹雨打，头发都不会变形。

　　理发师还说，录音机里放的，就是这三个人唱的。这是我第一次知道小虎队，也知道原来自己年龄与他们相仿。

　　于是，我走出理发店直接就去买了个随身听和三盒小虎队的磁带。

　　一到村里，那是爆炸性新闻。父母斥责，邻居爆笑，他们认为我烫了个女式菜花头，像个小流氓。那段时间我都不敢出门，躲在家里，一遍又一遍地听着《青苹果乐园》。

　　好在不久，派出所到村里来做第一代身份证。他们带来了摄影师和理发师。理发师直接把我的头发推成了平头。那年我18岁，正巧赶上与成年人一起拿上了第一代身份证。看着身份证里的自己，觉得还是陈志朋式的鬈发好看。只是可惜，有那样鬈发的我，竟没有拍张照片留念一下。

　　仿佛就这样成年了，青春的过程实在是短暂。

　　最近看陈志朋的自传《有志者，朋》，其中的《我和我的青春赛跑》等章节，回忆了小虎队风靡之时的经历。小虎队成名之初，正是十六七岁青春年少的光景，但他们一样也有喜怒与哀愁，一样也有失落与迷茫。只是陈志朋回忆起来，却有无限的怀念，而与青春赛跑的时光，竟是一样的短暂。

我们的青春都是短暂的，充满迷茫。但让我们的记忆无限美好的，是我们至今回忆起来仍然能清晰地看到，那时的自己，也是和青春在赛跑，一刻也没有停下！

"命凶"是人生转机

今年是我的本命年。我不相信命运与属相会有什么联系，可老是有人提醒我说，本命年命凶！

知道危言耸听，可还是忍不住先盘点一下自己的前三个本命年，看看是否霉运缠身。这一盘点，自己都吓了一跳。

我在福建闽南老家出生，听父亲说，我出生那年运气糟透了。我出生前家里安安稳稳的，全村也风平浪静，可我出生没两天，村里就接到政府的通知，要全村迁移建水库。更惨的是，一个小村还得四分五裂，背井离乡，分迁外地。我才满月，就被父母抱着与十几户人家迁到闽西北一个小山村里。起初只能寄居在当地农户家，许多人衣不蔽体，脚上穿的是草鞋木屐，食不果腹，常常是有了上顿没下顿。一切从零开始，甚是艰苦。直到第二年，十几户人家才住进三幢新建的土瓦房里。

十二岁那年，一样"命凶"，好在只影响到自己。那年有个算命先生路过我们村，对父亲说，本命年我考不上重点中学，除非他帮我们指点迷津。指点迷津要收费，父亲出不了这个钱。那年我初考成绩距重点初中录取线差了五分，只好到镇上念初中，命运也就此改变。十个同学挤在一间阴暗的不足二十平方米的宿舍里，两个星期才能回家一次，要走二十多公里山路，一日三餐都得把最青春最需要营养的身体腌渍在母亲的咸菜干里。

二十四岁，还是命恶。一是为之奋斗了五六年的单位说倒就倒了，更惨的是和女朋友同一单位，同时失业；二是选定日子与女友结婚，接亲路上轿车与一辆违章的农用车撞上，彩车撞坏了，我脸上也挂了彩。因现场得等交警处理，只得返回临时找辆皮卡去接新娘子，一时成了别人的笑柄。迷信的老伯母说，今年是你的本命年，你又在属相对冲时去接亲，冲了神灵，没车毁人亡算幸运了！

这不，又到本命年，不免心惊胆战起来——难道本命年命真的不好？

然而，转念一想，不禁哑然失笑！其实本命年的每一次"霉运"，恰正是自己人生的一次次转机。

出生时就移民，从此离开了那个不毛之地的老家，而把家安在了一个山清水秀的地方，虽说不富有，但至少衣食无忧。

那年没有考上重点中学，其实也不是坏事，让我后来提早走进了社会大学，锻炼了坚忍的性格，有了更加丰富的人生经历。

失业了，女友还愿意跟着我，开着皮卡去接亲，她仍然愿意成为我的新娘，这足以表明她是个能与我同甘共苦的伴侣。从此，小家建起来了，并在她的操持下过得越来越红火。

于是我想，本命年不过是人生中一个再平常不过的年度罢了。

人的一生，一帆风顺是没有的，每年或多或少都会有一些磕磕碰碰，只是本命年让人更多地关注而已。纵然本命年真有所谓的"命凶"，然对于热爱生活、乐观处世的人来说，一定会看成人生的一次次转机。而对于悲观失望、怨天尤人的人，也许每年都是他的本命年吧！

真正的勇气

那年，我采访了福建献血英雄林瑞班，他刚从北京捧回全国无偿献血金杯奖。

林瑞班告诉我，献血，需要的只是一点点勇气！

随后的那个周日，林瑞班和他创办的全国第一个无偿献血志愿者协会在闹市区开展无偿献血和宣传活动，邀我参加。那天，我犹豫了。去，自然要献血。不去，完全可以打个电话说临时有事。

犹豫的原因，在于我缺乏那么一点点的勇气。

我缺乏勇气吗？我想到自己活了三四十年，好像一直是天不怕地不怕的。记得13岁那年，到镇上念初中，周末一个人走二十多公里路回家，路上要经过一条伸手不见五指的铁路隧道、一片坟场和一片原始森林，还经常会遇到毒蛇，遇到袭击时我还能顺便打回家炖汤喝……还有什么事能让我害怕？

可我就是害怕从自己身上流出的鲜血。身体有再大的疼痛我都能忍，可切肉不小心切到自己的手，见伤口涌出红色的液体时，我会发抖、会犯晕。

但我真的不想让自己都认为就缺那么一点勇气。来到献血车前，硬着头皮填写健康情况征询表。填到一半,发现其中有一栏写着"五年内输注过全血"属暂不能献血情况,而3年前我因胃出血住院而输注过全血,我属于暂不能献血对象。

我竟然有些暗自庆幸,好似躲过了一劫。

两年一晃就过去了,我已不再属于"五年内输注过全血"的对象。

我实在找不出还有什么理由可以为我的懦弱开脱。五年前,为了尽快恢复健康,我输注过别人所献的鲜血。仅凭这一点,我没有理由再为缺乏勇气找借口。

一个人走进中心血站,只需五六分钟,一本红色的献血证已放在我面前。护士说,没想到你第一次献血还能讲笑话,你的血管较粗,建议半年后可以献成分血。我答应了。

不疼,也不犯晕,还有护士陪着说笑话……原来,献血真的只需这么一丁点儿勇气!与小时候和眼镜蛇搏斗,真是小巫见大巫!

两天后,接到林瑞班电话,他说:"我来中心血站,没想到登记表上第一个名字是你,欢迎你加入无偿献血志愿者行列!"

我的表情一定是尴尬的,好在没人看见。

林瑞班说,到那一年他已无偿献血191次,累计献血265000毫升(含成分献血),相当于53个成年人的体内血量总和。而且,他将一直坚持下去。

接完电话,突然发觉,我原来对勇气的认识是十分狭隘的。

真正的勇气,应是像林瑞班这样,是一种爱心与勇敢结合在一起的力量。这种力量,在危难面前会义无反顾,迎难而上;而在漫长岁月里,则能坚持不懈,奉献到底!

浮　躁

　　每次看到书橱里那本贾平凹写的《浮躁》，我都会想起坤哥。

　　坤哥比我大4岁，我17岁参加工作，他21岁刚好从商专毕业。我们一前一后进了同一家公司，我是去打工的，而他是分配来的。公司男男女女十来人，未成家的都住在公司宿舍，不久，大多成双成对，唯坤哥和我成了孤家寡人。坤哥长得帅，气质好，有文凭，公司的女孩他看不上；而我则是情窦未开，还不懂得恋爱。所以，当夜幕降临，宿舍里常常就剩下我和坤哥，成为孤灯下的两只呆鸟。

　　公司经营木炭，货场上方圆几千平方米都是黑黝黝的木炭堆。我和坤哥坐在木炭堆上，感觉天是黑的，生活是灰的，前途是暗的……两年后，我们一起调到另一家公司。

　　那年，公司搞优化组合，租赁承包。坤哥和一位同事合伙投标了公司所属的一个食杂店来经营。傍晚，我到他店里，他开了两瓶当时1.2块钱一瓶的啤酒，我则花2块钱买了两只熏鸭脖。两人一手提酒瓶一手拿鸭脖，边啃边喝，从街头走到街尾，再从街尾走到街头，大摇大摆地有点像警匪片里黑社会小混混。在那些闷热的晚上，一只鸭脖一瓶酒，成了我们最美的晚餐。

过了一年,渴望发财的坤哥倒亏了几千块,估计是他的合伙人算计了他。坤哥离开店铺自己到外面闯荡,不到一年碰了一鼻子灰回来。公司总经理对他的出路也没有什么好办法,只好安排他到分公司当业务主办。说是业务主办,其实也就是给分公司经理跑跑腿,打打下手。去分公司那天,坤哥很兴奋,手舞足蹈的,好像前途一片光明。

分公司经理的老婆小韩年轻漂亮,是公司上下公认的美女。她不是公司职员,但几乎天天泡在公司里。经理常出差,小韩就常往坤哥的办公室钻。坤哥是那种由着自己的性子、我行我素、不守规矩的人,如果他想做的事,谁也阻止不了。不久,公司里关于坤哥第三者插足和小韩红杏出墙的风言风语不胫而走。我跑去问坤哥,他笑了笑说,有和没有,现在又有什么区别呢?

坤哥离开分公司,停薪留职。离开的原因各种说法都有,但肯定与小韩不无关系。坤哥的弟弟在城里做泥瓦匠,偶尔碰到会告诉我坤哥的一些近况,说坤哥租了村里的仓库办了一家竹筷厂,整天四处奔波忙着找销路。

噩耗来得有点突然。

那天,坤哥的弟弟打来电话,说坤哥傍晚骑摩托车出来见客户,在山路上撞上一辆停在路边的农用车,坤哥昏倒在路旁的草丛里第二天才被发现。住在乡卫生院里,坤哥发现只受了点皮外伤,而且自己能起来去卫生间,能到外面吃馄饨,认为观察两天就能出院。他赶着为他的竹筷找销路呢。没想到,第三天晚上,坤哥去卫生间小便时,他的身体轰然倒下。在送往县医院的路上,28岁的坤哥就再也没有醒来。医院诊断,坤哥是颅内出血。

我和工会主席准备去送葬,小韩悄悄地塞给我500块钱,说给坤哥的妈。我本想不接,甚至想将钱扔在她脸上,但抬头却见她已是泪眼婆娑。

我和工会主席来到那个非常偏僻的小山村时,坤哥已经入土了。

和坤哥最后一次见面是在一个寒冷的冬夜,我看着坤哥整理行装。他拍了拍我的肩膀,送给我一厚一薄两本书,厚的那本是贾平凹的《浮躁》,薄的那本是苏晓康的《河殇》。

《河殇》是盗版的,坤哥走后我就把它点着了,烤烤冰凉的手。

留下《浮躁》。

·青春的那几个瞬间

青春是美妙的,但我们竟然都看不到它的美妙之处。说它美妙,大多是从先哲先贤的那些关于青春的格言中获得的。当我们将那些美妙的青春格言互相传抄到日记本里的时候,我们觉得属于我们的青春还没到来。而当我们真正明白这些青春格言的美妙时,也许我们的身体已激不起那些青春的冲动了。

女人还是小女生的时候,看见从身边走过的擦了口红、洒了香水、穿高跟鞋和窄短裙的女人时,会羡慕地认为,那就是青春;可当女人到了可以擦口红、抹香水、穿高跟鞋和窄短裙的时候,她们开始发现,那些不用化妆、不必染发、无须进美容院、也不用穿塑身内衣,便可以无忧无虑地出门的小女生,才是真正的青春。女人青春的定义,是容颜。

男人跳起来,可以把球扣进篮里的时候,他知道自己的青春来了;当他再也无法一口气跑上一百级台阶时,他会感叹,自己的青春已逝。男人青春的定义,是力量。

女孩觉得自己的青春期是难堪与羞涩的。为什么同桌的她可以不用参加那个长得不帅的男体育老师的体育课? 可当自己也可以不用上体育课时,却没有勇气向老师说出口。还有,就是同宿舍的女生晾出的内衣已亮出了青春的旗帜时,为什么自己还没有?而当自己也拥有时,却开始害怕男生的目光。总是慌乱地偷偷审视自己——哪个地方不符合青春,哪个地方遮不住青春?

男人觉得自己最值得回忆的青春时光是做过的那些傻事。不做傻事的男孩是没有的,除非他本身就是个傻子。关灯夜谈,最能胡掐神吹的成为明星。爬树越墙,去偷看午夜录像的便是英雄。还有就是初遗的慌乱与不知所措——我是不是得了什么怪病?最傻的,是明知那女孩自己也暗恋,却替老大写了封连自己也感动的情书给她。

没有青春痘时,看到室友在挤青春痘羡慕得要命。等自己满脸痘痘,如果拿三天不吃饭能换它们消下去,都会愿意。等到再也不会长青春痘时,唉!还是觉得有青春痘的时光美好。

青春与时尚无关。女人如果开始不敢再穿露脐装上街,除开不喜欢因素,那是女人已经没有了青春的腰围。男人如果开始听不懂流行歌曲时,除开兴趣问题,那是男人已经没有了青春的耳膜。

我总认为,青春年少的时候,是该谈恋爱的。因为只有在那个情窦初开之时产生的爱情,才是纯真爱情。纵使暗恋,也是唯美。可是,那个时候大家都在为了应付考试而挑灯苦读。等到被人认为可以谈恋爱的时候,爱情已基本变味了,世俗总比爱情多,或纯粹就是人为促成的所谓爱情。

所以,我们的青春,总是不够美妙,但不管如何,那一个个瞬间的青春都是年老时最美妙的回忆。

· 岁月的功劳

1

阿特是初三时的同学。当时,我们宿舍8人,7个是山里娃,只有阿特是从外地转学来的,据说他很小就没了父亲。

阿特是个"二赖子",常找我们要吃要喝。其实,我们也没什么吃的,偶尔哪个同学带了咸鱼干之类的,准被他搜去。哪天不高兴,还会向我们要钱买烟抽。

有几次,我们不给,他就用火柴棒烫人。这招可狠了,他将火柴点燃,却不让它燃透,而是烧成小炭棒,然后一端蘸点牙膏,就能立在睡着了的同学手臂上,再点燃,炭棒闪着星火就会慢慢地红向另一端。待同学被炙醒时,阿特早已跑远。我们对他恨之入骨,毕业后断了联系。

20多年过去了,前两天,初中同学聚会。方知阿特初中毕业后去当兵,退伍后进厂,一直给厂长当司机,看上去已是个老实本分的中年男人。他和我们几个当年同宿舍的同学抱在一起,齐唱《明天会更好》。

聊起当年宿舍里的故事,当年的仇恨,竟是现在最有趣的话题。

2

那年，表妹到单位找我时，认识了同事小王。后来表妹和小王谈起了恋爱。小王的人品我了解，好吃懒做，油嘴滑舌。我反对他们在一起，并从中作梗，把小王的"劣迹"告诉了舅舅。舅舅当然不答应，甚至放言，如果表妹还和小王来往，就断绝父女关系。

断就断，表妹干脆搬到外面去住。后来，随辞职的小王到外地打工去了。有一回，我到他们打工的城市出差，顺便去看望他们，表妹仍记恨于我，直接把我扫地出门。

今年春节，表妹和小王回来了，还抱着个大胖儿子。他们请我喝酒，说起了这些年来的艰辛。"现在看来，你和父亲当年的反对是正确的，他还真是好吃懒做的主，好在这几年都被我给逼勤快了。"表妹看着小王娇嗔地说。

岁月已让任性的表妹变得成熟与理性。

3

13岁那年的暑假，我和父母、姐姐去田里割稻子。不知因一件什么事，我和父亲怄气。中午我回来提饭，父亲叫我给他带烟去。我只提饭，故意不拿烟，甚至说了一句很伤父亲的话："这饭是我提来的，你不许吃！"

如今父亲老了，儿子也如我当时的年纪。每当儿子在我面前倔起脾气时，脑海里总会闪现当年在稻田里的情景。和父亲说起当年那档子事时，父亲竟笑得合不拢嘴，说你这小子，当时就是这脾气。

岁月，让过往的尴尬成了甜美的回忆。

4

刚认识妻子时,她说我笑的时候像哭一样,很难看。为了不因此吓到别人,我很少笑。

前两天,妻子看着我笑的样子,发现新大陆一般:"你笑的样子,真迷人啊!"

我奇怪:"以前不是像哭一样吗?"

妻子说:"现在笑起来满脸皱纹,看上去挺慈祥的,有了亲和力,就不会再像哭一样了。"

原来,这又是岁月的功劳。岁月,真是一个好东西,它让所有过往的青涩、艰辛与怨恨,都能付诸笑谈中。

· 被利用的人生

年少时，少不更事，最怕被人利用。

这个愣头青，被人当枪使了，还乐得屁颠屁颠的。一旦不小心听人背后这样议论我，愤恨会直接从胸腔喷出，死的心都有。觉得做人好失败，老是被人利用。

最失败的是被人利用了感情。

心存善良，给街头瘸腿的乞者一大把零钞。夜里加班回来路过一小巷，发现乞者正在装假肢，然后衣冠楚楚地进入夜总会。而自己还要冒着寒风等末班车。

那女孩，因我对她有好感，便称是我女友，在我挚友的公司里谋了份好职。我自己不想利用这层关系，屡遭失业。

同寝室的大头，知道我也暗恋班花，让我频频给她写情书。当然落的是他的名字。结果，他俩都成亲了，我还在为自己能写出那么情意绵绵的情书而感动不已……

后来，见了些世面，发现被利用者大有人在。

世界名模辛迪·克劳馥刚出道时，露华浓香水请她拍广告。她出现的形象是全裸,且脸也正面地出现在镜头上。这是没有一个模特愿意做的。有人说,辛迪·克劳馥不谙世事,被广告商利用了。她却说:"我把自己看成一个拥有自己产品的公司总裁,最终能证明,我有这份价值。"结果,她一夜成名,并史无前例地保持着超级名模地位长达十余年。

我是小人物,被人利用的下场自是不能如辛迪·克劳馥一般风光。不过,慢慢地觉得,被利用已不那么可恨了,不再因此而认为自己愚蠢。甚至有时因自己还有被利用的价值而庆幸。

你利用我,只要不太伤害我,只要不让我受太大损失,我就不恨你。

你利用我的善良行乞,并能参加夜总会,让我对这个社会多了份信心——毕竟善人多,他们都向弱者伸出援手。

你利用我谋份好职,我终于能坦然地面对你,否则我还以为自己爱上了你。

你利用我写情书,我才发现自己的文笔不错,好好努力一定在这方面有所造诣。

躲着算算自己的人生,发现也有不少利用他人的经历。利用老师近视,趴在课桌下偷看金庸和古龙;利用经理嗜酒,灌他两瓶二锅头,给我加点工资;利用编辑是老乡,多上几篇我练情书练出的糖醋小文……

然账目老是算不平衡,就是被人利用的次数和规模竟然超过了利用别人的次数和规模。于是蛮有成就感的,这辈子只要被利用与利用之比能超出就好!

只怪你没有抛弃我

人生在世，最痛苦的事情莫过于被人抛弃。被亲友抛弃，便是孤苦伶仃。被情人抛弃，那岂止是失恋，简直就是世界末日。

抛弃——一个形象地表现了动作的词汇。抛，是个十分动感的动词，立体地表明了一条弧线的形成，有种秋风扫落叶的冷漠与无情。弃，就是扔掉，非常准确、毫不犹豫地表明手中的东西不要了。

我们之间不再互相喜欢，不再来往了，那不叫抛弃，只能叫分手。我不喜欢你了，你却仍然喜欢我，仍然纠缠着我，我提出分手，你不肯，我只好抛弃你！这要让我变得多么的冷酷与决绝才能办到啊！所以，能成功地将你抛弃，这本身就是件成功的事！

所以总是片面地认为，抛弃人是成功者，被人抛弃是失败者。你看，抛弃人将手中不想要的东西扔了，可以如释重负地长吁一口气，拍拍屁股昂首挺胸走了。而被抛弃者却因此陷入痛苦的深渊，甚至无力自拔，输得一塌糊涂。

其实，被抛弃者往往都有绝处逢生、绝地制胜的壮举。

前日看一篇纪实文章，说某写手被无情女子抛弃后，绝望之余，突然对人生、对命运、对爱情有了新的体会,脑海里闪现出许多创作灵感和小说题材。因创作手法独到,没几年便出了好几本畅销小说,终成一流作家。被抛弃时他悲恸欲绝,不料因此而重获新生。如果没有被抛弃,他也许永远不会觉醒,也无法臻此成就。

我有一友,原来供职于政府机关,爱上同机关上班的女孩。不想那女孩嫌其家贫,攀了高枝。友几度欲自杀,均被及时发现而未果。友悲痛之下干脆下海经商,几经摸爬滚打,现已办多处实业,资产逾千万。如果没有失恋,也许他仍关在机关里过着一成不变、枯燥而单调的生活。

还有,邻家女儿小虹,是个胖妞,去年被男友甩了后,才矢志减肥。不承想,今年再见她,身如飞燕,在街上大赚回头率。

平庸者,总是更容易陷入迷情。直到被抛弃后,才如梦初醒,努力上进,往往脱胎换骨,一鸣惊人。

写作的人,最怕平淡而不能突破。被人抛弃简直就是被神笔绊倒,再落笔时已沧海桑田。

女人该是被抛弃的最大获益者。她们终于找到了真正成功减肥的秘诀。如果哪天不小心让腹部赘肉再次反弹,她们完全可以对情人说:"求你抛弃我吧!"——这一秘方保证屡试不爽。

现在,我们这些平庸的男人终于可以扬眉吐气了,无须再为不成功而怨天尤人。当老婆和我们吵架,埋怨我们没有用时,我们完全可以理直气壮地说——亲爱的,别怪我不成功,只怪你没有抛弃我!

如果你只想守住一份平淡,不想日后因他成功而懊悔,那你应该好好把握住,别抛弃他。

无招胜有招

20 世纪 60 年代中后期至 70 年代出生的人，鲜有不是金庸迷的。概因在懂得看书的时候，金大侠开始逐鹿中原。

那时，我在镇上读初中，宿舍八人，其他七人晚上关灯前，看的就是《射雕英雄传》，关灯后有的人在被窝里照手电继续看，其他人则夜谈讨论降龙十八掌和打狗棒哪种招式更厉害。我觉得他们幼稚可笑，世间真有那么精彩的小说吗？

我省了几个星期伙食费，攒了三块多钱买了一套《红楼梦》来看。同学们都嘲笑我，说我很会装高雅。直到镇上供销社那台小彩电播放黄日华、翁美玲版的《射雕英雄传》造成万人空巷时，我才知道自己真的落伍了。已是破烂不堪的《射雕英雄传》紧紧拽在手上，心里只有黄蓉，花了一天一夜的时间便恶补完毕。放下书时，觉得自己走入另一个世界，再也回不来了。

接着，我用未看完的崭新的《红楼梦》跟人换历经数十人之手的破碎的《神雕侠侣》和《笑傲江湖》。

一次考试，作文题目是"我的梦想"。我写道，我梦想成为作家，我要把手中的笔当成独孤九剑来修炼,最终达到人剑合一,达到无招胜有招的境界。班主任兼语文老师终于逮着了一个"江湖毒害少年"的典型,在班上念我的作文。我知道全班同学都在笑我,但我只盯着墙角的那个小洞,心想如果我练就《天龙八部》里桑土公的遁地钻土之术,一定往那个洞钻进去,潜心修炼我的独孤九剑。

中考临近,父亲破天荒给了我 20 块钱,让我买几盒参茸王浆补补,我没买。中考结束后,这 20 块钱刚好把全套金庸补齐。

老师说,我无疑受了武侠小说的毒害;我却觉得,是自己太不把考试作为赢取人生的"招式"吧。总之,中考后,高中乃至大学校园就把我永远拒之门外了。

这年夏天,白天割稻子,晚上开始修炼独孤九剑,两个多月的时间写了十余万字的《天国传奇》手稿,那只是我梦想写一部百万字武侠小说的前三章。聪慧的阿姐是第一个也是唯一的读者,她看出了浅薄与粗劣。

阿姐说,你还是听阿爸的话,出去打工吧。于是,17 岁那年的秋天,我背上了行囊离开家乡,开始行走"江湖"。

现在,常常会想起那用十几本初中作文簿写的手稿,特别想看看那拙劣的"剑法"。可是搬了几次家,已不知道它丢到哪里去了。

现在,还时常把金大侠的小说拿出来看,喜欢看由那些小说改编的各种版本电视剧。还矢志不渝地在潜心修炼着独孤九剑,虽然明知永远也无法达到无招胜有招的境界。

其实,早该知道,所谓"无招",应是善良、坚强、诚实和正直吧!在江湖上,郭靖、萧峰、石破天、令狐冲、张无忌、杨过,他们虽然武功盖世,天下第一,但能成就大侠者,莫不是凭借善良、坚强、诚实和正直!而在现实生活中,不也是如此吗？想破脑袋,投机取巧,钻营人生的人,虽招式多多,然有几个算得上是真正成功？而只有那些"无招"的人,才真正闪耀着人性的光辉!

无招胜有招——这就是一个铁杆金庸武侠迷的体会。

青春就是一场场的考试

没有上过大学，没有读过高中，一直以来是我心头的痛。

我初中的学习成绩不好。由于自卑，中考时只填报了一所农业中专。虽然揭榜时成绩比市重点高中分数线高出 6 分，但也只能与高中失之交臂。后来索性连中专也没去读。

在家里干了一年农活后，我 17 岁便进城务工，在一家公司做业务员。同事们投来的是歧视的目光，因为我是农业户口。有位大哥直截了当地告诉我："农业户，以后找女朋友都难！"

为什么不少同事一样都是来自农村，他们却是城里户口？原来他们都读了大学。那时候，一上大学自然就转了户口。

那一刻，我才知道上大学有这样的实际利益。想得很天真，只要能考上一所最次的大学，把户口转一下就成，便报名参加业余高中班的学习。公司在城郊，我就买了一辆二手自行车，每天晚上就骑自行车进城上夜校。

寒来暑往，这一骑就是两年。

夜校高中读完后，去县教育局高招办报名参加高考。可走进考场，看到考卷就像看天书。第二年7月，又去考了一次。不是天才，当然不会有奇迹发生。

这时户口农与非农，已经不再重要。甚至有许多家在农村的大学毕业生因一时找不到工作，想把户口转成原来的农业户口，却转不回去了。

但是，当我离开原来单位，再到其他单位应聘管理人员岗位时，大专以上文凭已成为必要条件。我便去参加全国成人高考，被一所成人高校录取为函授生。读了三年拿到大专文凭，可这样的文凭那时已经被人认为"不硬"了。许多人都说，除非名牌大学，要不自考文凭最硬！

终于明白，大学文凭不是成功的关键，但没有大学文凭，连跑龙套的资格都没有。狠下一条心，参加自学考试，选了中文专业。

20世纪90年代，我几乎都在考试。这种真刀真枪的考试，一考才知自己的底子真是太差了。古代文学作品选，考了4次都没过关；外国文学，考了6次。夜夜挑灯，屡败屡战。我的青春，就是一场场的考试。13个科目我整整考了十年。十年的考试，终于拿到自考大学专科毕业证书，喜极而泣！

感谢自考，也正因为这十年，让我真正把自己埋在书里，读了许多中外文学名著，也因此喜欢上了写作，并成了一名文字工作者。

过后，我又参加了本科段的自考。脑袋终于开窍了好多，有考有过，十几门课程两年半就全部过关。

有人说，是写作改变了人生。我觉得，是学习改变了人生。因为读书与学习，让我这个有点傻气的农村娃在城里找到了一份喜欢的工作，也让我在业余时间更加痴迷于写作。我在一些报刊开了专栏，成了几本畅销期刊的签约作者，几乎每天在百度上都能搜到我新发表的作品或文章被转载。

　　前两天,当一位向我约稿的出版商问我毕业于何所大学时,我很坦然地回答她,不再窘迫。

　　当看到一些学生因高考落榜而愁眉苦脸、灰心丧气时,我想跟他们说的是,能考上大学固然好,因为高校有最优质的教育资源,为学生获取知识创造了捷径。但我的体会是,高考与上大学并不是人生的唯一,只有读书和学习才是任何时候都不能放下的事。如果没有考上大学,不必感到人生灰暗,社会上一样有许多获取大学文凭的渠道。既然大学文凭不是成功的关键,只是获取跑龙套的资格,那就不一定非得到校园里去领取不可。

　　因为青春原本就是一场场的考试,在哪里考都一样!